明人别集叢編

鄭利華 陳廣宏 錢振民 主編

劉崧集

【四】

鄭利華 鄧富華 點校

復旦大學出版社

槎翁文集卷之九

序

陶德嘉詩序

余閲陶德嘉詩凡若干首，喟然作而嘆曰：詩本人情而成於聲，情不能以自見，必因聲以達。故曰：言者，心之聲也，聲達而情見矣。夫喜怒哀樂，情也，而各有其節焉。清濁高下，聲也，而各有其文焉。情而無所節也，聲而無所文也，則不得以爲言矣，而況於詩乎？

德嘉以名父之子，盛年茂學，宦遊江海間，所交皆名士大夫，不幸遭值變故，乃委而去之，耕釣於雩山之陽，閔閔焉若遂於忘世者。獨嗜吟咏不廢，故其辭清新而不累於陳，和婉而不傷於暴，介潔而不違於物。其情才音調之美，有足尚者矣。抑聞之，萌蘖之得養，杞梓之所以鉅也；流衍之不已，江海之所以深也；瑜瑕不相掩，則良玉之美具矣。子之年，昔少而今壯，少之所爲，壯或悔之，余豈徒以今之所至者望子哉？子由是不倦以求進焉，則情之發也必正而和，聲之奏也必宏以遠矣。

余不及識德嘉，見其詩如見其人，且重余弟埜之請也。故不敢以謭陋辭，輒爲評其所以，復書其端而歸之。

贈地師丘弘道序

余嘗怪太史公書天官，傳日者、龜筴，往往極推災祥，言之不置，至地理，止言河渠而不及卜葬之説，何歟？其敍黄帝以下至舜、禹皆各言葬處，又言登箕山見許由塚，又云：「淮陰侯母死，貧無以葬，然乃行營高敞地，令其傍可置萬家。余視其母冢，良然。」夫淮陰非能相地也，聖如舜、禹，賢如許由，其所葬處常歷數千年不廢，此豈偶然之故哉？故葬者，人之所重也。經曰「卜其宅兆」，又曰「葬之以禮」。而其説乃不少概見，何歟？當時敍述學伎立名者，下至相馬牛彘者，皆累累載其人，而相地者獨無聞，豈在當時固卜者兼之而未有專門者歟？不然，其文膚漫不經，學者難言之，而遂不傳歟？太史公没四百餘年，而後其書始顯於晉之郭氏，豈天不愛道而書之顯晦固自有時歟？今郭氏書所謂内外八篇者，謂之經可也，而其間又自引經曰云云，將書之上固又自有經歟？何晉以來不一傳也？郭氏後又數百年，而唐之張説、一行、袁、李輩始推衍其説。逮其季世，廣明亂作，疇人子弟散在四方，楊筠松以流徙困辱之下，始新其説以立教，而二曾、劉、胡之徒又從而鼓吹羽翼之，於是贛之葬法始大著於天下，至宋廖氏、劉氏極矣。然其爲術好騁異立奇，以附會災祥得失於分寸之間，故其言支蔓穿鑿，類舍經而徇俗，視郭氏書遠矣，況古法乎？蓋嘗病是不幸不出於西漢，而不見録於太史氏，亦不幸而出於秦、漢以後，而不得見正於周公、孔、孟也。將大樸既散而言論愈繁，世變日下而巧僞滋彰，其流弊至不可勝言者，豈非千古之一憾哉？

丘君弘道，贛地理學之善爲者也。居雩山之陽，治郭氏書將三十年。與人言，必本於忠孝，其爲人卜葬也，必不枉道以徇利，太史公所謂以伎能立名而有高世絶人之風者，君之謂矣。其來西昌也，人之欲葬其親者多就君卜之，而余之二親亦獲更厝者，皆君力也。其淺深去就，蓋自有其法，而所謂鬼福及人如靈鍾之應、栗芽之春者，則非余之所敢知。獨嘗與君上下古今言議有及於是者，每爲之瞿然，而卒無以自解於所疑也。故因君之歸，敍余説以詰之。

玉源劉氏宗譜序

人莫不有所自，人本乎祖，人之所自也。而人又莫不各有其所自，然道之於口不能以永傳而無訛，故著之於譜，所以紀其祖之所自而引之於後世者也，其可忽哉？自宗法廢，譜法亦壞而莫修。嘗求其故，則其風氣習俗因循簡慢之弊，有非一端矣。夫世之貴富者則恒有所不屑爲，而貧且卑者又有所不能爲，少而壯者固有所不暇爲，及衰而老矣，則又有所不及爲。承平文物盛際，既有所不得爲，則喪亂蕩析之餘，又安得而爲之哉？

盧陵劉氏有持志字志遠者，板塘族也。自其少時，嘗刻意春秋之學，睥睨科目，將以亢其宗。不幸志不遂伸，世變遽作，而持志亦且老矣。他日持其所修玉源宗譜圖引以示而徵予序之。

譜本永新劉氏，著自汴宋時有爲諫議官名注者始，則慶曆宰相某公沆之兄也。注而下三世逸其名，四世而宗俞，五世而卓。嘗爲宣州太守，號石門先生者，則爲始遷盧陵之祖也。卓生士和，迪功郎、泰和縣主簿。士和生廷廣，廷廣生三子，汝昌其長也。汝昌生四子，克立其季也。克立生朝宗，朝宗有子三人、孫九人、曾孫十九人，而持志其一也。持志年且八十，爲世十有三。視其子若孫之相繼，凡十有五世矣。系屬詳而疏戚明，絶續著而尊卑定。失其徵者，雖近不書；信於傳者，雖遠必録。藹乎合宗之意，粲然序族之法。三百餘年之源派本末，具見於尺楮間，可謂能謹其所自而不爲風氣習俗之移奪者矣。使持志挾榮盛富有之資，當强壯承平之日而爲之，則亦有大不難者。今乃以其所不能爲之勢，所不及爲之年，與其所不得爲之時，獨奮然考訂纘次而力爲之，忘其時之亂與其身之貧且老也，豈非孝友至性、耄而不倦而俯仰憂懼有不能自已於情也歟？則斯譜之作，非徒以光大俊偉者推于前人，又將以昌茂秀發者待其後之人也。其存心之厚、立志之遠，百世之下，將必有誦其言、慕其義而興起者矣。

板塘本永新所居之舊號，其遷廬陵之三跨塘也，乃以舊名更之，而又謂之玉源云。

贈地師丘弘道序

贛人自唐末以相地名天下，其術同出而異流，其人無智愚高下，蔓衍四達，

□□□□□□□□當世，肆爲大言而不顧，然計其足迹，恒不出東西家。視其家往往有親喪數世而不□□□□□□□之。然又以爲其地巖廣深固，風氣厖古，必有異人勝士出於其間。余或未之見，則固不□□□而遂決也。他日，余弟埜爲余言：丘君弘道，蓋卓然自異者矣。爲人恂恂寡言，平居事親孝，與人交久而益信。自其少時已篤意楊、曾之學，然不肯少狥襲流俗，蹙蹙鄉里以自狹。嘗涉閩歷楚，遊江東西間。凡古賢名卿碩士先世之所塋域，真仙神人靈秘詭怪之所都宅，與夫喬山廣林怪石巨澤深澗之所控注而蟠蓄者，無不窮探遠覽，極陰陽幽奧精微之會，以窺昔人裁度營作之功，其用心蓋博而遠矣。然君益慎其所得，未嘗以售於人。非其人，雖與之終日而片言不得聞；非其地，雖委以千金而有所不屑。

其來廬陵也，余與之再見於流江之上，愛其山水明秀，而溪南王君以世家文物之懿，又知賓而禮之，故君亦樂爲之盡。凡其卜而有營者，類皆比於古法，當於人心，要可以閟靈發奇，歷後世而無患者。於是莫不慨然恨得君之晚而欲挽留之也。孰知其浩然而不可留者，又有出於常情之外者哉？一日，愀然謂余曰：「吾自祖父再世而上，昔者既幸卜而更葬矣，其未及者，蓋亦嘗擇之以少待。茲日月有期，將歸而襄事焉，子盍贈以言乎？」余惟君之學既精且博矣，又能慎而施之以不枉於其道，及歸而有求也，又能不忘於其先。余也何幸得君之重，以信余弟之言而祛余昔者之所惑哉！故樂爲述之以告其鄉之人，亦敦教勵俗之一道也。余弟埜倘見而讀之，其亦有所感也夫，其亦有所勵也夫。

送畫史李約禮序

世稱善畫者曰畫史。畫，工也；史，官也。畫者安得與史官並稱而謂之史哉？及觀古之秉史筆者，其傳是人也，非徒紀載其德性行事、官職功業而已，乃并其狀貌顔色言之。如曰美鬚髯長大也，曰短小精悍也，曰皙曰黔也，曰黑而精狠也。其傳寫精妙，千載之下，如在目睫。故吾嘗謂史官爲不丹青之畫，而畫工乃不文字之史，則其謂之史也亦宜。然史官爲書，或狥愛挾忿，爲美惡高下，又其書常後時而出，有不核不備，人莫得而議之，而彼或因之以欺世，而後世卒亦罕有能辨其非者。獨畫者之於傳神，其人恒相視於咫尺，其部伍形采、肥瘠長短廣狹之際，分毫爽戾，則三尺童子指而議之矣。由是觀之，天下後世之公而直者，宜莫若畫史之筆，而余之所見者亦寡矣。

廬陵李約禮，爲人傳神極精妙，方立談過目，如不經意，而落筆施采，無不宛然，能使見者即知其爲某某，而約禮固未嘗自言也。其或小有盈縮於其間，則約禮又能因夫人之言輒爲之更定而不厭，及其成也，人莫有能得而議之者。是約禮非徒能信其技，而又能信夫人之言者也。嗚呼，世蔑公論久矣！安得如約禮者，使之秉筆以公天下之疑信哉？

蕭子所詩序

余友蕭雅言博學强識，跌宕好遊而樂於取友。遭世亂，讀書甘竹山中。凡時事之所存，論議之所關，遊覽之所歷，一寓於詩歌。懷鉛挾槧，行吟坐嘯，終日屹屹不少休，其用心亦勤矣。余嘗得其所賦讀之，蓋燦乎其有章，鏗乎其有聲，浩乎其有所本也，豈非能賦之士哉？

自東南禍變，世之作者往往有感於杜陵天寶以後之作，而詩道一變矣。竊嘗以爲世變萬萬，情性一致。其於詩也，未嘗無所法，而拘之則卑矣；未嘗無所自，而襲之則陋矣。毋汎汎以爲易，毋棘棘以爲奇也。充之以學，養之以氣，約之於其所守，達之於其所施，則天下之事可從而理矣，況於詩乎？余方有志於斯道，思求能賦之士以相長發焉。若雅言者，固余之所願也，輒因其詩而爲之一言。

東行倡和集序

歲壬寅秋八月十六日，安成饒府大發兵，攻廬陵之新安，一道由白沙渡江入麻洲，一道由泰和入仙槎，兵勢四合，民大駭散。是日，余從龍塘歸珠林，則家人奉老母已先往山中，余獨與伯兄子中、仲弟子彦相見具翕堂上，俱眙愕不知所向。又明日，過石嶺下，次第與家人相聚，遂冒雨入南富。又數日，進抵長坑之石龍山，聞新安且破，退保富田。而贛兵亦奄至水南，與饒約大會富田城下。時游兵四出，田野騷然，烟燄綿亘百十里，矢石之聲，晝夜相聞。乃復深入南門山，寓里良寺。久之，聞富田以城降，諸軍各驅牛羊婦女大掠而返。余挈家稍出三坰嶺，依從弟茂和以居。未幾，余以疾遽返先廬，而家難作矣。

當時家人同行者廿有一人，奔走轉徙於外者凡七十有六日。七十六日之間，余兄弟相依爲命，蓋無頃刻違離者。凡覩物觸事，傷時感舊，一於詩乎發之。或同或異，或倡或和，或賦或否，其多寡先後雖不盡同，而情之所至則有不能自殊者矣。當賦詩時，紙硯不能具，往往相聚於溪澗傍側、山巖林木間，挹泉研石，拾木葉雜書之。三人者，或相與悲歌，或相視諧笑，兀然而坐，飄然而行，悠然而息，如是者率以爲常，一不自知其詞之苦而情之悲也。因竊自嘆，以爲東南之變，其一時倉卒罹兵禍者何限，而吾兄弟幸得遠去，以不廢文字之樂，其得於天者不已過乎？

越明年，余卧疾林下方起，念伯兄遠遊興國，而仲弟復留贛，吾母已不可見，而兒姪輩又先後喪去，爲之泫然久之。退思當時所歷，如一夢寐，而彼之乘時欺天，喑嗚叱咤以自擅於一方，而卒貽毒於斯民者，今又果安在哉？嗟夫！士大夫不幸而生於斯世，其得全者天也，其不得全者亦天也，天吾之何哉？因閲故紙中通得詩若干首，乃第録之，題曰東行倡和集而藏于家，以俟余兄弟之來歸也，呼斗酒，煮山茹，合席於堂上而共讀之，不啻痛定思痛，以毋忘於患難之時，豈不亦有交所慰感乎哉？

贈毉士馬如春序

前二十餘年，余游平川，於毉士中識隱君子曰馬君春谷，風儀峻整，衣冠甚偉，言論落落可聽。其伯子朝顯，尤清修和厚，克世其家。余嘗登其堂，見其父子兄弟間恒雍雍如也。邑四境奉輿馬以迎候視療者，日踵其門，君咸急赴之。其貧且賤而有告者，君亦畀之藥以歸，而未嘗校其直，其仁厚往往類此。余後雖去之，蓋嘗稱其爲人。

今年再過平川，問春谷，既已仙去，而朝顯亦蚤世。獨其季子有朝貴者，方董職爲衆醫之師，而學業操行乃不異乎其父兄也，可謂能子矣。自兵亂，士大夫守專門之業者，非棄而遽變，輒落而不殖，求其能如朝貴之世其德者尤寡。夫醫以好生者，天地之心也，天地之心曰仁而已，仁於四時爲春，春則物遂其生而無有夭札疵癘者矣。君之先君曰春谷，請別字曰如春，不亦可乎？既以諗朝貴，復爲之序以贈之。

鍾廷方録癸卯壽詩序

愛其人而願其壽者，古之道也。豳之詩曰：「爲此春酒，以介眉壽。」周雅曰：「酌彼大斗，以祈黄耉。」又曰：「樂只君子，遐不眉壽。」蓋其愛是人也，必本之德以推其得壽之宜，亦必假於物以致其祝願之意，上下通用之，故曰古之道焉。然其爲詩也，往往發於會遇燕飲之際，未聞有因其始生之日而爲之賦者。夫因其始生之日而爲之賦者果孰起乎？吾不得而知之矣。惟近世河南程先生有「生日當倍悲痛」之語，斯言也，其亦有所深感也夫。

友人鍾君廷方，吾先君子及門高第也。清介而有守，家故多藏書，又多佳子弟，故其庭恒有文士之迹而不雜焉。乃六月某日，其始生旦也。余時適留其家，獲次賀賓之末，見其弟與其子若姪拜於堂下者，纍纍然而相屬也，見其賓若友賀于堂上者，于于然而相失也。然人各有詩，詩各致其所以願望頌美之意。夫賓之所以愛其主，與人之愛其友者，固不異乎弟之所以愛其兄，子之所以愛其父也。存之於心而爲愛，發之於言而爲頌，其情同，其辭能以自已乎？於是廷方之年六十又加一矣，其子弟嘗録慶賀詩文，自至元丙子而下將三十年，若詞若詩通得若干首，是來者之録又將源源而不已也，豈非盛哉？君子謂是詩不溢美，不遠親，不慆樂，有古之道焉。夫事有非出於古而其道不違於禮者，君子不棄也，矧其賢德有足以應之者乎？故因其癸卯録而爲之敍。

送王以誠之武昌求父喪序

人子有終身之憾而抱無涯之悲者，莫不幸於方幼而父違之；既違之矣，而又遂不返焉，是其親卒不可得而見也，則孝子之思，宜何如哉？有王生以誠者，吾里人也。其父泰亨甫有學行，尚氣概，當至正丁亥間，去家而南游於楚，久而弗歸。生既從黄冠師學老氏法矣，恒惴惴焉以冀其親一日之歸而見之。又四三年，東南兵禍大作，道里阸塞，泰亨甫音問益不相聞，而生之年齒日壯矣。每飲食寢處，涕泗交下，至稽顙祝天以祈其親之安。今年春，始有自江、漢來者，言泰亨甫已死且藁葬其所矣。生雖不敢必其然否，而悲憤鬱拂尤甚，則慨然曰：「某不肖，既不幸淪異教而不子矣。幸而聞親之喪之有在，吾寧忍使其終棄於數千里之外而弗返乎？」則具糧束裝，泣别於其所嘗往來者。

余因告之曰：「子之父昔不幸而去子，然所以去子者，亦將以冀一日之有成而利澤子也。不幸無所成以死，亦豈不以有吾子者在而得引以自慰哉？子之爲黄冠師，未必爾父意也。爲黄冠師而能遑遑焉以不忘其親，則難矣。夫能不忘其親者，即能不辱於其親者也。能不辱其親，則雖爾父之存所以厚望於子者，亦不外是矣。尚奚以悲且憾爲哉？子行矣，過江、漢之上，首訪爾父之故寓，以求爾父之故交，拜而請焉，其必有告子。然後爲服，即爾父之殯，踴哭而盡哀焉。禮必如始喪，雖遠不可忽也，雖久不可易也。既又設祭於殯塋而告啓焉。既啓矣，則必號而繞於墳者三而後行，庶乎魂之有知，依而來止也，不亦可乎？曾子曰：『親喪固所自盡也。』生其思所以爲自盡者哉！異時負骨南歸，祔先城而襄事焉，當又有以語子。」

贈鍾大觀序 典吏

興國有名家子曰鍾君大觀，以其邑吏秩滿，當遷他邑。其友謝以善惜君之去也，則來謁余文以致贈焉。以善之言曰：「甚矣，鍾君之難能也！以百里萬家之邑，當庶務搶攘之秋，有甲兵焉，有錢穀焉，有興作詞訟焉，宜非一手足之爲烈而後可。然自會府有汰冗之令，而邑長無兼吏之司。於是一縣之事盡屬於一令之尊，而令之所以設施注措者，又恒屬於一吏之手。事叢責備，而吏於公者始棘棘乎其難矣。惟大觀智足以應變，才足以立事，勤足以奉公，明足以燭微，凡應對奉承之間，將命教護之舉，靡不交盡而兼至。故上有以得長官之譽，下有以得邑民之情，而優游安裕以終其秩，莫有間然者，非其才且賢，能致是哉？」

嗟夫，大觀則誠難能矣！念昔大觀方垂髫時，嘗執經從吾伯父養蒙先生游，已嶄然穎異可敬，孰知去之三十年，乃能操觚引檟以從事於邑大夫之後，而有立卓卓如此，非賢而能之乎？夫事之繁劇者固難於獨任，而功之責成者恒亦不必係於衆謀。蓋任之也專，則其爲之也力；爲之也力，則難有所不避而責有所不得辭。否則，旅進旅退，徒囂囂曰：「非我責也，非我職也，我何以汲汲爲？」而天下之事始日隳矣。君子視大觀之所爲，豈不重可爲世道人才勸哉？大觀和厚周慎，物之貴重而器之銛利者也。其遷而升也，駸駸乎其上達矣。彼一州一邑之勞，要不足以滯子。雖然，余固知大觀者也，以善其亦有感於余言乎？因以復於君，遂述而爲之序。

送葬師胡從正序

傳曰：葬者，藏也，欲人之不見也。後世乃有遷卜之説，至啓發再四，而卒猶有不得其所者，何哉？亦曰始之不慎而不得其所以藏之之道也。孔子謂古不修墓。非不修也，惡其不慎於始，至於崩而猶未免於修也。修之且非禮，而況欲更啓其故藏者乎？則孝子仁人之欲愛敬其親者，宜必慎其所始矣。

友人興山令尹鄒君利川，有母之喪，殯于淺土者將再踰年，日遑遑然惟吉兆之是擇。一時號爲葬師者，各以所見，日踵門以售其技。然其言不經，下者率阿循取合，高者或誇誕立異。以故時時抵牾舛錯，君惑焉。他日，聞贛興國有葬師之良者胡從正氏，質直端静，治郭氏書積二十餘年，探索研究如儒家治經，宗主楊、曾家説而深造廖氏之微。其爲人卜葬，往往安便詳審，無依違欺蔽之病。衆亦咸推讓之，曰：「非從正莫可謀卜也。」君然之，即飭書幣遣人馳二百里往聘之，則退然身若不勝衣，言若不出諸口者。及與之登臨上下，顧瞻迴環，蓋洞乎其識，淵乎其論，而確乎其有執也。凡丘隴之形勢情性，泉池之脉絡源委，無不瞭然心目間。美不容掩，惡不容覆，而剸裁迎折，無不如法。其言曰：「葬者，乘生氣也，淺深得其所乘，則不必錮以金石，堅以膠漆，而風不能散，水不能淫，螻蟻不得入，草木之根荄不得侵，而遺骸寧妥矣。其不然者反是。」久之，於九州之東得地之厚而固者曰雞鳴山，其西得地之坦而秀者曰田螺坑。其始也，榛棘之所蒙翳，狐鼠之所憑依，過者或未之奇也。至是遠近來觀，咸咨嗟嘆息，以爲胡君之術之奇果足以酬其言。則又相與傍徨驚訝，慨然歎鄒君純孝之積爲有感也。

嗟夫，人亦孰不欲其親之壽且安哉？其生也不幸而有疾，雖拜而迎醫不過也，若委之庸醫，比之不慈不孝。斯言也，誠以欲其親之安，將無所不用其情焉，而況於親之終乎？孔子曰：「死，葬之以禮。」又曰：「卜其宅兆也。」傳曰：「凡用於棺者，必誠必信。」孟子亦曰：「無使土親膚。」皆此意也。此固人子之所當自盡也。自後世惑於鬼福及人之語，而鄙師俗巫乃有貨視人之親以爲厚利之資，至使人子朝葬夕改，亦將有覬利於其親之意。否則，懟且怨焉，其亦惑之甚者。噫！彼固無足道也，乃有不擇不圖，舉其親委之於螻蟻沮洳之區者，亦獨何心哉？

胡君治葬畢，告歸其鄉，鄒君既禮賮之矣。余因原古之葬者，併述君之所以爲人治葬爲安且審，與鄒君之所以葬其親而能慎於初者如此以贈之。庶人之欲愛敬其親者，必君之是求，亦化民成俗之一助也。若夫持淺陋之見，徒以人之親試其巧，而猶不能不待夫來者之改爲，則戚矣。鄒君吾知免夫。

贈熊掾史序

友人馬君佐〔一〕，以大省之命部送糧舟，往來章貢之上，數過余，道相掾熊君以德之賢。其言曰：「君清修樂易人也，以長材雅識受知於今中書平章公，蓋非直策名於簿書案牘間而已也〔二〕。頃者平章公顧念廬陵、泰和之境瀕於暴敵，特命君以掾史重出督征賦，既而又即其所莅陞提控之命以優異之。凡州東南之甲兵、錢穀、科征、造作，一切調度，悉委以屬君，隱然方面之寄、腹心之任而喉舌之司也。余每部舟載上下灘石間，若繩屬絙聯，無不虛往實歸而無稽滯縻曠之患者，君之賜也。兹余將歸計於會府矣，子盍爲我序所以畢事之故，以歸成於君，庶幾君之美彰而不闇也。」

嗟夫！熊君之賢固已昭晰於時矣，馬君其亦有歸推賢能之賢者乎？成巨室者必籍衆材，上無所總則下無所附，故欂櫨楶棁恒有功於百圍千尺之梁棟。何也？一木之大不能以獨舉，必相須而後成焉，而況於爲政乎？二君之美，蓋交可紀也。雖然，民貧斂急莫甚於今日。凡兵之所仰食者，農也，而農之去而爲兵者，又相望而起矣。其操耒耜而緣南畝者日寡，將何以爲供輸之繼哉？善計者其亦思所以紓民之力而興地之利者乎？傳曰：「飢者易爲食，渴者易爲飲。」此其時矣。僕願因君佑以達於熊君。君仁人也，能無惻然於斯言而上聞乎？

【校勘記】

〔一〕「馬君佐」，疑作「馬君佑」，見下文及槎翁詩卷六秋日承薛克恭馬君佑艤舟相問留尊酒而別。

〔二〕「案牘」，原作「案櫝」，據康熙本改。

朗溪曾氏瑞石序

廬陵有曾氏，世居邑西之朗溪。朗溪之上有異石焉，穹窿修直，跨兩厓之間，若偃梁然，可以通行者。昔有人過之，指謂曾氏曰：「是爲而家科名相也，幸甚保之。」既而曾氏有名應龍者，果領宋寶祐戊午舉。里豪忌之，夜遣人排石以斷之，迄今百一十年矣。應龍之五世孫有鉞者，爲余言，當其曾祖父時，石之斷而空者猶八九尺，行者至架木以通。迨其祖父時，則斷石漸長，已可三四尺許。今石長益近，可一舉足過矣。因名曰瑞石，將謁今之能文辭者紀焉。余甚異之。他日，余友劉君伯章過而見焉，爲賦詩以志喜，且曰：「序卷端者，吾西昌劉同年也，當自爲君請之。」後伯章歸安成，與余不相見者數年，而鉞獨勤勤以序文來徵，且謂伯章之意，宜不可以孤也。余不敢辭，則爲之言曰：

夫天地鬱積磅礴之氣以周流生息於兩間者，固未嘗已也，而其成毁廢興，類關於人家國天下，則有非偶然之故者矣，而君子固不論也。昔新莽嘗詭通午谷矣，而漢之祚固自興也。正倫嘗忿鑿杜固矣，而千載之下論人物事業者卒歸之南杜，而正倫無聞焉，則君子之自修，又豈容惑志於所異而忘致力於所當爲者哉？抑聞之，人衆勝天，天定亦勝人。夫斯石之毁也，昔之有力者既倖以衆而勝天矣。兹其長而將合也，豈非天之久而定者卒有以勝夫人歟？

吾聞曾氏多賢子孫，皆文雅端碩，爲時名士，使斯石雖斷而弗合，猶將奮起以自效。矧山川獻靈，其滋長聯屬以復于舊也有日，則由是興德藝，賓天府，以繼名科之世而成兹石之祥者，寧不在斯今乎？孟軻氏所謂「以其時考之，則可矣」，鉞其慎圖之。

先塋記自序

嗚呼！昔我先人臨終以故書一帙遺不肖孤等，曰：「小子識之，此先世墳墓録也，小子識之！」不肖孤敬起拜受教，執書以泣，諾不敢忘。既襄事，發而視之，則先代有司質劑與私家契券具焉。嗚呼，其敢忘哉！

惟劉氏自五代唐天成間由金陵來，迄今餘四百年。由始祖五府君諱況而下迨楚，歷十有七世。其間生而聚居，歿而族葬，宜皆有其所也。而世殊事異，播遷中絶者往往有之矣，欲盡録之，得乎？惟我先大父實存府君及高曾以來，世謹券牒之藏，而時嚴春秋之祀，得於家訓面命者固多，而摭諸故老耳聞者尤審而不放，由是修圮毁，剪荆棘，戒斧斤，詰侵暴，所以保而守之者，蓋無不盡其心焉。嗚呼，其亦難矣！昔孔子幼孤，葬其父而不知其處，問於鄹曼方父之母，得於五父之衢，然後能合葬於防。及其葬也，又曰：「某也，東西南北之人也，不可以無識。」夫有所不知，雖聖如孔子，不嫌於下問，而慮之遠者，雖聖人不能以無所識也，況夫後先之相代，陵谷之相乘，盛衰之相倚，又烏能以略之而莫之省哉？

是録自一世而下，其墳墓之散在郡邑都鄙，與夫葬徙之久近，域厲之廣狹，咸按其所録者係而列之，總若干號，題曰珠林劉氏先塋記。嗚呼，十七世四百餘年之録，亦庶其略備矣！惟奉教以來荐罹喪亂，凛焉失墜之是懼，兹幸及於少寧以有存也。我後之人尚嗣守之，以無廢我先人臨終之訓哉！謹述而爲之序。

陳曾遺稿序

陳君曾者，余妻之兄也。既冠而孤，同母弟一人，則出繼於族父。曾獨奉其母楊氏，以上事其祖母康與其叔祖贛州府君及叔祖母胡夫人。三人者，俱年登八袠。每旦，府君衣冠坐堂上，諸孫進謁，訓戒嗃嗃。當時曾之從弟猶四三人，而應門禦侮、營養計事無失節，應對唯諾無違禮。俾老者至忘其子之喪，而内外一怡愉者，曾也。

君自幼已警敏能言，外祖待制楊公奇之。比長，益刻意舉子業，治周易義，常以外祖自期待，諸舅笑之，然喜其志，不輒挫也。當其父潮陽府君没時，有四女俱在室，君資裝嫁之，皆不失所。余辱婿君第三妹，而余最貧。君以文學相重，不嫌也。

至正十七年春，祖母康没。秋九月，贛州府君繼没。又明年庚子，胡夫人没。前後終三喪於兵戈擾攘中，罔有不自盡者。甲辰夏，兵亂又作，君舁其母走雲亭山中，母遘疾没於馮嶺。途窮事迫，無以爲殯，已解衣，妻脱簪珥以易棺而藁葬焉。掩壙甫畢而兵至，人爲孝感也。余時避地閬川，與君不相聞。及秋，乃相見於龍陂，相持大哭。君且哭且訴，余察君有憂色，數寬譬之，君黯然不自釋也。别去未一月，聞君已轉徙黄嶺之北，寓田舍中，得瘵疾，七日不食，死矣。痛哉！君有志績學以立名，而遭時遂絀，迄不得一騁以没。然以一身歷四世，奉重闈偏親，生事死葬，爲陳氏順孫孝子，有足稱者，不得顯且壽，義可無憾矣。

君天才疏暢，下筆落落成文，無矜持澀縮之態，惜未有存者。他日於故書中得君前後所爲詩若干首、文若干篇，因以歸其子繼先，使無忘其先人之手澤。而繼先復請余序而藏之。嗚呼！君之文其可傳者非止於此也，觀者尚因所言而推所未見者，斯固知之矣，況有子能傳而振之，則君之志與名有不遂顯達於方來者乎？余爲君序此，而余妻之喪亦已四年矣。噫，其忍言哉？君字有慶，壽止四十有七云。

鍾祥詩集序

字舉善

昔人謂詩能窮人，信然乎哉！將詩必窮而後工也，則窮之於人，必有不苟焉者矣。余自少遊四方，所交皆能言之士，其貴富利達、高視雄據，發辭吐氣能赫然如虹霓、轟然如雷霆者，吾固不得而友之也。惟不得而友之，故亦不能以窺其懷負之所有。其得以友而窺之者，類皆飢寒不振之人，與夫困阨無聊之輩，徒呻吟窮簷，咨嗟遲暮，棲然日與秋蜩寒蛩相爾汝〔一〕，而世之知之者或寡矣。亂離來歸，方汲汲焉求所謂窮而工者，卒亦莫之遇也。將天欲閟是道而不輕以畀人邪？毋亦徒能工於窮而不能以工於言邪？

久之，於武山之北得一士曰蕭翀者〔二〕，蓋方有志於工其言而未見其窮也。又因翀而得鍾端、鍾祥焉。之兄弟者，蓋窮矣，而又工於言者也。嘗與之登西華，憩雲峰，漱丹井之清泠，叩石門之岑峭，或連月遲留，或竟日忘返。其探幽極隱，抒瀹鈎寂，皆世之所厭棄而擯斥者，而三子者獨甘之如至味，如大樂，方眷戀而不之釋。彼豈信其爲工哉？他日過之，則端也蚤世而不返，翀也日鶩於世變而未遑，而祥獨得肆志一力於詩而工有之，兹獨非其幸歟？然祥遭亂喪其親，又喪其妻子兄弟，煢甇焉乏奉身之具，無强近之助。嘗營小屋於南溪之濱，楹柱雨立將三年，卒未有以爲覆者，蓋今之所窮人者歟！然視其志，嶷然而不挫；視其色，侈然而不憂。方長吟短咏，行歌坐嘯，怡然自得，宜其詩之達于工也幾矣。

今年秋，録其詩若干首以示余。觀其所録，則往往追述盛年江海齊、楚故都朋遊意氣，感時吊古之作，又不直呻吟咨嗟與秋蜩寒蛩相爾汝。則所謂窮而工於詩者，豈徒謂其能工於窮苦之辭已哉？苟由是而求以益工，吾見其貴富，未見其窮也。雖然，余惟窮以至此而有識於子也。子之兄已矣，吾既不得而語之矣。子歸，而以是語趐焉，盍亦思以振而進於工乎？

【校勘記】

〔一〕「棲然」，疑作「悽然」。

〔二〕「得」，原作「待」，據康熙本改。

王先生挽詩序

三槐王先生，没于萬安之五年，將以洪武元年六月二十七日葬于其里千秋鄉北新山之原。前期，其孤子沂佑相與括髮變服，哀號祖跣，觸炎暑，犯星露，走百二十里之萬安之瀘源之龍下，祗奉先生之殯以歸而襄事焉。行道見者咸咨嗟太息，以爲君子有此孝子，爲能以盡心於終事如此。及葬也，無遠近疏戚，又咸來會哭，以成奠遺之禮。其姻族則相吊而泣曰：「是能敦孝友而達姻睦者也。今已矣，吾中外復有如斯人者乎？」其鄉鄰父老則相顧而歎曰：「是能周邺上下，不吝施，不苟取，以患難相扶持、禮讓相教導者也。今亡矣，吾里寧復有斯人乎？」其贛之人士則相與言曰：「是能訓迪我子弟以忠信于家鄉，而擢藝施政于王朝者也，今亡且葬矣，世寧復有如先生者乎？」其郡若縣之士友則亦相與言而歎曰：「是能教其子以承其先者也，奈之何子之學既成且顯矣，而先生卒長往而不之待也！」則相與敍述其言行，各爲歌詩以寄其哀焉。

夫薤露、蒿里，古挽歌之名也。其辭雖皆所以哀夫人生之有死，而悲夫死者之遠而不可復者，然直夫人泛然之戚與適然之感而已，豈嘗有所指稱而道之者哉？今諸君傷孝子之失其親，使不得以終養，又哀先生之孝友廉讓，修於身，教於家，達於友，信於人，而卒不克一施於時以没。又歎先生昔者不幸終於喪亂，兹乃得際承平，還故山，獲吉卜，遂光顯有以慰其平生，豈非幸哉？若是者，宜皆托之挽歌者，繼其聲以有作也。是詩爲先生作也，敍之者所以著先生之得於人者，有可哀之實，亦以見諸子之作爲不徒爾也。詩凡若干首，次而録之如左。

送友人遊浙序

浙爲東南鉅麗，自錢氏挈以歸宋，宋休養生息既三百年，而後爲元氏所併。元有之又將百年，而後始有兵革之禍。至是四五百年都邑文物之盛，一旦摧覆，攻薄之久，始歸于今之職方，其離合盛衰之故，可勝言哉？江西據上流之偏，視浙猶東西家，然其民質茂而不浮，有至老死不相往來者，而士爲尤甚。何也？無商賈之高貲厚蓄以通車楫也，無使宦之繻符驛傳以行郡邑也，無工伎之巧麗奇詭以傾通上下也，無僧真之變幻定力以遊食於林泉也。於是有以文字簡册游其名，有以繪畫圖寫游其外，又有因過使行客以游其言。夫游於名者未能以敷其實也，游於外者未能以闖其中也，而況於以人言爲游者乎哉？四民之志，惟士爲大，而四民之業，惟士爲窮。彼其挾甚大之志，坐談於一室之内，自以爲無不達而無不知也。及掉臂出門，輒不數十里，悵然如有所失而返。何則？非窘於兵戈，則累於妻子，而困於無上下之交，宜其不能遂遊以止者，皆是也，而況今之罹喪亂，瀕死亡，幸出而僅存者乎？余之患此，久矣。會友人某過余，以將東遊而來别也，因與之言浙之離合，時之治亂，與夫士之困窮無貲勢巧智而難於遊者如此。

某慷慨有大志，其操行制事，斷斷不在古人下，而獨超然有志於四方，則其爲斯遊也，必將求以信乎己之耳目而後已，其亦異乎世之游者矣。浙江東西不啻數千百里，其山海城邑、物産風俗之可歌可紀、可悲可弔者，亦有異於昔而復於今者乎？其懷材抱器之士，隱約於魚鹽屠釣之間者，固尚多矣，其亦有可得而從之遊者乎？風氣既回，聲應斯在，此千載一時也，吾期於子之歸焉觀之，將見子之識日充，文日肆，而天下之觀在子也。於是咸賦詩以道其行，而余爲之序。

贈日者曾蓬萊序

吾聞往時有温、嚴二家得麻衣道者數學於江上異人，其法以人之始生年月日時，演千百十零之數。以千百十零配祖父妻子之位，定以八卦，綜以五行者，其常也。推之以卦氣所屬之爻，加之以父母姓氏之數者，其變也。執其常，極其變，凡世之生生不齊者，舉無遺策，而數之妙始不可勝用矣。然其學宏博奇奥，二氏誓不以傳人，人亦罕有能窺之者。嚴之學早已無嗣失傳，而温之學多傳其子孫。得温之傳者，獨蓬萊曾氏止耳。

蓬萊機悟警敏，事其師如事父，故蚤學而易成，其術嘗與二氏並行而益顯。今蓬萊年且八十，而神完力壯，類五六十者。余嘗見之於廬陵之龍門，今凡三見矣。觀其爲人推談機祥，往往不爲依違觀望，於凡貴賤貧富壽夭，直瞭然如目視而手指。至推其姻婭支屬之情貌美惡，洎心迹隱微，咸亹亹極言之不諱。聽者方傾坐絶倒，而聞者已心折神伏，耳熱汗下，不暇再叩。此其爲中也，亦何奇哉！嘗竊觀世之談者，或以干支，或以星象，或以曆數，無慮數十家，然鑿枘牴牾，鮮有合者。其説至於同年月日時，則皆窒而不能以通，窮而不能以變。獨二氏之説不專論本策，又推其父母之數加之以爲積。夫本之同者衆也，至積則無有同者矣。因其不同之數以推其不同之數〔一〕，以推其不同之實，此魏管輅所以不能加，唐李虚中所以不能知也。此豈非其不傳之秘哉？

近時省中貴人有聞君名以檄來徵者，至則以十數同生雜就君決之。君推論皆奇中，高下有差不爽。貴人愕然驚謝，欲薦之朝。君笑曰：「後若干年某月日，吾其死矣，何以薦爲？」貴人知不可强，厚資之以歸。猶時時扶杖出石門，出入城邑，步履若馳，人争迎候之。其去留恒莫測也。

君嘗謂余言：「方少年浪遊江海間，所至從者如市，日得不貲，常攜就博徒戲擲之，或時爲同舍生持去，然我卒亦未嘗貧也。」嗟夫，若曾氏者，可謂能達而信於命者矣！夫豈規規然持小數私智以誣於世者哉？然世之爲術者類能觀人而不知所以觀於己，至有負乘而猶招、日暮而倒行者，亦異乎其所談矣。苟達而信之若曾氏，則死生得失，豈不觀於己而有餘哉？他日別余，將歸老山中，余懼其難於繼見，而世或莫知其學之所自也，故述而序之，將畀世之傳日者有采焉。

【校勘記】

〔一〕「因其不同之數」，康熙本作「因其同之數」。

美夾谷侯勸農燕勞詩序

洪武二年歲己酉二月十五日庚辰，泰和貳守夾谷侯出劭農于城西郭門之外，遵令典也。是日，天晶氣和，風日澄朗，旌旄前導，輿馬後趨。凡州之幕官、屬吏、胥徒，下至甿隸、野老，無不奔走後先，恪恭所事。而校官、儒士以及材藝俊秀之徒，亦莫不來會田間，將觀禮焉。鼓三奏，涂道既除，冠服儼臨，苾芬載陳，耒耜乃駕，相協利器，牛馴土膏，九推而還，五種斯播。其老幼婦女夾阡陌、擁隰畛而觀者，蓋以千百計。侯乃釋服就位，召甿隸咸造于前，宣其勸詞，勞以酒食，莫不歡欣呼號，踴躍羅拜。惟此疏賤，德公不遺，敢不夙夜告戒？以力田事，以供王税。自今以始，無有怠後。

衆既退，乃與幕屬、儒士更聚於月池之上而飲勞焉。衆舉酒爲壽，適有持麥穗來獻者，侯欣然簪而飲之，曰：「此豐登之兆，願共諸君樂之也。」既乃徧酢焉。酬獻有容，籩豆斯秩，賓既樂止，日將夕矣。侯則曰：「樂不可極，事不可曠。今兹劭農，乃職之宜。燕勞既終，敢飭返駕。凡爾在侑，能無辭乎？」衆曰：「諾。」時清江繪史孫昂請爲圖以進，而諸君子咸歌咏之。州人劉楚以侯爲農興勸也，能謹而有常，及與士勞飲也，又能樂而有節，是皆可書也，故不辭而爲之序。

送吉水縣知縣費侯赴覲序

洪武二年己酉夏四月，吉安府吉水縣費侯將赴覲于南京，祇令典也。惟吉安爲江西上郡，其屬邑凡八，而吉水地大賦繁，實當下流之衝，凡使客貴人由江西南上將莅于府者，必先至吉水。又其治去大府不四十里，凡有徵發科調之舉，率先他邑以責其成。則爲吉水者，不亦難哉？

費侯本儒雅而濟之以通敏之才，體慈和而達之於煩劇之政，宜見其有餘而不見其不足也，見其優優以成而不見其戚戚以憊也，則其往而入覲於王朝，有不備顧問而承寵光者乎？侯若曰：「惟兹下邑，在昔實號繁衍，習恬恃寬、乘亂鼓暴、蘖芽其間者有之矣。賴天威神，霆擊飈舉，剗刮嶔崎，摧拉角距，俾就繩矩。維時創殘，嚬呻以呼，維此牧育，實令攸屬，撫摩滌蕩，嘘煦生成。迺畝迺廬，以干以城。然後王法憲度，天廓日晶，百里外暨，山夷水清。此豈臣能？惟天之明，敢不再拜稽首，以對敭于王庭？由是考山川風俗之美，道田里生殖之蕃，陳士庶文物之盛，彬彬然，煌煌焉，其有不最於旁邑而重於一郡者乎？」

於是費侯行有日，其邑士蕭梓遣人徵言於泰和劉楚以爲贈。楚，同郡之隸氓也。誠令得服耒耜於寬閑之野，日從田夫野老詠歌鄰邑賢侯之化，亦多幸矣。其能與知國家考績黜陟之大章大法哉？雖然，嘗聞之矣，有天下凡外任爲守令者，率三歲代去，得上計於中書而已，然宰執不得見也，而况於九重萬乘之尊嚴也哉？今國家監往弊，立新制，以敦化本，以一人心。凡郡守、縣令率俾久於其任，其守令以下皆得以時入覲，因陳其所當言，而上之人又將因言問覈賢否而爲之黜陟焉。今吉水之人方樂侯之政而未饜，則朝廷其將以侯終惠於邑民也審矣。梓幸爲我謝費侯曰：「勉哉斯行！吾將因侯之往，以賀朝廷之任賢令爲有徵，又將俟侯之歸，以賀吉安之得賢屬爲有永也。」

羅氏族譜序

余幼聞長老言：宋季時江之南有狀元張氏，以勢力撼摇州縣，一時氣燄烜赫，孰不願争出門下。張之鄰有羅氏字正叔者，視張氏不啻東西家，然足迹未嘗一闖其庭，方退然教子孫力耕勤學爲自庇計，在當時若甚無過人者。其後張竟以事債，而羅氏以善克持至今。蓋嘗慕其人，思見其子孫。

乃至元己卯間，余客豫章，始識誠甫與其弟德甫、仁甫。問之，則正叔諸孫也，時年俱已六十餘，而圓顱白髮渥丹，類如古仙人。其子弟又皆頎然長身，如芝蘭叢桂，森秀可愛。時方挾重貲行四方爲廉賈，類能言宋終遺事，及鄉里人物盛衰賢否得失大概。余喜，數過聽之，不厭也。後二十餘年，以亂歸鄉里。及過江南，則諸老没久矣，獨德甫之子和鄉、仁甫之子惠鄉在焉。既而和鄉没，而惠鄉與其姪曰志道、曰修己者，咸攻苦治生，朝出耕，夜歸讀古人書。而惠鄉猶勤勤焉治舉子業，方有志於科第。一門出入，彬彬禮讓，盛矣哉！他日，惠鄉録其族譜半幅以示，且曰：「先世舊譜遭亂散逸弗存，相傳南渡後自金陵徙江州，復自江徙吉，自吉徙西昌，有諱德善者，實始遷之祖也，迄今且七世矣。某懼無以傳諸後，請爲之言以徵焉。」

夫世族之保也難矣，惟善之殖者利莫大也。有富盛薰灼如張氏者，今其狀元之居之墓皆湮没江上蒿棘中，其子孫不知何在。而羅氏之後獨能守其先廬墳墓於陵遷谷變之餘，方習詩、禮，尚文雅，日振而未艾，則世之遺子孫若羅氏者，豈不可以爲法哉？則嗣羅氏者，宜知所勉矣。

株木余氏族譜序

在宋有余氏，居株木，與吾劉氏連姻而同里，其家傳譜牒斷自曲江襄公靖始。襄公嘗知吉州，其孫忠因家焉，此西昌余氏之所由始，而株木蓋其别業也。今所居近有良田數百頃，皆其家故物，鄉人至今呼爲余家段云。

當宋季，襄公之八世孫有大成者，自號竹林翁，與先祖實存府君同出監簿王氏爲外兄弟，志相好而學相頡也。翁以科目厚自期待，讀書幾爲之喪明。翁既没，其從子曰希武者，余先人與之交，鄉人稱曰友梅先生。先生早孤而貧，躬稼植以養其母。既長，授徒里中。每得一甘腝，輒不忍食，必懷橐以奉，鄉鄰稱爲孝子。方元盛時，士夫競爲短衣笠帽，尚跪拜禮。先生不詭於俗，每朔望謁見，獨緇巾深衣大帶，端拱而深揖，使學者見先王之舊。又嘗爲四言韻語以訓蒙，使知古今人物、天地陰陽之類，與夫君臣父子忠孝邪正、治亂得失成敗之故，而必不爲虚言浮詞以欺眩一世，此其學行之植、教導之施有不徒然者矣。先生没，遭世多故，鄉閭士族之世其業者益不可見，獨余氏一門至于今不替。而先生之孫昌齡，尤能讀書守禮以事其諸父，友其昆弟，而保譜牒之遺，豈非難哉？

夫盛德必百世祀，源深者流之必長，本之盛末之必茂，固也。而君子亦思所以自盡者乎？子之所以祖襄公而不敢忘者，誠知敬其所自矣。不知襄公居曲江未第時，其上又誰祖也，豈亦嘗有如襄公者乎？其前之未必有如襄公者，而公能特然拔出嶺海間，以自致於天下，矧爲襄公之子若孫者乎？況爲其子若孫之賢者乎？若爾伯祖竹林翁之苦學，爾祖友梅先生之篤行，是皆能以無愧於襄公之後者也。子蓋亦求以無愧於爾先祖父者乎！

余竊歎今譜載襄公而下居吉者皆單傳，至五世而始蕃。不知今其子孫之居嶺海，其譜牒詳略又何如也。異時過曲江，拜先祠，合羣族而考德問業焉。余尚獲見余氏之全譜也，昌齡其勉之哉！

槎翁文集卷之十

序

送羅朝舉序

余以偃蹇不善俯仰，無所庸於世，蚤退耕於株林之下。由是與貴顯者日遠，大夫士亦不相通聞，獨時時從東鄰羅君朝舉遊而樂之。君盛時右族佳子弟也，爽邁尚氣概，與人交，重然諾，而不爲苟欺。平居恂恂如不能言，及臨事，見義勇於必爲，雖千萬人無所與讓。家無羡儲，而其門嘗有四方之客。資無十金，而其氣嘗有投幘之豪。於酒獨不嗜飲，或强之，輒逃去。至其飲客，則必無不盡醉也。於文雖不甚通，然常好蓄古書史，或爲人持去，亦不較也。間爲余言：「少時負恃豐蔭，不知讀書爲何事，今聞人談古今，心甚慕之，然無及矣。」其邁往之氣鬱積而無所舒，每登高弔古，輒放歌自遣，蓋慨然有燕、趙豪俠激烈之風，而世之知之者或寡矣。去年秋，嘗客遊豫章，與之處者皆倜儻不羈之士，其聲稱藹然湖山間。今年三月始歸，歸未幾何而君又以浙江之役來别。嗟乎，君，余之益友也，若之何舍我而復東哉！

今法令彰明，才俊並用，若君之疏達而不拘於一器，超軼而不滯於一方，吾知其往而有合也審矣。余奈何癖於書，困於酒，坐放於農圃，而不得以遂相從於上下也。則凡君之所優爲者，余固有所不及矣，而君之所不足者，豈非余之所謂無庸者歟？於其行，遂書以别。

贈孫如心序畫史

萬安孫如心與其弟衢亨，以傳神寫照起家，當時大江以西公卿士族咸爲傾動，所至延接，惟恐或後。君亦不苟下筆，必熟其人，然後爲之。或酒酣氣張，或境合神會，則一遊目頃可得其平生。否則，雖終日與俱，至欲求一筆彷佛，亦卒不可得。此其人其藝，豈尋常勢力之所能致哉？如心修臞而美髯，又磊落善談論。其平居既甚愛其弟，衢亨寡言而温粹，又能以事父之禮事其兄。每濡翰施采，自相可否，至妙悟處，輒相視而笑，人叵測也。余家祖父遺像，皆出君筆，無不極其情貌之至。先君存時，甚愛重之，故其兄弟恒往來余家。去年亂定，如心再過余，則以其子來，而衢亨死矣。君不忍其弟之亡，亦爲之追憶容貌，圖而置諸左右，及圖成而不忍見。或出見衢亨所爲畫，往往悲泣躑躅而去。當其父棄世時，衢亨年甫冠，如心撫迪之無不至，其後與兄弟共財不計出入者又二十餘年。及避難山中，遭饑病，不相舍，躬扶舁以行，至讓食争死以相全。

如心爲余言如此，其容甚蹙而其情甚哀。嗚呼，此非其孝友之至者歟！觀人者亦安得局於藝止也。使嘗究學問以充其所至，則其傳著千載，豈直名藝已哉？金華高司巡永齡，嘗爲君作宣志録矣。余篤君之行有出於名藝之上而志有可悲者，故復著其孝友之實而爲之言。

南岡陳氏宗譜序

南岡陳氏有玄間先生者，當至正十六年，與余偕試江西，往來同載者幾一月。先生長身鶴立，目光如漆，軒軒羣衆中，言笑自異，充然有學行君子也。視其志若素所鬱積未得肆，而欲直驅遠攬以儷美于前聞人者。知余爲株林族也，爲余言：「昔余陳氏有甥名獬，與吾七世伯祖寧鄉府君千齡爲同年，後嘗爲德慶通守者。又有名申爲南安參軍，視吾七世祖爲表兄弟，嘗爲吾陳序慶源圖者，非君之上世乎？」楚謹應之曰：「然。」則慨然執余手曰：「吾老矣，此行利不利未可知，歸則我將修吾南岡後譜，譜成又當以序屬之於子。」是秋，余竊忝，而先生歸南岡，方怡然築室爲興詩齋，以淑其鄉人子弟。自是兵亂日起，而先生卒以布衣不可作矣。

後十三年爲今洪武元年，余過武山，見其子鈺於蕭氏館中，恂恂能世其家者也。他日，示余宗譜一帙，泫然以告曰：「此余先人所欲爲而未就者。先生昔嘗許以序，幸終惠之，先人在地下，將亦慰悦者也。」某不敢辭。

按譜載自金陵府君暉而下至褒凡八世，由八世析爲小宗者六人，若南岡之祖褒其一也。褒而上，余嘗於他譜中概見之，褒而下，則鈺之譜爲始詳，蓋又别其所自而引之於其後者也〔一〕。鈺之用心亦勤矣。余聞鈺之曾大父南岡隱君者蚤世，有子四人，俱幼。其配周氏，年三十六而寡，誓不更適，刻苦扶樹諸幼，竭所有資以從學，不足則鬻田以繼之。故諸子感激向學，不撓而益厲。所居隙地鄰於勢家，勢家利其寡弱，將掩有之。利啗勢摇，詭眩百端，終不可奪。於是南岡孫曾之世承者又數世矣，豈偶然哉？

惟陳氏與吾劉氏俱繇金陵來，歷四百餘年，子孫相望，爲世十有六七。而陳氏爲最盛，在南宋策科名者多至五十餘人，有仕至專州、監簿、兵部者，其富至田連阡陌、第宅半邑里。人易世殊，其淪而微者，亦既有之，而南岡一派，以寡母弱子屹然守先廬尺地於陵谷變遷之餘，而詩書膏澤，尤爗然有耀而益遠如此。則余於斯譜也，安得不歷究而備言之，以申余前人之好，以成子先君之志，而且以待其後之人哉？

【校勘記】

〔一〕「自」，原作「日」，據康熙本改。

蕭氏族譜引

蕭氏子有名德玉者，余妻鄒氏兄之女婿子也。示余以其祖觀我先生所爲族譜序文一首，併列其高曾祖父世系第爲一帙，泣且告曰：「某不幸早喪父，不知上世所自，幸先祖時存，辱惠教之，今死且不敢忘。然由某而上所可推者，五世止耳，五世而下，爲吾諸父諸昆弟者尚若干人，不幸遭喪亂轉徙，死亡者多矣，其存者惟某而已。蓋凜凜乎一綫是懼也。先生幸惠之教，俾有所儆發焉，亦先祖父之願也。某也敢再拜以請。」

余閲其所敘，則知其先本柳溪蕭氏，雖世次、科名、官目俱不傳而不可知，然謂衣冠族處，男子至二百餘口，又謂掇科取青紫累累有見於故譜，則當時之盛，固可想見矣。憶余垂髫遊鄉校，猶及從遊柳谿諸先輩，長身疏髯，幅巾廣袂，年類八九十，聽其談論先世事蹟，斑斑如畫。又嘗見進士題名記，宋末有諱森者，蓋柳溪派也。惜德玉生晚，不及見而聞之。然文獻之存，金石之傳，豈無尚可考徵者乎？由是繼而承之，引而伸之，則爾祖爲不死矣。書不云乎：「邁迹自身。」德玉勉之，慎毋以前之不可知者自沮，後之不可期者自怠也。

送吴明理遠遊序

泰和爲廬陵下邑，其地瀕大江，達修衢，然井屋朴陋，田野荒瘠，人民貧儉，其物産無所宜，飲食無所資，而貨財無所居積。故達官貴人往往唾視擯擲不之顧，幸而見臨也，則朝至夕發。其商賈之舟、驛使之騎，駸駸焉日循厓遵陸而東西上下者，亦未嘗見其解鞍弭楫能以須臾淹者也。獨士生其間，咸好文敦義，與人交極誠款，衣素食淡，不待外物以爲恭，而送迎勞來，每有依依不釋之色，而世之嗜利忘節者，亦嘗有所取譏焉。

惟吴君明理之來也，愛而樂之，未嘗有厭棄之意，此豈世俗尋常所能測哉？明理俊邁疏達，不拘於時勢，好讀書，爲五七言詩。又好交海内名士，凡有一善之長、片言之美者，必踴躍以求通，傾竭以定交，雖千金萬鍾世以爲難得者，君芥視之不鄙。至是留吾邑者將期月矣。嘗與之掩卷斂策坐談於一室，羹藜茹糲，終日而不厭。及與之西眺武姥，南望三顧，瞰高漚之龍湫，攬珠浦之鴈塔，則又爲之怡然以相歡，悠然而忘返也。余既喜君之樂澹泊、甘岑寂，能不棄於吾土如此，又私竊自念無他技能，得委棄於此，以遂其相從之樂，豈非幸哉！一日解其裝，見其所得朋友詩文若干卷，愛之不啻明珠拱璧，猶以爲未足，方汲汲焉求益於四方，則其所得，蓋未可涯涘也。

於其行，因舉酒告之曰：「君其去此，由章貢而之閩海也，日遠而升矣。凡風濤煙嶠之雄怪，都邑人物之鉅麗，蛟鼉虎豹之所憑伏也，百貨海錯之所殖積也，珠貝綺繡之所炫爛也，其見聞必有溢於前而侈於今者。吾見君之不能以復有吾邑一日之蹟也審矣。異時東歸，將諗君之所得，尚有副余深望而慰其孤陋之無聞也哉！」於是王君子與合能賦者八人，以李白送當塗趙君詩句分韻各賦以爲別，而命劉某爲之引。

送別聞人禹疇圖詩序

前泰和州判聞人彦芳爲陜州之明年二月既望，其子禹疇自泰和往省于陜也，乃過諸所嘗往來者言別。明日，士友若干人出餞于快閣之左。祖帳既陳，舟楫具載，乃有執爵起而言曰：「禹疇行矣，今諸君之爲斯餞也，既成禮矣，則畫而繪於圖、文而達於辭者，能無意乎？」

夫樂莫大於不遺其親，情莫難於遽別其友。誠事其親於遊宦之次，而色笑起居無不得焉者，固足樂矣。然別其友於行役之際，所以黯然自傷而愴焉却顧者，亦豈人之情也哉？昔召公之去召南，人猶愛其甘棠，況於其子乎？今泰和之人愛彦芳而不能忘也，因推之以愛其子，庶乎其能好德者矣。而禹疇孝友之譽溢於四聞，是非徒能順其親而又能以信其友也，將非今之孝廉乎哉？禹疇行矣，其至陜也，入郭而舍車，望門而修容，升堂而拜慶，自南而徂北，幾及萬里，行役之感，能無勞乎？

從容侍宴之餘，其爲我致辭曰：「泰和之民憊矣，然未嘗忘也。天其或者終惠于我，移其臨照，沛其澤施，州人蓋將有深望焉。禹疇其飲斯。」於是禹疇欣然舉爵，衆賓以序交獻，各賦詩而退。清江繪史孫昂爲圖，而州人劉某爲之序。

劉以震詩序

夫聞師曠之琴瑟者，知其非下俚之音；覩崑山之璞玉者，知其非泥塗之質。蓋其美也必有所自鍾，其和也必有所自發，而況於詩乎？余嘗求漢、唐以來迄今作者之詩，因以觀其人。凡其人之美惡邪正、窮達修短若是乎其不齊也，而其詩亦往往因之以見而莫之遁焉。

憶嘗過萬安，得劉以震詩若干首於其子曾宗，蓋諷而詠之者，累日而不厭。渾渾乎其情態之真，飄飄乎其志氣之放，瀏瀏乎其聲光之達，余爲之一倡三歎而思見其人。及觀其崎嶇兵戎，淪浮下邑，悼時運而幽怨之感生，慨事會而悲憤之氣作，則又使余嗚唈拂鬱，黯然不自禁而止也。問之，則以震嘗讀書志科第，及遭亂，負劍從軍於邊陲，功名不遂顯立，年四十有八以卒。故今之所録，亦其傳於家而僅存者。惜乎！吾未見其終之宏且極也。然則掇乎尹之片資，固可以驗其爲崑山之珍；耳窈眇之餘音，斯可以信其爲師曠之律矣。後之覽者，尚亦有興感於斯文哉！

送許伯達序

浩溪驛丞豫章祝仁壽來告曰：「余與許君伯達生而同鄉，學而同業，及出而仕也又同郡。今其爲司幕於龍泉歸也，余將持酒江上，候而別之。子知伯達者，能無言乎？」

余辭不獲，則復之曰：今之仕，惟州縣爲難，而仕於州縣者，惟幕職不易。其能卓然出而有立者固鮮矣，其能優優然終更而去者，蓋尤不數數見也，况龍泉乎？龍泉當郡之西南，山長谷荒，寔生龍虵，其民趦趄崛强，易以梗治。朝廷自更化以來，首選今高候爲之令〔一〕，而外省復檄君爲司幕以贊佐之，豈徒贊期會、省文牘，傲然羣吏之上而已哉？夫州縣之司幕，猶人之有喉舌也，位雖若甚卑，而庶務所關，百責攸萃，蓋又有難於令與佐者，其不朝檄至而夕譴去者幾希。

惟君才足以御煩，而智足以適變；惠足以有濟，而敏足以有爲。且嘗給翰牘於省署，觀禮節於公卿。宜其可否於縣幕之間，而下無不悦；承復於郡庭之上，而上無不獲。而且以有終譬如此也。譬之銛利之器，可以斷犀象者，必不難於割雞；超逸之足，可以追風電者，必不難於歷塊。吾知君之去此，考其成而進於州若府也，日遠而升矣，豈能以久淹於下邑哉？夫仕於外而能美還者，鄉里榮也；重其別而以言贈者，友朋情也。余既重祝請，又以伯達交余之有素也，故序而且致願望之私焉。

【校勘記】

〔一〕「高候」，疑作「高侯」。

贈徐永年序

棄一障之地，總數十輩之卒，以護莅方數十百里之衆者，司巡職也。而其地恒隸于州若縣，崇嚴監臨之下，時有督賦逮捕之勞，顧其職誠良難者。異時官缺，則以州若縣之吏攝之，而其職其難又有甚焉。泰和早禾市舊置巡司〔一〕，莅邑西北七都之地。其最西深山窮谷，遐邊絶壤，民鼠伏鳥竄其間，徵呼恒慢其期，賦税恒後其入，往往致累有司。有司以其遠於州而邇於司巡也，故當秋賦之期，併以督徵之事委之而責其成功焉。夫遠於州，則情有所不能通，而勢有所不易及。惟邇於司巡也，則情之通者如聲之應呼，而勢之易也如臂之使指。若是者，宜無留難也。然往往不能盡其道，以致齟齬僨事者有矣，況於攝者乎？

番易徐君永年，故江東名家，嘗吏餘干，佐其長有能治聲。其調西昌也，適司巡者有西□之役〔二〕，州長以君嘗奉詔于西也，即選君攝之。時四境無虞，烟火聚落類如承平。君一以安靖撫之，民則大悦。州以君之政爲能信其民也，乃復以七都之賦俾君督之。君不以其暫攝自諉，而能盡心於所當爲，民不以君之不能久於職爲可欺，而必相勸先集以不負徐君之教。此其有爲之才施於一障之攝，而勞效明焯如此。由是而推之一縣、一州、一郡，概可卜矣。余既嘉君能無擾而有成，以不負於所事，而又因其民之請也，故爲之序以贈之。

【校勘記】

〔一〕「早禾市」，疑作「旱禾市」。

〔二〕「□」，明補修本作「戒」，康熙本作「粵」。

鄒氏獨村堂詩序

廬陵鄒季章居龍溪之上、石鼓山之昜，其族東西比閭列屋而相望也，其鄰烟火雞犬夾道而相接也，其誦弦言議溢里而相聞也。蓋嘗聞而慕之，意必有千人之俊、百夫之特出乎其間，以振發其山川之秀美者，恨余相去遠而莫之見也。他日，周君所益爲余言：「季章所居獨村堂者，清勝敦樸，類有古風雅致，而文人勝士賦而詠之者，亦既積而成什矣，子其爲我敍之。」

嗟乎，獨村豈季章所宜名哉？吾聞季章，佳士也；鄒氏，大族也；龍溪，仁里也，其於獨村也何居？將山水雖與人同，而所居有超然而獨殊者乎？將特立卓行、固衆濁而獨清者乎？不然，將亭亭物表而遠托於寬閒之野與夫寂寞之濱以自異者乎？抑亦與物無競，將離人而立於獨者乎？孔子曰：「德不孤，必有鄰。」傳曰：「千金之子，不産於三家之市。」誠以其類之相成者有素。以君之賢、宅里之勝，雖欲深閉固拒，特立以自信，吾恐風之遠聞，聲之宏播，則跫然之音將不遠千里至矣〔一〕，寧終栖遲一丘壑而已哉？所益欣然笑曰：「此固季章之志也，不泥其名而究其實，不拘其跡而得其心，可謂善頌善規者矣。請書以爲鄒氏獨村堂詩序。」

【校勘記】

〔一〕「跫然」，原作「恐然」，據康熙本改。

贈驛丞謝子良詩序

江郡謝子良爲西昌淘金驛丞之明年，政舉具修，舟航安流，烝徒歡趨，使客忻便，上官才之。其始至也，兵亂初輯，公私弗紓，驛舍荒落，舟載弗備，所司無以爲居，客至無以爲寓。乃既攘闢榛莽，畚築木石，而驛之次舍以修；料其材木，程其工用，而舟之運載以具。又能安而不擾，以齊其民之力；和而不暴，以得其徒馭之心。既三年，而政無不舉，具無不修，而君之聲名亦玁玁然起乎大江之東西矣。友人吴存吾爲余言君之能善於其職也如此。他日，合其鄉之人士爲歌詩美之者凡若干篇，而徵余序之。

余觀其詩，既皆敍道其興營之功，又申頌其清隱之美。蓋君子樂道夫人之善者如此。抑古之人有言曰：「舉世混濁，清士乃見。」而儀封晨門皆賢而隱於下位者也。若謝君者，其清士而隱於下位者乎？況其政之可書又如此。則由是操利器以濟天下可也，夫豈能以久淹下驛哉？余不及識君，因存吾之請而信其賢也，乃述而爲之序。

巢雲詩集序

吉水蕭君伯輿，自其少時已嶷嶷負材望，思有爲於世，晚遭變故，乃斂其英華，一肆於詩。他日，緝其所爲五七言歌詩爲一卷以示，而題之曰巢雲，蓋取李白望五老峰詩中語也，其托興亦遠矣哉！夫太白，詩之聖者也。當其以布衣一介，得君於一堂之間，承詔於三章之賦，其光輝騰踔，殆將依日月而乘風雲者矣。及其過潯陽望五老也，方欲托於是山以云云者，此其邁往不羈之氣，豈尋常之所能知哉？

今伯輿之詩，清麗而有則，諧婉而成章，飄飄乎若風行而霧舒也，鏗鏗乎若玉鳴而金奏也，噭噭乎若日光而冰潔也，蓋慕白之風而興起，而又將因其所托以自寓焉者也。然伯輿以通敏華贍之才，嘗試於用而未達也，兆於行而未振也，故其收斂渟滀日廣而月深，則所以攄夫性情發於詞章者，宜混混其未涘也。由是進而依日月，乘風雲，其光輝騰踔，又可量乎？且志刪述而陳大雅者，白之志也，豈徒連類引義、宏放高視，徒飄然有超世之心而已哉？昔太師氏論詩有六義，終之曰雅也、頌也，所以道王政而頌功德。伯輿其毋以巢雲自晦也，他日太師有作，吾見子之詩可以奏雲和而頌清廟矣。

柳溪陳氏慶源圖序

余幼時從家牒中覩九世從祖南安府君所爲陳氏慶源圖序文，因歎曰：「何陳氏之多賢也！」先人因進某曰：「吾邑士族，惟陳與吾劉氏皆因金陵，故婣睦之好舊矣。小子識之。」比長，於妻祖贛府推官公許，始見其所藏家譜圖舊本，今又於姻表焕章所，獲觀其家藏本系，而吾南安府君之序咸具焉。則二氏光耀之遠而有徵者，豈不在斯文哉？

按陳氏自唐同光中有諱暉者，由金陵避地南遷，子孫遂爲西昌人，其文物科第，實最一邑。至宋大觀、宣和間，篆更名杞，以周禮領鄉貢，迄咸淳克任以賦學補上庠，其間舉於鄉於監於漕者，既三十有六人。由千齡登南宋建炎第，至道全登咸淳第，入元而陽鳳登延祐第，其餘擢科奏名者又十有九人，若潭州司理君益其一也。焕章爲司理君之玄孫。由焕章而上五世爲益，八世爲璿，璿兄弟六人，而譜獨詳於璿者，蓋至是始各禰其祖而析系於其下焉者也。其茂德令善，豈一□□懿而一日之積哉〔一〕？嘗考陳氏之譜，肇修於虔州法司千齡，則即余所見之圓圖，蓋收其族而不遺者也。繼修於兵部彬，則倣歐陽氏譜圖，斷其義例，至玄孫別自爲世，則即今煥章之所録者也。其始録仕進之目爲陳氏進士科題名者，則寧遠縣尉導之所爲也。其易而爲積慶圖者，又衡州司户漢孫之所定也。其法凡四變而益密。今煥章謹書而備藏之，則其意之廣遠，固可知矣。

竊嘗合二譜而通考之，璿之再從兄弟有曰應真，其子誠、孫晞俱婚于劉，而吾先世雲復婚于陳，而陳之甥則吾之德慶府君也。方德慶登第，適與舅氏千齡同年，而千齡於吾南安府君則又爲表兄弟。故其序慶源圖也，援以爲説者之亹亹不絶如此。孰知八世之後，若余之無似，又幸辱婿府推公之孫女，而煥章之弟日章復婿余女弟，則二氏世好之繼，豈偶然哉？今日章不幸早世，而煥章諸子皆清修嗜學，能不替於前人，則方來之興又可卜矣。嗟乎，府推公不可作矣！先人教戒之言，隱乎猶在耳也。於是而再覽吾南安府君之遺文，安得不嘉陳氏之有人，而益慨余宗之弗植哉？

【校勘記】

〔一〕「□□」，康熙本作「事之」。

陪祀方丘應制詩序

洪武五年五月十一日戊午夏至，皇帝將有事於北郊。前期五日壬子，太常司以致齋告。八日乙卯，皇帝御奉天殿，合百官致戒誓。

九日丙辰昧爽，皇帝備法駕，御衮冕，自東華門出，詣太廟，謁仁祖淳皇帝，以配享告。駕之將啓也，適時雨如注，稍止，駕乃入太廟門，降輦而趨。右丞相率羣臣百司以序立於廟門之北。還宫，敕百官各返所司以俟命。

又明日丁巳，雨止，駕自西華門出太平門，往省牲于壇左之牢。既畢，進詣齋宫以居。暨午，有旨命中貴人召兵部尚書吴琳、禮部主事宋濂，率六部文學能賦之士與俱來。於是尚書禮部臣陶凱，尚書工部臣黄肅，翰林應奉臣張籌，侍儀使臣俞潛，起居注臣劉季道、蔣子杰，給事中臣宋善，祠部主事臣張孟廉，禮部主事臣孫某，國子學正臣夏閲，學録臣蕭執，職方郎中臣劉崧，咸趨出所居齋廬，遵輦道之傍，逕櫺星門外，度東橋側，循西階以入于上所御之殿。時上新服綱常紗巾〔一〕，神慮燕閑，天顔穆清，顧而言曰：「今兹祀事是將，天雨澄霽，克厭朕心。爾等以文職陪祀，宜即時物所有著咏。」因命賦殿下柳、檜并荷露詩一首。臣琳等奉命踧踖，退即殿隅，屏息覃思，濡翰摛詞〔二〕，以次呈獻。上親覽誦之，品第有差焉。既而復命中貴人傳旨，令賦詩者咸往殿後觀梔子花，俾人各賦詩，人給紙一。既成，序進如初。上喜動于色，因命起居注臣季道等出所製詩若干首，令在侍者咸徧觀之，既乃命之退。

惟皇帝將祀有虔，宅心玄默，而神能天縱，文思蔚興，又嘉樂時物，志通羣下，斯一王之盛典，實千古之罕遇也。臣崧忝司職方，幸陪法從，近天威於咫尺，遂言志於一堂，其爲榮幸，實切倍萬。謹録應制三詩并序其端，庶幾表宣皇風，傳示無極。

【校勘記】

〔一〕「綱常」，康熙本作「綸裳」。

〔二〕「摛詞」，原作「橁詞」，據康熙本改。

自序詩集

自余入小學從祖父授詩，即應口成誦，若無留難者。久之，天機振觸，吐詞出語，宛合音韻。年十歲，先君命賦雞鳴、渡江等詩，識者類以遠志許之。年十六，遊興國，爲侗子師，然猶日誦書千數言，至夜仍賦詩若文以自程勵。居三年，未有異也。會有傳臨川虞翰林、清江范太史詩者，誦之五晝夜不廢，因慨然曰：「邈矣，余之於詩也，其猶有未至已乎？」乃斂蓄性真，湔滌故習，盡出初稿而焚之，益求漢、魏而下盛唐詩以來號爲大家者，得數百家，徧覽而熟復之，因以究其意之所在，然後知體製之工與夫求聲之妙，莫不隱然天成，悠然川注，初不在屑乎一句一字之間而已也。故嘗爲之説曰：詩本諸人情，詠於物理。凡歡欣哀怨之節之發乎其中也，形氣盛衰之變之接乎其外也，吾於是而得詩之本焉。知邪誕之不如雅正也，艱僻之不如和平也，委靡磔裂之不如雄渾而深厚也，於是而得詩之體焉。知成樂必本於衆鈞，故未嘗執一器以求八音之備；知調膳必由於庶味，故未嘗泥一品以求八珍之全。於是而又得夫詩之變焉。是道也，前乎千百歲之已往，後乎千百歲之方來，其能深造而全之者固不多見，其真知而信之者亦寡矣。

竊嘗心慕僊游〔一〕，希蹤巖壑，榮輕宦達，抗志烟霞。或抱膝窮廬，經訓以之嚌嚅；或放情廣座，醪醴以之暢酣。至於騁五陵遊俠之豪〔二〕，道芳閨華年之思〔三〕，以至離亭送遠，繫馬停舟，絶塞從征，鳴笳奏凱，莫不口占成什，手寫連編。發之都歈，繼之感慨，抒懷遣興，積日窮年。顧存者既無足稱，而逸者又多不載。故由己卯以迄于己酉三十一年之間，其可録者不啻十之四五，而時世人物則概有可感者矣。每歲彙爲一稿，而每稿必因所寓之地以爲之名，曰鍾陵，曰五雲，曰鄧溪，曰雙溪，曰鳳山，曰瑶峰，曰墨池，曰東門，曰株林，曰龍灣，曰北巖，曰龍門，曰戊巳，通十有三稿。先時避難山中，凡囊橐賫挈可以資患難備飢寒者，不啻極百計而巧匿之，然皆不能以保而有也。惟兹稿一十三帙，貯以小篋，野人不知其爲文字也，深瘞之草間，乃獲存焉，非幸歟？

他日，余友蕭翀取而校之，既慮其雜而無所屬，復懼其漫而無所徵也，乃析諸體而類次之。若五七言長短古律併絶句四三言等作，通得若干首，釐爲三帙，將以藏于家，俟余兒之長而歸之，其意不亦厚且遠哉？若余也，方幼而竊鋭於學〔四〕，迨壯而未之充，既强而益以不兢，忽焉老之將至而不知。追惟往時父兄師友所以期待之意，每一念之，輒不覺悲憤之相仍而涕泗之交下也。凡其呫囁噂沓而不能以自已於言者〔五〕，譬猶幽鳥之鳴春，秋蟲之號寒，有莫知其所以然之故者矣。若曰是可以觀，可以咏，可以興，則吾不知之矣，請以俟後之君子擇焉。

【校勘記】

〔一〕「心」，原作「之」，據康熙本改。

〔二〕「騁」，原作「聘」，據乾隆本改。

〔三〕「芳」，原作「方」，據康熙本改。

〔四〕「於」下原衍一「於」字，據康熙本删。

〔五〕「噂沓」，原作「噂杳」，據同治補修本劉槎翁先生詩選卷首改。

張氏族譜序

古受姓命氏莫不有所自而各尊其所祖，若周之姬、殷之子、夏之姒是已。姒之不可以爲子，猶子之不可以爲姬也。是以古人謹之。後世宗法既隳，氏族滋紊，憂畏者或詭異以遁身，孤微者或因親而托迹。夫從外婦，則贅婿者混之也；子從繼父，則隨母者淆之也。懵於禮義者，既不知所以自明；狃於習俗者，或不知所以自辨。由是天下之姓氏，不絶於無後而絶於有後者，恒多矣。夫有後宜未絶也，絶於不祖其祖而他人是祖，其爲絶也，孰甚焉？然無後之絶，天也，有後之絶，人也。天不吾絶而人自絶之，不亦大可悲哉？

吾邑爵譽張氏，五代末有爲殿丞某者，由金陵遷廬陵之長蘆，傳若干世至某，嘗爲池州太守。其孫某始隨其舅氏來居泰和，遂冒尹氏姓，迄今若干年，卒未有能正之者。某之七世孫質，始奮然自樹，一按其譜而釐正之，張氏之本支遂粲然顯白於後世矣。

嗟乎，若張氏者，豈非余前所謂孤微者或因親而托迹者歟？何其纏綿隱約而益盛也。夫能使孤微之系潛培默持於歷世之久，而不至夭閼，謂非尹氏力焉，不可也。然使張氏不延以蕃，則後世雖欲復氏之，奚其後？延且蕃矣，使質不知學以亢其宗，則必狃於俗，安於常，而亦不能以自拔矣。今張氏幸而有後，又幸而有賢且文若質者焉，豈非天哉？吾知其世將遠而益大矣，於是郡邑有以質學行聞天下之士應徵于南京。其至也，力以疾辭，而獨惓惓於宗譜之正如此。故於其告歸也，書此于譜之右以贈之。

北平山東事蹟目録序

皇上收燕都更爲北平省之明年，詔儒臣大修元史。顧自世祖至元以迄文宗至順七十年之紀載亦云備矣，獨元統以來三十餘年之行事迺未有成録者，加之兵興竄徙，存焉者寡，豈所以名一代之完史哉？時監修國史太師宣國公某暨總裁官學士宋某等具以上聞[一]，請命官採摭遺事，以備紀録。上惻然憫之，爰簡在廷清慎謹敏之士分道四出，俾博采而遠致之。重惟北平者，故都之所在，而山東又古鄒、魯文學之區，故尤加之意焉。

於是監學司膳吕君某，實膺北行之選，以洪武二年七月受命，十二月迄事。周行數千里，收圖書文刻數萬卷，載車數十輛，充然得之。而南方羣公載筆史館，日顒顒然翹首北望吕君歸，思亟得盡發其所録，以大騁其特書之筆。而君所得事實與文辭居多，通類次而送官者凡八十有一帙。而此編者，又吕君私録之，將以藏于家，因輯之爲目録者也。抑吕君方北時，朝著墟矣，守藏空矣，簡牘亡矣〔二〕，舊臣故老非死而徙，蓋無有存者矣。君爲之彷徨憂顧，竭心思目力，遡風轢雪，鈎深抉隱，凡山亭農父之傳誦，退卒閹豎之見聞，上自朝廷制誥詔旨、勳碩謚議、省臺章奏、公府文移，以至公卿大夫士之述作、山林名儒逸士之纘紀、陵碑塚碣之幽潛、鄉評稗官之碎瑣，與夫士民節義之著、天人災變之徵。總總乎，彬彬乎，廣哉備矣，信一代之實録也。

夫良工成室，非由於一木之材；饔夫調饍，不專於一物之味。凡海陸珍錯鹹辛甘苦之可薦者，皆宗廟鼎俎之所資也；山澤生植鉅纖曲直之可效者，皆明堂棟宇之所籍也。傳不云乎：「禮失而求諸野。」詩曰：「載馳載驅，周爰咨諏。」則吕君之是録也，有功於元史也大矣，其可忽哉？若曰：君之所録者，目也，非文也；名也，非事實也。是不然。昔詩與書嘗亡矣，而後世得以知而復之者，亦以其名篇之幸存，聖人固因之而不削也。唐世聚書百萬卷，而作録者四庫書目而已。迨宋季馬氏通考之作，於諸書百氏之名目舉無遺焉，其不載完文者，非略也，學者惟能因其目以推其事，又將無有不得焉者。此吕君命名之意也。後之君子欲覽觀元氏末年興替盛衰之端，以求其是非得失之歸，而成一代之信史者，將不在斯文已乎？

【校勘記】

〔一〕「聞」，原作「開」，據康熙本改。
〔二〕「簡牘」，原作「簡櫝」，據康熙本改。

楊氏二貞婦序

楊氏婦蕭者，泰和人也。年二十，適同里楊用霖甫，事姑康，以孝聞。康暮年得盲疾，蕭扶持益謹，一咳唾之間，即無不在左右。泰和繇壬辰來無歲不被兵警，井邑蕭條，民無定居。庚子秋，流言安成寇將大至。民聞風駭愕，日争道馳竄，至相蹂轥覆溺猶不止。用霖戒其子同予將舁其母先避之。母卧病不肯去，曰：「吾年逾七十矣，顧楊氏先廬在此，尚復何往？」蕭與其婦劉因相謀曰：「憶始亂時，姑病，强舁載以行，乃嘔吐眩仆，幾死于外，吾常以爲恨。今若此，可再强乎？寧與若等奉老姑于此。設不幸，即偕死一室，不尤愈於道路乎？」劉曰：「諾。」遂不果行。一日寇奄至，用霖倉卒負其母出匿。蕭遽出追之，不知所向，乃返，顧劉曰：「今日不得從老姑，奈何？」然事亟矣，不可他往，即牽引趨傍舍井次，俱自投以死。寔是歲九月廿一日也。越四日，寇退，同予求其母不可得，號哭于道。或有告之者，因自縋視之信，迺負屍出井，瘞其傍爲二墓焉。時同赴死者，復有二鄰婦，曰陳氏、鄧氏云。

嗟夫！死，難事也，況於婦人女子哉？婦内而無外，禮也，從姑，義也。知動則或失其正，故寧從内以安夫禮之常；知生則必辱其軀，故寧自投以不見不義爲正。而顛沛之行，決於當時，閨門之間，唯諾就義，蕭誠克貞者，劉亦善所從哉！自兵變來，平時號爲大丈夫者，猶不能不震眩失守以丐須臾之活，而里巷閨幃自奮於義烈有如此者，然往往湮没於疏遠而不克自見者多矣。其如陳、鄧二氏能因人自白者，又幾何人哉？悲夫！蕭卒之又明年，同予繼死於難，而康卒以壽終。用霖爲余言如此。其情概可悲矣，故述而表之，爲楊氏二貞婦序。

余往年爲鄉先生用霖甫作楊氏二貞婦序。先生讀余文而哀不自勝，撫其幼子起予曰：「吾兒幸有立也，其報而母乎？」起予爲之泫然，泣數行下。又數年，先生没，起予益勤問學，撊然思震樹其家聲。余甚愛之。洪武三年，余始去家竊禄于朝。又明年，起予以進士來會京師，乃三月，擢授黄陂令。於别也，復徵予文。予不能辭，因更書前序以遺之，俾無忘其先君。嗟乎！詩書之澤，貞烈之義，所以輝千古而福百世者，寧有窮哉？劉崧書。

蕭氏族譜序

自余爲蕭氏甥，歲時先母率負挈以歸寧於石岡之下。石岡距吾株林不十里，其地抱山而負江，具林巒原隰之美。其園圃有桃、梨、柑、柿、榴、栗之植，有菘、韭、瓜、□、笋、芋之滋，其陂池有鮦、鯇、鰋、鯽之畜，蓮、菱、菰、茨之秀。泉之經于田者，可引而灌，田之環于門者，可俯而稼也。舅氏俱有子一人，孟曰性，與余同辛酉生，季曰桂，少余一歲，與之處而狎。故余常喜來外氏，其留也或踰浹旬月，至忘歸焉。當是時，天下方太平，田里熙然，人無譁駭轉徙之勞，家無乖悍狠戾之習。吾外祖梅溪先生與同居從兄弟三人，余舅氏兄弟與其從弟及其從兄弟五人，每旦，侍長者坐堂上，褒衣角巾，長身美鬚，起居後先，揖賓客〔一〕，接子弟，陳説詩、禮，不輟於口。食已，即壯者各出任事，幼者入學肄業，老者時時曳杖行田陌間，既晚，從一二童子尾牛羊行歌而歸。余私心慕之，自又以爲吾所居不迨也。

間竊聞長者言，宋季蕭氏有諱保孫爲掌計者，漕貢進士、登仕郎諱思廉之子也。貲甲一邑，環所居數十里，園田山林，未有淆以他姓者，後從文丞相起兵，事敗家覆。余他日偶過其門，見古桂蔭森，階甓宛然而墟墓中峙者，驚問曰：「若之何而墓于庭也？」旁有摇手者曰：「此非所知也。」蓋是時掌計故宅爲勢家奪久矣。

後數年，余稍知讀書，見外祖之從弟字濟可者，其言談舉止類非里中所有者。間以問諸人，則曰：「是翁嘗奉命招降八番，歷年而後返。」余因是數往就觀之。翁愛余，見輒以果栗相啖，即舍果趨進曰：「聞翁嘗至八番，八番何地？其人形狀若何？」翁笑曰：「童子何用知之。」然以余能問，不得不爲之言，而所言者，余固不能盡解也。朝格：凡平人誘降者當得一官。時爲有力者掩之不報，翁即日斥橐金買小姬乘駿馬以歸。歸即解衣荷耒以從農，或時鼓刀屠肆間，絶口不言當日事，人亦鮮有知者。死時年踰七十矣。

他日，又見外祖之六世從弟字南可者，魁壘迭宕，腰大十圍，嘗憤里舍兒崛起叛義，恒頷頷面折不少貸。里舍兒百計中傷之，雖困辱，屹不挫。其幼而孤也，嘗挾册出樵，休輒吟誦，久之豁然，自以爲窺見聖賢微奥，迺盡掃註説而自爲之言。閉户譔註十餘年，人不得見。嘗載其書遊江、淮間，從名公碩士講之。後留豫章，授文安公之門最久，以故恒不得家居。後余以所業拜翁於興國之寓舍，翁大喜曰：「汝固吾賢宅相也。」因出所註四書、五經，令徧觀之，且曰：「吾老且死旦夕，悉以付汝矣。」即推案呼酒，引滿數十鍾，啗肉至盡一器，喑嗚傲睨，氣概超然。自是别去，余不能以繼見，而翁亦客死豐城。

計往來外氏餘四十年間，梅溪先生最先没，繼而濟可没，又繼而南可没。吾母兄弟三人，不幸吾母先伯舅氏以没，又後三十餘年，而叔舅氏繼没於甲辰之兵亂。至是不惟滄桑今昔之變可感，而蕭氏一門之所遭罹，又有所不忍言者矣。方桂之避亂也，其母劉與之相失，乃攜其孫齊從人入山中。比歸，則廬室盡燬，桂之歸不知所之。既而聞桂亦死棄枯井中，母哭之哀而病，時無視之者。抄兵至，不能走，竟與禍，虜其孫而去。時性獨與妻子奉其父走而東，得俱完，後以父病卒，因寓止僊槎之九州。及亂定，始與其子辰還訪伯母與弟桂之骨，瘗之而後去。然對人泣涕，以不能復故爲恥。比歲，乃搆材植修廢址，返而更築焉。於是性之子又見子，而性亦隆然皓首矣。

余自洪武三年奉詔起家入朝，爲兵部郎中，六年夏，調北平按察司副使，與性不相見者五年。今年，以余弟子彦之來省也，致其家譜一帙，且爲書俾序焉。余敬覽而悲之，因爲書自余孩稚及壯歲以來所慕所見於外氏者如此，而慨余不肖無能賁益於外氏，且忽忽以老。若性之孝友誠篤，雖歷艱備苦，無强近之助，而卒能返于故，以華其將瘁而保其先業〔二〕。夫非前人種德培厚之所致而能然也？宜譜之所以作也。嗟夫，君子之論世美也尚矣！有薦貢以登仕富盛如掌計，慷慨入絶域立雋功如濟可，剛介植義勤苦著文如南可，在他人宗族中求其一且不可得，況兼而有之乎？然則梅溪先生之慶源碩果，所以暢其生生而達其混混者，又安得不於吾性之子若孫行間卜之哉？

按譜自廿七府君九傳而至梅溪，又三傳而至性，皆克世文學，今其旁近族從日蕃以茂，則備載于譜，余不能以悉論也。自府君以下，其名字行第與夫娶某氏葬某所□備注，而時世歲月之久近不傳焉，不亦大可慨哉？譜引注其先寔自金陵太守諱某始，後南徙吉之峽江，由是散而徙者凡三族，其一諱某，宋朝散大夫，遷邑之禾溪；其一諱某，宋金紫光禄大夫，遷龍泉；其一則性之始祖府君是也。其事蹟雖無所考證，然意其傳必有自，故不敢删而附存之，以復于性，以俟他日之考擇焉。

【校勘記】

〔一〕「揖」，原作「楫」，據康熙本改。

〔二〕「瘁」，原作「庩」，據康熙本改。

西齋雜録序

余弟子彦以洪武甲寅七月四日來省余於北平，留西齋者九十餘日。余時以貳備員掌臬事，才力淺薄，而文牘填委，日不暇給，旦雞鳴而起，日入而息。其間得相與談笑者，自酉至丑，數時而已。每張燈促席相勞苦外，相與念前人之艱難，悼稚年之荒戲，以至歎先塋之久違，慨宗緒之不競，追慕悲泣，或達旦不寐。時有感觸，亦往往形諸歌咏，或同韻而異辭，或異韻而同賦，手揮口吟，更相評潤，至會意處，輒相視而笑。命童子進酒引滿，或五行，或三行，志氣酣暢，談論益奇，殆不知人間世寧復有可樂如此否。且北平，故都也，幽、并，古豪俠之所産也，其遺宮舊苑之繁麗，通貴鉅族之雄富，豈無可以娱適心目、開拓志意者乎？

子彦方矻矻裹足不出户，既不一遊，亦不之面。會司之庫舍有寄藏書籍數千卷，子彦時從守吏假而讀之，至手抄不輟，遂成卷帙。他日，欣然執以告曰：「是行所得多矣，世寧有忌而奪之者乎？」一日爲余作西齋記，亹亹數百言。余愛其文峻潔奇勁，而前後所賦之詩又皆沉致卓越，詞渾而氣雄，因取其稿爲次第録之，而以余之鄙謬附見一二，蓋不自知其年之既邁、志之日荒、才之日耗而非其敵也。校兹所録，何異魚目之間明珠，碔砆之混荆玉，當必有識者從旁辨之，余蓋不敢誣也。

憶曩壬寅秋，邑有富田之禍。余與子彦從中兄挈家避兵里良山中，三人者日從巖谷間拾葉題字相倡和，余嘗録爲東行集。今兹録繼作，而中翁方引恬家居，獨相望於江河數千里之外，不得以共此樂，將非憾也耶？惟余兄弟平生無能及人者，獨富貴患難之適然。吾前曾不一以動其心，而孳孳焉惟文學之是樂，此其得於天者，豈偶然哉？子彦歸，其以是録獻於伯兄，當必相與箕踞林下，擊鉢而歌之。而余也，又將兀然悵然遐想於燕山風雪之夜矣。南北相望，何有窮已，不知白首歡聚讀此卷，當在何時。謹識而俟之。

送黄贊禮還京序

洪武八年乙卯秋七月，太常贊禮郎黄仁奉旨監祀于北平，遵近制也。乃八月戊子朔，省臣暨將臣、憲臣各率其屬有事于社稷。越五日壬辰，乃祀風雲雷雨與其境内山川以及城隍旗纛之神，蓋偏舉焉。誠感于千里之外，禮洽於五日之中。牲帛粢盛，登獻豐潔，儼恪在莅，無敢不承。君子謂：是舉也，邊守之臣可謂能勤以從事，太常之臣可謂能敬以將命。越明日，贊禮將歸，以余嘗與陪斯祀也，來徵言焉。則爲之言曰：

今行省之參列於天下者，凡十有一，而北平爲極北最邊。其地荒漠而多寒，其土鹵斥疏墳，其穀宜粟與黍。其民狠鷙矯惰，輕業而寡謀，一遇水旱、霜雹、蝗螟之災，輒狼駭四散，視去其鄉里墳墓如棄弊屣，其奸惡或有不可勝言者。國家設行省與按察司以統莅八府之衆，立都指揮使司以總屬十有六衛之兵，故燕、趙方數千里之境，皆翕然知奉法以向於治。然有天時焉，有地利焉，所以變化舒慘闔闢於冥冥之中，宜必有赫然爲之司宰而不可度思者。此春秋祈報之典〔一〕，所以必推之遠而行之至歟？

夫北平，古幽州地也。州之鎮爲毉巫閭，又其大者，北嶽之恒山隸焉，其次則槍竿、龍門、玉泉、五華與夫居庸、古北、紫荆之阸塞，固皆北鄙之雄峙而靈秀者也。水之鉅者爲遼海，其次則有淶、灤〔二〕、易、唐與夫滹沱、桑乾、滋、洺之流，而皆匯于東北之巨浸。其爲利也固廣，然時而奔放衝陷嚙浹所以爲民害者，亦不貲矣。風之作也，則觱發栗烈，至蕩沙排礫，噎人僵馬，而秋冬爲尤甚。其雨或經時不一降，至木暵井枯，或雱霈時之，晦暝震激，雲雷憑憑，不可端倪。若是者一失其行，則昆蟲草木爲之不遂，而六府三事有不得其治者矣。六府三事不治，則方社不通，神又焉得而享之哉？

欽惟聖天子建中和之極，稽式古先，裁制禮樂，禋秩羣祀，昭格上下，是以薄海内外神人率職，雖遐遠萬里，近若庭陛，呼吸指顧，聲聞景從，固有不言而信、不令而行者矣。矧兹典重監儀，禮成報祀，兵民協和而邊圉以寧，山川出雲而年穀屢慶，謂非順成之嘉應，可乎？將見東海之波帖而不揚，榆關之險夷而益固。由是肆覲方岳升于天，又烏知不端兆於此。則贊禮之南還也，宜上有以祇復明命，下有以述守臣之勤，而贊頌聲於無窮者矣。故因其别爲之引，而復系之以詩。

【校勘記】

〔一〕「祁報」，疑作「祈報」。

〔二〕「灤」，原作「滦」，據明補修本改。

夏日醼集仁城蕭氏臨清亭詩序

洪武十一年戊午夏六月既望，余與子彦弟及兒子原從行，訪友於雲亭山中。明日，偕易撝兄弟由後谷渡溪口，入黄岡，憩大坪，望三巓山，徘徊久之。退而過仁城蕭氏。蕭氏有均寶甫暨厥弟均顯者，聞余與客至也，出揖客，歡甚。入其庭，余故人子曾錫九疇在焉。均寶導余登臨清亭，時門外赤日方熾，風翛翛起庭砌間，弗之覺也。顧視堦下，有水行兩厓間，廣不數尺，深不及尋，而瀏瀏汩汩〔一〕，出没左右，縈而爲帶，折而爲玦，舒而爲練，澄而爲鏡，引而爲虹霓，見其來而莫知其所自也，見其去而莫測其所止也。乃與衆客稍臨而觀之，時弄而激之。或掬而嗽之，芳潤寒洌，蓋佳泉也。問其源，則始析於清潭之洪陂，中合蕨原松門之小水，自東南來，奔放曲折凡二百餘步，始匯于亭，又西走二三里許，乃出洪陂之下流曰油潭者，遂合而大注焉。余嘆曰：「人之資於是水也逸矣。若其始之斸地以導之，復結構以臨之者，不亦勞乎？」均實愀然以告曰：「斯余先子之所爲也。自喪亂來，斯亭斯泉之不鞠爲茂草稿壤者幾希。兹幸先生與諸君辱臨，是泉之將湮而載疏，亭之將壞而復新也，敢具簡牘以請。」衆曰：「唯唯。」

於是九疇欣然起酌酒飲坐客，自午達申，咸縱觀而盡醉焉。考之經傳，謂江之別流爲汜。是水也，其猶決而復入者歟？且水之流而漫者多矣，固未有潛行地中瞰薄亭宇而爲人資翫如此者也。以余觀之，蓋四美具焉。其性至順，可導而不違也；其體至平，可制而不暴也；其容至朗，可鑒而不渾；其用至廣，可漱可飪可濯可灌而無不足也。今幸與諸君考論四美，觀以成德，則登高能賦，可無述乎？矧均實甫金玉君子，弗污於世，而均顯以台州學政，時亦養重於家，迺得與諸君遊息於斯，無風雨寒暑之虞，無跋涉沿遡之勞，而有軒窗几席之適，則斯亭之表也，又安可少哉？於是諸君樂斯泉之美，幸兹會之難，又嘉蕭氏巧於宅勝，雅於尚文，而尤能不忘其先德，乃取唐人詩「泉聲到池盡」二句，各賦而雜録之，俾留亭中。而余重爲之序。又明日，里友槎叟劉崧書。

【校勘記】

〔一〕「汩汩」，原作「泪泪」，據文意改。

槎翁文集卷之十一

序

三衢徐叔名詩稿序

古有采詩之官，凡風俗之孅惡，心志之邪正，與夫政治之得失，其汎然雜出於歌謡者，皆采而録之，以獻于天子。於是前所謂孅惡、邪正、得失者，咸於燕觀而考之，而謂之風焉。而風之云者，固皆當時民俗之所爲也，豈能有如公卿大夫之才之學之所致者哉？而聖人卒不輕絶之者，亦惟以其美刺憂傷之間、謳吟詠歌之下，於凡人心天理之貞，自有不可得而掩焉者耳。傳曰：「聲音之道與政通。」是道也，古今盛衰治亂之機，恒與之相乘於無窮而不息者也。或謂删後之無詩，豈誠然哉？

三衢徐君叔名，端介謹厚人也。洪武五年春，以貢士起家，拜監察御史，爲聖天子耳目。以布衣疏遠之士，一旦正笏簪筆，日近清光，得言事不諱，其風采固已凝然廷陛之側矣。未幾，行郡南海，按事浙江，亦既罔不寅畏於心而周徧於事矣。而凡咨訪引覽、欣感憂思，一於詩乎發之者，尤娓娓乎其有章而可歌可歎也。又明年，調北平按察司僉事，其所操所詣，又能廣以遠。至能發積年姦伏之寇，繩當道貪黠之胥，此其行事固已卓然異於人人矣，而興懷紀事之作，又有過於南海與浙江者。叔名不以余之無似也，辱與之言焉。藹乎倫誼之孚，悠然忠愛之隆，昭昭乎風雨寒暑之變易也，燦燦乎昆蟲草木之生息繁夥也，歷歷乎城邑田里之艱易休戚也。舉言之而不遺焉，是皆古之人將旁行而采之於人人者。今乃不待於外，咸取而自言之，其視古者采詩之官，殆將過之矣。獨不知古所謂采詩者，果何如其人，亦有能如徐君之工於自言者乎？其能工於自言者，今雖不可見，然以二雅之存者觀之，詎庸知非當時采詩者之所賦乎？采詩者之能賦與否未可知也，其政事之施，又孰能知其如徐君之盡於己而著於人否乎？嗟乎！徐君，吾知子之詩不徒可以觀南海與東吴、北燕之風而已，將由是以觀於朝廷卿大夫之雅亮，亦莫之或過焉。惜余不足與言詩也，姑識余説而歸之。

送王撝南歸序

慈溪王生撝自浙東絶江渡淮，遡黄河，走數千里，省其父經歷公於北平之憲幕。既三越月矣，辭其父，將復歸浙東。來告别，其言曰：「撝之省吾父以至於斯也，寔奉吾祖母之命以來。兹幸獲拜膝下，候起居，承顔色矣。竊懼留滯日久，無以復命而慰其倚望之思。然去住從違之間，誠難乎其爲情者，先生何以教之？」

余察其色若有戚戚然者，因告之曰：嗟呼，生寧以子之必不去其親，夫然後謂之孝乎？蓋有不必盡然者矣。自昔人子之欲致榮養者〔一〕，未嘗不欲仕，而仕者恒不能不去家而違其親。夫固非樂去而違之也，勢不能兩全，情不得兼遂，而况道里之阻修，風氣之異宜，與夫習俗之孅惡不齊，有不能使其親舉安之而無違者。於是人子行役瞻望之際，始慨然有不足於其心也多矣。若生之端厚通敏，好修而善學，又能入而事其太孺人，出而省其嚴君，使高堂念子之懷、游子將母之感，交釋而兩盡，豈非孝子慈孫之能事哉？

余聞慈溪山明而水秀，陸珍海錯，指顧而具。太孺人今年七十有八，耳目聰明，康强而難老，非天之施報善人不及此。生行矣，春河流澌，風帆南迅，升堂拜慶，奉觴稱壽，當必首以經歷公之所以晝諾、所以平反、所以勤事守職者，歷告於太孺人焉。當是時，太孺人之見孫猶見其子，而生之所以事太孺人者，固即所以事其父矣。矧生年甫冠，其於事親之日方長而未艾者乎。生行矣，其慎毋以去其親之亟而戚戚於斯行哉！余也不幸蚤失重慶，又抱永感，五十幸及禄而親已不逮矣，觀生之父子祖孫三世間，竊悲而思慕之。故於别也，不忍觴以酒，而重爲之言。

【校勘記】

〔一〕「昔」，原作「惜」，據康熙本改。

鍾氏仁存方論集序

仁存方論集者，廬陵鍾君本存之所撰集也。論若干首，方若干首，通爲若干卷。本存究心是書餘三十年，其參考折衷雖若出於一己之特見，而貫穿出入，無一不本於前賢之所已言者。大概以靈樞、素問爲本，而以長沙張氏、叔和王氏爲宗，介然不狥於衆，不惑於俗，不疚於利。而所以爲之言先後緩急者，莫不具有其法焉。

本存何以能若是哉？推其淵源，遠有端緒。蓋自其先世嘗婿於郡東丹砂之朱氏，朱氏有字友亮者，遇宋季國醫，嘗入侍疾，遇知熙陵。及其暮年，乃以所傳之子若孫者傳於其婿，而鍾氏之醫遂焯然名江右，迨本存既三世矣。

本存天資明敏，論議暢發。自其壯年周遊魯、齊、燕、趙間，凡博碩之士無不交，而奇奧之書無不覽，故能造詣精深，體驗切實，要非苟焉駕□之名以自騁者也〔一〕。尤倜儻重義，其赴人之急如拯溺救焚，惟恐不及，而未嘗有一毫計慮之私。故其平時得於家傳師授之餘者，尤汲汲然惟恐夫人之不知而世之不傳也。由是修辭以達其意，著法以嚴其用。如品劑主佐，錢兩生熟，爲湯液，爲圓散者，諸方之謂也。風濕寒暑，虛實强弱，爲内因，爲外感者，諸論之謂也。譬之刑書，論則其議獄之文，方則其斷罪之律也。苟毫釐有差，則死生爲之易位，顧可得而易言之哉？是知律之斷，固不可不嚴，而文之議，尤不可不盡。此是書方論之述所以互發而兼舉也歟。然是書必題之以仁存者，豈非以仁者天地生物之心，而醫之爲道乃所以存夫生物之心也歟？吾見是書之行也遠，而有功於生人也大矣。或曰：本存乃翁字仁可，著以「仁存」，亦所以不忘其先也。是尤可嘉也，余故喜而爲之序。

【校勘記】

〔一〕「駕□之名」，康熙本作「駕虛名」。

送蘇平仲先生還金華序

金華有博碩介潔之士曰平仲蘇先生，年四十而始娶，容貌不逾中人，而學問可以兼天下。其性恬逸深静而不揚，其心微妙精密而不肆，其言語簡實而有倫。坐一室或終月不出門户，與人少所傾接，人亦罕得而識之。其所與遊者，皆四方名士，否則，先生雖未嘗拒之，彼固慊然自不敢以瀆進也。平居正襟凝思，淵止山立，雖寒暑風雨雷雹之紛然者交於前，金璧寶貨、錦綺器服之爛然者陳其側，一身之勞悴飢困與夫世之可欲可樂之雜然者，無不參錯起伏於其左右，而先生曾不一動於其中焉。故能觀變於上下古今數千年之交，達識於天地陰陽人物變化之會，覃精於義理名物、典故事爲之要，蓋莫不條達而貫總，精悟而神契也。由是抽其緒於不可行之端，騁其詞於不可言之妙，燦然如星芒而日麗，鏗然如金鳴而玉振，沛然如河之下决而海之東注也。觀其默締冥搆，不啻俄傾而脱之於口著之於筆者，已纍纍然數千萬言而不可窮止矣。此其過於人而得於天者，豈偶然哉？

方洪武三年秋，余備員爲職方郎中，始識先生於監學。先生屹然以師道自任，凡公侯卿大夫之子弟，無不恭肅奉教而莫之敢後焉。未幾，竟以疾辭翰林之命而歸。當是時，非惟余爲之悵然若有所失，凡士大夫之知先生者，蓋莫不惜之，欲留之而不可也。後八年爲洪武十年春正月，今翰林承旨宋某以請老歸，既入謝，上問曰：「今在外文學復有如卿者乎？其舉以自代。」公乃舉二人對，其一人則平仲也。其言曰：「有蘇衡者，臣鄉人也。嘗由學國正擢翰林編脩，雖以耳目之疾辭歸，然其人博學飭行，爲文詞蔚贍而有法，要不可以微疾廢。」上許而亟徵之。於是平仲以二月復自其山中承召赴京。其始至也，自宰執而次咸躬禮而候之。先生懇款誠篤，具以疾對，如辭編脩官時語。明日，入見奉天門，上屬視久之。既退，問羣臣以其所志，因以其所對者奏。上然之，敕賜官段表裏各一、寶鈔一十貫，乃遣以還。先生拜舞受賜，欣躍就道。於是朝廷之士又無不爲先生歆羨歎慕者。

余時適以入覲來自北平，與先生會館中，蓋别八年而始得一見。見不浹日，而先生且歸，其將何以慰暌離之思而抒屬望之情哉？則爲之言曰：今天下一家，羣工百執事之臣無不布列在職。故人才無高下大小，皆踴躍就用，譬之陽明當中，萬類畢應者，夫孰有能自外於照臨之下也哉？惟承旨不以先生之所不逮掩其所長而必薦之者，事君忠也；聖君不以其所長强其所不逮而終縱之者，待士厚也。臣忠於下，君明於上，天下之治有不翕然相成者乎？先生色笑從容，無適無莫，既不榮於再進，亦不恨於終退，其於去也，猶始至焉。余所謂博碩介潔之士者，非斯人歟？

明日，與先生别於龍河之上，乃酌酒而重爲之告曰：先生望重於朝廷，行乎於天下，其文傳，其言立，有不待後世而知子雲者。矧在昔成均之教，所以爲國家樂育菁莪而培植臺萊者，方彬彬乎進用之有日，又安知河、汾之教不丕顯而大行矣乎？余也遭時而才不逮，有志而學不充，其負愧於先生也多矣。異時幸遂放還，當泝浙江，一過金華山中，以求所未嘗見聞者，先生當必有以終教之也。

送王縣丞赴黄巖序

洪武十年春，朝廷以國學生試庸而久勞於外者，俱授以各縣丞簿之職，而南北異調焉。既又念其將去親日遠，且治裝之不易也，乃命中書凡有親在者，皆量程給假，俾就歸省，然後之官。又人賜夏衣一襲、寶鈔三十貫。恩賚於上，情浹於下。一時奉命承寵，相顧動色，拜舞於闕廷之下，踴躍於道途之間，藹菁菁焉，振振焉，相屬而胥慶也。噫，盛矣哉！於是北平王復明初以黄巖縣丞歸拜其親涞水之上，辱過余爲别而請言焉。明初嘗沿檄督事於憲司，余始與之識。及余考滿入覲，又與之相見于京師。兹再莅於斯也，明初又適歸省而過焉。余知明初者也，使其行而無所覬於余，余猶將强而告之，況於其有所望而辱請者乎？

惟國家尊爵重禄，雖名秩有大小，然不可倖致，惟賢才是與，煥然一洗前代資格之陋〔一〕。然其於諸生也，視他選尤加意焉。其始必升之太學，以培其本，次必試之事功，以驗其才。及其任之也，又必優之賜予，以作其氣。其法可謂至謹，而意可謂至厚也。夫丞所以貳一邑而切近乎民者也，故凡政事之施、徵令之法，雖亞於令而無所詘。自主簿而下，若典史與吏，則又所觀法而受成者也。近代自世蔭外，惟進士爲尤重，然非積之以數十年之功苦學問，又必旅進退、角勝負於數千百人之中，然後幸而一獲焉，非老則困矣。及其懷牒就道，視息慊然，親庭重違曠之憂，途旅有羈栖之色，若是而欲其發舒志意以少展平素，難矣。

今子之往之，其心寧有所不得而將待於外者乎？夫持無不得之志，則內外寧而心可以無累矣；挾無所待於外之資，則志氣廣而政可以有爲矣。矧子之先世爲名卿大夫，固嘗接武法從而馳聲風紀者乎。則所以襲規承矩而小施於一邑者，宜無往而不得，夫豈若山林枯槁之士，一旦卒然寘之於所未嘗試之地也哉？子行矣，聲光藹乎鄉閭，榮寵溢於佩服，行色輝於道路，可謂有及親之榮而逢時之盛者矣。兹往而蒞政也，將見年日益壯，氣日益充，而智日益明。其尚思所以淬礪振拔，俾下無辱於其先，而上有以報稱於國家也哉！異時浙江山海之區，聞有異績焯然自奮以起者，吾非子之望其誰望？故於別也，序以屬之。

【校勘記】

〔一〕「代」，原作「伐」，據康熙本改。

送程子正還三衢序

今年春二月，余留京師，會僉憲徐君叔名以召命自北平繼至，與之相遇於會同館。俄有葛巾布褐頎然而癯者，趨而請見。叔名曰：「此余外弟程子正也。」其進退襜襜然可觀，余固已心異之。及戒舟治歸，同載於篷窗之下，與之相即益密，則見其日用起居，凡衣服飲食、先後緩急之序，與夫書數之將有無可否之對，莫不靜治有序。非惟叔名信愛之，余亦未嘗不顧之而心悅也。午或聚飲，不酒人沾醉，至汗漫相枕藉。子正則未嘗不飲，飲亦不至醉，其容止嶷然，固自若也。余甚愧之。間獨俛首內顧，若鬱而不樂者久之。余以狎故誚之曰：「子得無有異思乎？」叔名曰：「否否。彼憂在客外久，不得見其母耳。」余由是始惻然，又知子正有母之爲可念也。間爲之談古今辭旨可通解者，子正輒竦而聽之，終日忘倦。既又必爲之憮然以嗟惋曰〔一〕：「奈何余少日之弗及也，今雖喜之，噫，其將老矣，余將何以見先人於窹寐間哉？」余至是復大驚子正之志，要非庸庸以止者也。他日進而諏其先世之自，子正愴然若不能自言者。叔名因告余曰：「昔吾鄉有三程先生，其伯氏曰表者，以貢士下第，由婺州麗澤書院山長，後以同知温州、遂安州致仕。其仲氏曰楨者，以博學茂文爲後進師表，則子正之父也。楨之季曰遂，尤力忠厚以世其家，晚而無子，故楨命子正爲之後。今子正之母，則實先人之女弟而余之姑也。故余於子正有内兄弟之好焉。」余聞而益敬之。後余與叔名還司既三越月，將日從子正求聞其三先生之文之行之美以自勗，而子正且浩然有歸養志矣，一日介叔名來徵言。

嗟乎，世之飭其冠衣、衒其世資、岸然自詭以大者，孰不以爲貞適用之具也哉？然而處煩而劻勷，遇事而眩愕，履屐顛倒之失措，握筭縱横之不知，若人者，余固竊悲之矣，而亦豈子正之所願爲也哉？吾嘗評君，其通變不拘近於智，其沉毅有守似乎勇，其感激憤切類有志，而悃款無忤又善與人交，是皆難能也。譬之巨室之店臬，嘉品之醯醢，而良藥之苓术，將無適而不宜者，世亦安得而少之哉？余幸與子正處久而知深，於斯别也，能無一言以相之乎？子歸矣，龍山山水勝處，其華茂清淑之氣，人罕得而專之者。子熙熙然奉親讀書其間，將必有得焉，幸因叔名以告我。

【校勘記】

〔一〕「嗟惋」，原作「蹉惋」，據康熙本改。

送陳德中歸省序

永康陳德中以國學生分教濟寧之任城縣，既三年矣，則告於府公與其縣之大夫，將謁假而歸省焉。會余以朝覲歸自京師，道過任城，而德中來别。余雖以永感之下，然聞人之欲省其親也，未嘗不爲之歎羡以速其歸焉。及抵北平，德中乃介其友王撝來徵文。余謂德中以甚富之年，當太平文明之運，與聖天子俊造之選，乃獨得以文藝出教魯邦爲弟子師，兹又獲南歸而拜其親焉，難矣。

余觀德中退然如不勝衣，其言呐呐然如不出諸口，與之處淡而不厭，循循然自持而不爲矯激之行。是雖其資稟有過人者，而家教之力，焉可誣哉？然定省之禮，既久曠於晨昏之際，而温凊之節，復三違於寒暑之交，宜其心於此有蹙然而不安者矣。今其促裝於東魯之邦，汎舟於徐泗之水，過楚州，經維揚，絶大江，入京口，以道夫東越之境而歸焉。將見望其山林城邑而喜矣，况於其鄉里乎？見其父老子弟而悦矣，而况於其親乎？吾見親勞其子，子拜其父，欣欣乎色笑於一堂之上，而仁風美俗，藹然自形於浙江千里之外，將不曰：陳氏幸哉，有子如此哉！則由是承命膺秩以致其親之光且顯者，宜必兆於此矣。余也學無成而老將至，禄幸及而親不逮，則於德中之别，寧不爲之低佪歎息而不能以自已哉？抑子之宗宋季有龍川先生者，忠孝人也。子歸侍之暇，幸訪求之鄉人遺老，或有能傳誦其雄文、卓行於山巖草野間，有可以厚風俗、厲士氣者，他日重來，幸以告焉。

送劉嗣慶還安福序

嗣慶在京師與余爲同旅，其學也與余爲同道，而又與余同姓，然其去此而歸也，復與余同郡焉。則余於嗣慶之别，能無言哉？夫同姓則情戚也，同道則志合也，同旅於外而凄然有相顧之色者，感其去鄉之同也。今嗣慶往而南歸，而余復北遊焉，余烏能以無言哉？

吾聞嗣慶爲故沔陽史君諸孫，富於年而劬於學，其嚮用之日邇矣。若余之遭時竊禄，曾無裨益於萬一，徒悲年之邁而悼學之荒，固不敢信其道之果同也。矧其據席講諷，卓然爲侯門賓師，有尊榮之禮而無趨承之羞，視余之僕馬蕭然日承伺辰酉者，又烏敢謂夫旅之同哉？直姓與郡爲同爾。然余宗自泰和，君之宗自安成，其果可謂姓之必同乎？且君束書南歸，拜慶堂下，而余遑遑奔命北平，去故鄉而日遠，將非同郡而異趨者邪？雖然，君子務於學，既厚其所以基；貴於用，必慎其所以進。進退時也，用舍命也，而彼此遠近一致也。吾何庸計同異於其間哉？子歸矣，探道義之淵深，樂山林之清茂，吾見學成而道充，氣完而志裕，固將異於余之所至；則後之所遭者，其光耀宏達，又烏知不有大於余者乎？嗣慶别也，序以告之。

贈醫士郭和卿序

天下有似是而非者，非精於理而周於情狀者不能察而識也。是故陽虎似聖人，而項羽與舜皆重瞳子。匪惟人也，惟物亦然。碔砆似玉，魚目似明珠，鈎吻類黄精，而虵菌類香蕈。非惟物也，人之情亦然。怒盛者或笑，喜極者或神色自若。豈惟人之情，凡疾亦有然者矣。是故傷寒似瘧，陰證類陽，陽證類陰，而血蠱似妊娠，肺癰類咯血。吾嘗欲著其説以驅俗，久而未果。誠以辨之未精，察之不至，則墮於失人，流於不智，甚者禍其身而害於人，豈不可畏也哉？

王宗顯，余姻表弟也。其祖存介先生，博學篤行，爲元名士，暮年失子，嘗挾二孫坐卧而訓之，年九十餘乃終。宗顯其次孫也。自余與宗顯别而宦遊于外將十年，及歸，宗顯來見，其色若戚然有不得者。余問之，則曰：「余妻不幸有羸疾，今且咳血矣，奈何？」余因勉其更求良醫，蓋世未有有疾而不可療者。一日復來，若色豫而言暢者。復問之，則欣然告曰：「昔者之疾，今愈矣。方疾作時，以爲羸瘵，而進温益之劑者皆是也。故藥進而疾加，未有不以爲危者。近吾鄉有和卿者，聞而來視之，見咳唾在地，有瘀血與膿相糅，因問病者曰：『方咳唾時，口吻間有腥穢否乎？』曰：『然。』又問曰：『其血將上壅隘於喉嗌而自咳乎？將咳而後出乎？』曰：『直先壅而後咳耳。』則笑曰：『余得之矣。此肺癰而非瘵也。』因更進理肺藥，不數劑良愈矣。」

余聞宗顯言，因歎曰：「世之冥行瞶聽而誤認形證、妄投藥劑者衆矣，豈惟肺癰若瘵疾然而已哉？辨之不精而失人，則陷於昏；察之不至而不智，則蔽於愚。禍其身者，猶及於身而已，害於人者，其禍豈有窮已哉？若和卿者，庶幾其精於理、周於情狀而有過人之功者矣。抑余聞昔張子和視武陽仇氏子病，以發寒熱非骨蒸而爲肺癰，藥之，果效。此蓋以脉與形色得之，有不待見膿血而逆知其然者也。和卿宜必有見於此矣。」宗顯遂起謝曰：「世謂古今人不相同，可乎？請書而傳之。余將以贈和卿而驅庸醫之惑者。」

閒中風月序

風月在天地間何所不有，而人或不能有之，惟無所事事而安於閒者，乃能得之以爲己有。而閒固不易得也，是故争名者於朝，争利者於市。雨沐而水食，辰出而酉歸，甚至鍾鳴漏盡而不知止，此其人之身與心若瞀若狂，擾擾汩汩以馳騖於膠葛紛靡之場，其於寒暑晝夜且不能自辨，而況於尋常之風月哉？古今詩人言光景之佳者，類曰清風明月，而論人品之高者，亦曰光風霽月，至形容其所樂之至，則曰吟風弄月。是風月在天地間，固不待招之而後至、求之而後得也。然而世人具耳目者，乃反若不見而不聞之，何哉？其心必有所繫累而不暇及者矣。

若吾邑洊溪郭君德祥，蓋亦庶幾乎余前之所謂閑者。他日示余詩一帙，題曰閑中風月。余得而諷詠之，則知天地間之風月人不能有之者，君乃舉得而有之，且有以充其志而發其藴焉。故能攝清明於筆端，陶光霽於胸次。而又旁搜遠紹，近求廣攬，所以吟且弄者，一於韻語乎發之，非無所事事而安於閑者能若是乎？德祥年幾七十，無少壯馳逐之勞，家有令子，無公私酬酢之擾。而又依山林之靚密，樂治世之清寧，宜其縱心任運，超然天地間，能有他人之所不能有。乃復取以名其詩，若私幸而獨專之者。是必有見矣，豈誇語哉？若余竊有志於詩，而少也奔走於衣食，壯而濫禄於朝行，侵尋於衰病，所喪多矣。兹幸歸老林下，方將少希一日之餘閒，則山中方來之風月，尚當與君分半席而細論之，未晚也。

虎溪蕭氏第三房族譜序

古人奠世繫以明昭穆，必謹譜牒而著源本疏者，所以合其異於同也。然源之遠者，至流分而益殊；本之盛者，至末繁而彌異。故各親其親、各尊其尊者有之矣，豈知其初本一人之身也哉？自世教不綱，宗法不立，人無所統屬，甚至不能省其祖父之名諱者有之矣，況世譜乎？嘗求其故：愚不肖者，無所知而不能有爲。才且賢矣，雖或知之，而又不暇於有爲。幸而有志焉，則前無所徵，後無所述，非蔽於忌刻，則牽於憎愛。親切者或以貧賤而見遺，疏遠者或以富貴而强附。於是世之譜繫始誕漫而失實者多矣，可勝歎哉？

廬陵故家，蕭氏爲盛，而莫盛於吉水之虎溪。當洪武三年，余與德瑜蕭君寔仝被徵。及仕也，又聯事於西曹。德瑜有學行，有材諝，余甚敬之。及詢其所自，則固虎溪派也。又三年，德瑜出宰長興。明年，余亦改官北平。德瑜以余嘗狀其大父秘書府君之行也，書來告曰：「吾蕭氏由虎溪而散徙者本一族，而往時修譜者，乃各詳其所自而不之及。嘗欲纘而修之，顧官守于外，願莫之遂。念吾羣從兄弟若與靖、若九川、若思高之所共祖者，琛也。琛而下，始析而爲四：曰鏡方，曰馬塘、荷塘，曰平田，曰虎溪。今由余兄弟視子若姪之相繼者，十有七世矣。長幼不啻數千指，然而居徙不嘗，慶吊之禮或有所不通；名字不聞，尊卑之序或至於無辨。其幾何而不爲路人之歸乎？今與靖慨然有志於斯，將合四派而爲一譜，以貽其後之人。今幸成矣，願有以序之且以傳不朽也。」會與靖亦惓惓以序文來請，則按而述之曰：

蕭氏本長沙，出唐宰相復常觀察湖南之長子儉。儉而下七世，以避馬殷亂歸江南〔一〕，故子孫往往散處廬陵間。其徙居吉水之虎溪，則自宋乾德中儉之後有諱居生者始也。居生四子：曰祚，曰俊，曰琛，曰操，而族益以蕃。其始皆未有譜，元大德間，操之十四世孫甲叟昉起而自修之。後泰定間，俊之十世孫惟高亦自修其譜。若琛之四世以下，概以各自有譜與不知世次而略之，非徒略之，蓋有不勝其録者矣。宜與靖於此有不能以自已也。初，與靖之十二世祖式有田莊在虎溪之徑頭，至九世祖元德始遷居之，則今鏡方是也。九川之祖瑞，與其叔父德高，以大德間復自虎溪而遷于廬陵之馬塘、荷塘，是皆爲琛仲子嵩之二子暹與晏之後。德瑜之四世祖賢，思高之祖資，皆爲琛幼子勝之後。而資則遷于廬陵之平田，賢則仍家于虎溪者也。後先四百餘年，更歷數朝，而琛之子孫代有顯人，益蕃以衍，豈非盛哉？

自世變以來，故家文物凋落殆盡，而與靖獨能寶藏其祖父前至元中所紀録圖本，歷數十世不墜，旁徵互考，以成其編彙之志，豈造物者陰相默佑故遲之以有待歟？觀其本支旁殺聯屬有序，仕宦墳墓紀注有要，近而不遺於卑疏，遠而不附於華顯，有徵述之實，而無愛忌之私，可謂善繼善述者矣。宜斯譜之所以繼作也。斯譜作，而蕭氏之族庶幾完而無遺矣。使後此復有如與靖者出，則斯譜之録，豈特十七世，將百世可徵也。余惟蕭氏故名族，其子孫方興而未艾。既重德瑜之請，又嘉與靖之能啓其後以亢其宗也，故不得辭而爲之序。

【校勘記】

〔一〕「馬殷」，原作「馬敫」，據康熙本改。

月渚圖序

晉人以清談自尚，以理致自高，以風月山水自放，雖其造詣時有淺深，事爲或有疏闊，要其胸次必不可使有一毫塵俗之點滓，如蟬蜕秋露、龍遊春空，此豈容以形迹拘而彼已限也哉？吾姻友袁文德，清修沖逸而志慕古人，嘗爲余道其家月夜泛渚事，心欣然慕之。他日以山水圖一幅相示，且歌曰：「於此有月，可以吟覽。於此有渚，可以游泛。安得君子，解后此逢。江空月寒，吾將曷從？」

余因憶往年舟過采石，倏風雨晝晦，波浪山立，使人魂飛膽掉，四顧茫然，不能自止。乃今圖畫天然，境與神遇有如此者，亦奇矣哉！爰喜而和之曰：「維天有月，何時可掇？維江有渚，孰與容與？慚非謝尚，子乃彦伯。百世一時，聲感氣格。」於是文德舉酒於明月之下，放歌於清渚之湄。但覺天地澄虚而光沁毛髮，巖谷陰呼而聲振金石，不知爲僊邪？夢邪？晝邪？今邪？昔邪？抑余前所謂如蟬蜕秋露、龍遊春空者，固不容以形迹拘而彼已限矣。要其中亦豈容有一毫塵俗之點滓也哉？是月渚意也，吾故爲之序以道之。後之覽者，寧不超然有會文德好古之心而思月渚會遇之勝者乎？

蕭九川詩稿序

初稿者，九川蕭君所録之詩稿也。君世居吉水嵩華之陽，在宋、元間其祖父爲名宦鉅族，而九川爲佳子弟，故其才情俊逸，風致沓袘，好交遊四方大夫士。凡登山臨水，感時懷故，觀物考藝，一於詩乎發之，而未嘗有憂憤無聊之色。蓋其有得於居養之素而家教之厚從可知矣。自余洪武庚戌去鄉里，竊禄于朝者幾十年，今年夏始遂歸田之願，而不自知其將老矣。其遲鈍枯槁，不爲朋友棄者幾希，獨九川以文字舊好，時相從於寂寞之濱，以談其先世交遊文物之美，故余獲有聞焉。既又以余爲知詩也，持其平生所賦歌詩類爲初稿而就余評。余既辭之，凡三四往返而不厭，則評之曰：

君之詩，其清麗如夫容出水，光采奪目，其簡淡如鉶登在列而款質自異，其蕭散如空山道者，其豪岸如説劍壯夫，其神完，其氣逸，其意達，要不可以節目拘而淺近觀也。此豈非其家教之厚而發於居養之素者邪？若余也，蓋徒有志於是，而不自知其志之衰、才之耗、年之邁，已不足以與於知者列矣。君少余二歲，而精力風采類耆艾而過於余，方辭謝州縣薦送，而益肆力於詩，其進寧有涯哉？異時練達平實，造詣深遠而復有作焉，吾懼其將不給於評也。是爲序。

三窮詩序

鄱陽費侯振遠爲吉水之三年，其屬士錢瑛持三窮詩若干首來徵余序。余因詰之曰：「三窮者何？」曰：「楊君伯睿也，楊蘭谷也，侯也。三人皆賢者也。」「窮之義何居？」曰：「彼皆薄富貴而安貧賤者也。」「然則三人者，皆未嘗仕乎？」曰：「伯睿、蘭谷固未嘗仕，若侯則既出而仕矣。」曰：「既仕矣，奈之何一其窮而與之並也？」曰：「侯能不忘乎故，不變乎塞，若無異乎二人之窮者也，故曰三窮焉。」

嗟夫！窮者，天下之所甚惡而不欲以自名者，今三人獨共樂之，復取以自名焉，豈不過人遠哉？若然，則余知之矣。昔者嘗見侯文水之上，雖其綰墨綬，坐黄堂，擁騶從，以治百里之邑，意氣若甚張，然其布衣糲食，冰蘖自持，蕭然一寒士也。又嘗見蘭谷矣，雖其肆志江湖，翱翱藝圃，若無不足者，然勁若霜柏，堅逾鐵石，毅然一奇士也。獨伯睿在安六，未嘗過江西，不得與之相見，然視其友，固可以得其人，亦二君之流歟？而世或以窮而疑於侯者，彼蓋徒視其外而不察其中者也，眩於名而不究其實者也。視其外不察其中，眩於名不究其實，非知侯者也。知侯者必不疑於窮，不疑於窮者，必不惑於其友。何也？窮也者，天下之所棄而士君子之所守也，守其可易哉？吾固觀所守以信於侯，知侯之能不忘乎窮者，即能不負於其友者也。退而不負其友者，即進而能不負於其君者也。易稱：「君子之道，或出或處，或默或語。」果何往而非君子之道哉？又曰：「同聲相應，同氣相求。」斯言也，乃所以合之爲三窮而無間也與。詠乎詩者既系其後，余知侯者，能無述乎？作三窮詩序。

贈任保宜序

史稱二世爲將，道家所忌，而記禮者曰：「醫不三世，不服其藥。」夫醫與將異道也，故將不必世，而醫之世必累至於三而後可信，不然，其禍將有慘於兵者矣，可不慎哉？昔太史公傳倉、扁，往往極方治變怪之説，未聞有論次其世者，何也？余蓋嘗疑之。

吾里中有任氏，以業醫名家。自余爲童子時，聞其先有榮甫，榮甫子迪吉。迪吉老而余長，始獲交其子光德。光德今又老矣，而見其子保宜。何是家世業之多賢也？然余聞光德既克承其先，復善教其子。每診疾，必攜以偕往。其然也，則曰然，否，則曰否。或曰似是而實非也，或曰將盛而未作也，欲退而猶戰也。父子至相辨詰問難，必斟酌損益以歸於當，然後發而藥之，故其藥無不聖而治無不效者。又其赴人之急，無風雨蚤莫，皇皇然如疢之在己，而未嘗有遲留顧望之色。問之，自其祖父咸然矣。吾不知任氏前後所活幾千人，其子孫之業雖百其世可也，而奚止於余所見聞四傳而已哉？

他日，劉君節文嘗德君起其疾而無以報也，乃徵余文以美之。夫任氏父子之賢，人人能言之，何待於余？而節文必余文是徵者，豈以余之言爲足信乎？抑嘗怪昔人論技之精者，謂父不能傳之子，子不能得之父〔一〕。此非公言也，何也？凡技者，人之所能也，彼自不能傳與得耳，其可廢於天下哉？其能傳之又能得之若保宜父子者，可謂過人遠矣。余故著而敍之，以自附太史公傳倉、扁之遺意。

【校勘記】

〔一〕「子」下原衍一「子」字，據康熙本删。

沙溪劉氏静安亭詩序

吾邑東南多大山，有雲亭河出焉，盤屈羣嶺間，行四十餘里，至沙溪始演迤而平放。溪之陽有劉氏世居之，若明道者，又劉氏之傑然者也。余二十年前嘗避地其鄉，時兵亂四起，民無所托足。明道與其從子方東奮田里，倡義勇，率其衆雜耕扼險，思保障以有待。然當是時，豺狼狐鼠狙犬出没如鬼蜮，君爲之櫛風沐雨，草居蓐食，雖欲一息之暇逸，寧可得哉？版圖入天朝，民始得養生送死，以相忘於無事，而君之齒壯且日老矣。乃洪武十三年夏，余自南宫致仕來歸。他日再過之，適劉氏治亭新成，或有以静安名之者，明道以余故徵文。

余惟人孰不欲静而安者，然人之有身，不能以静而不動，不能以静，故不能以安焉。豈惟身然哉？惟心亦然。何也？事物之來無窮，而嗜欲之機不節，則固有汩而撓之、引而杌之者矣，而况禍患死喪有以休乎其中而變乎其外者哉？今物不疵癘，人有定志，里巷無犬吠之警，而上下蒙奠枕之安，則君之爲斯亭也，庶幾乎清明幸會之逢者矣。當其春苔凝滋，不見行迹，夏木繁陰，時聞禽聲，君燕而息於斯也，有琴瑟圖史以爲耳之娱，有几席盤盂以爲口體之奉。入有子弟之共事，出有賓客之從遊，而無不自得焉。則吾之心豈不凝然而益静、晏然而遂安也哉？視向之桴鼓晝鳴，人相視失色，至雞犬驚、草木動而遑遑無以爲歸者，今果伊誰之賜哉？蓋必天下一於静安，而後山巔水瀕之民無不得以蒙其澤而享其樂。斯樂也，固將由吾之一身一家推之，以驗夫一鄉一邑之盛。由一鄉一邑，斯又可推之以驗夫天下之治之盛矣，豈徒築葺木石爲釣遊詩酒之地而已哉？抑吾儕餘年得以優遊於此者，固皆上之賜也，其可忘耶？宜斯亭之所以名也。於是諸賢咸喜而賦詠之，而余爲之敍。

横岡袁氏族譜序

袁氏族譜，譜袁氏族也，袁氏德齊之所輯也。譜成，德齊來徵文，且致其從父之言曰：「某今年七十有七，諸弟存者十有三人。上泝吾祖若父之既往，下視吾兄弟子姪之一從至再從，而數之不啻千數指。然而遷徙不常，絶續不一，大懼老者日遠，生者日繁，系屬無所本而倫序無所據也。念昔吾從叔祖吉明與吾從伯福可，嘗編爲衍慶圖，不幸遭亂，散逸不傳。吾先兄景亮、景達欲重修之，俱不果而卒。今幸及吾餘齒，與吾從弟從善，命諸孫考訂之，粗獲成帙。先生矜其志而賜之序，以成吾袁氏之譜，不亦幸乎？」

按袁氏本金陵人，五季之亂，避地始居西昌邑西之袁家巷，族大以蕃。至宋元祐間，兄弟又析爲三：一居萬安之秫唐，一居吾邑仁善鄉之鍾步，一居雲亭鄉之横岡。其居横岡而可考者，則景甫之始祖孟成也。孟成之子季茂，又數傳至義卿，紹興間以貲力信義爲鄉都官，與其子從義奉命行經界法，公平不欺，鄉民德之。迨宋季勤王兵起，所居盡燔，故物無有存者。元初至元戊寅間，義卿之後有諱德善者，則景用之高祖也。户占糧二十四石，服五雲驛夫役，凡八十餘年，無有遺缺，則其富盛可知矣。其後丁口千餘，屋區倍之，蜂房水渦，竹苞蘭茁，烟火連甍〔一〕，絃歌接棟，過者望而加敬。遇冠婚喪祭殯送有常度，燕會有常期，酒行有常數。闔門五世，同一欣戚，無間言焉。每正旦，尊長坐堂上，子弟孫婦以序列庭下，歲以爲常。或少有忿爭，尊者必聚羣族召之至，爲之面陳禮義，諄諭勸撫〔二〕，俟其悔謝乃已。退則惴惴不敢出一語爲不義事。復歡然如初，有古之遺風焉。當其時，富者挾貲貨走南北，爲豪商鉅賈，仕者效才能食官禄，爲司征，爲夫長，爲從事官，學者業詩書爲名士，勤者服先疇爲良農，然皆知惇行務本，有以樹立，孜孜然稱其爲袁氏佳子弟也。元季東南兵亂連歲，乃有甲辰五月之變，而袁氏流離焚劫疾疫之厄，有不忍言者。

今遭遇聖明，海宇寧一，自洪武建號以來，又十有四年矣〔三〕，袁氏之族生齒日繁，而文學之徒彬彬輩出其後，有不昌且大者乎？故今譜斷自孟成以下，凡若干世，而生卒年月、墳墓所在，莫不詳要。宜某之有請而德齊之有述也，豈非賢子孫乎？吾聞水之湮也，其決而放也必大；火之鬱也，其熾而焰也必盛；善之積也，其發而振也必遠。吾知袁氏之世其繼此而日大也審矣。余家距横岡不三十里，於德齊叔姪羣從間往往有姻戚之好、文字之樂，而均則實吾甥焉。故知袁氏爲深，然不可無以復其請也。故爲之序，俾以示其後之人焉。

【校勘記】

〔一〕「薨」，原作「薨」，據乾隆本改。

〔二〕「勸」，原作「勤」，據康熙本改。

〔三〕「四」下原有「十」字，據康熙本删。

東屯朱氏族譜序

東屯朱氏譜，所以譜東屯朱氏族也。東屯在武山之西，尖星岡之北，去邑三十里，有良田沃壤千數頃，瀕溪而負山。其陂泉縈紆錯行阡陌間，以達於溪者尤衆。歲非盛旱，恒可得豐獲。方承平時，率數十金置一畝，鄉西北號樂土焉。當宋季，朱氏有別業在屯中。潭州通判某之幾世孫曰叔玉者，不知何時始奉其父少崧自邑西橋上來居之。橋上本朱氏故家，橋跨秀溪，水環其宅，當時論居室園池之盛莫先焉。嘗聞故老言：朱氏由通判致富盛，貲貨雄一邑，田産連村落，其兄弟子姪鼎鼎不論，他日出其門有貲致萬石者。至今邑之内外，若市巷，若園池，人猶以其姓名之，則朱氏之盛可知矣。

少崧之六世孫曰孔高，早失怙，能特立自奮，治産業以承其宗。其子子瞻，悼先世譜牒之逸而無所系也，乃斷自少崧爲始。其傳而可知者，少崧生淑玉，淑玉生三子：汝禄、汝福、汝壽。汝禄生進可，進可生安素，安素生孔高。孔高兄弟四人，子瞻其季也。初，孔高無子，母命子瞻爲之後。今子瞻有子名煜，凡八世矣，來者其可量乎？

余嘗歎古今興廢，惟世業爲難保〔一〕。昔柳子厚遭竄逐，纔四五年，其城西田及先人手植，已復荒穢斬伐，所居善和里之宅，亦三易主矣。而朱氏乃能保其東屯先業，以長子老孫於二百餘年之久，不惟不之喪，又從而斥大之，豈非難哉？今孔高父子方循循然内誠於奉親，外勤於事上，暇則課僮奴，力耘耔，以無廢其先疇；復延師取友教子孫，以無忘其先業。其尊祖裕後之心，又惓惓如此，則自今以往，歷九世十世而益盛者，可知矣。火之燎薪，久鬱必熾，又豈無繼通判之緒而遂興者乎？余又聞朱氏之族有居今甘竹者，居江南點塘者，居西鄉柱溪屯者，皆同所自出也，此不之載者，譜爲東屯作也。作東屯朱氏族譜序。

【校勘記】

〔一〕「爲」，原作「惟」，據康熙本改。

丹山羅氏族譜序

吾邑仙槎鄉之丹山，有羅氏世居之，傳若干世。有學者曰東海先生，實踐力學，教其子用賓爲名士。洪武十二年，余自北平蒙恩放還，見先生於丹山之陽，幅巾藜杖，翛然物表。時與余談兩家婚媾事，未嘗不扼腕而太息也。會朝廷徵儒士，時縣丞程翺以用賓應詔，余力贊之。既行，明年庚申正月，詔以禮部侍郎起崧于家。比至京，則用賓已除知金州矣。是夏，余以新格六十致仕，得再歸田里。首見先生，賀而拜之，以爲先世積善之報，先生笑而不之答也。他日，先生出其所編族譜以示，且曰：「將求子文以序之。」余不敢辭，則書之曰：

按譜，鼻祖諱光遠，仕唐爲冠軍大將軍，憤石敬塘之不義，乃棄官依党項，南居筠州。其後有諱恭者，尚錢越王長公主，徙洪之市汊，再遷廬陵之熂下。族大以蕃，科第甲江右，有四世三魁、九科七第之語。三遷廬陵之潭瀘，有祖塋在金坑焉。後又諱安强者，好遊獵，至西昌之仙槎，喜其山水明秀，始遷而居之，則丹山始祖也。安强之後，支系日蕃而家業益盛。迨宋末元興，公私多故，而羅氏微矣。先生既早喪其父，至延祐戊午，先生之祖可齋與其母余氏復同日棄世。先生在髫齔中〔一〕，坐視私業淪於豪族，雖時有不平之氣，然卒亦莫之支也。既長，即知以學問自礪〔二〕。粗衣糲飯，晝誦夜思，積五十餘年而有得焉。嘗曰：「余於易、詩、書雖未能盡其精微，亦庶乎略窺其涯涘矣。」初，譜牒藏於從伯應驪所，先生百計哀懇，始得請而觀之，然猶未能以完究也。歲甲辰，先生復挈家避地入山中，先廬與遺書數千卷，一旦蕩爲灰燼瓦礫，而譜遂亡。先生父子出萬死一生，凛乎千鈞之一髮，大懼宗系失據，將無以示後人也。故今譜斷自曾祖某始，其上世次遠，其下支系之斷者闕之〔三〕，所以傳信也。其言曰：「一泓之微，混混不已，至於演百支、分萬派而朝於海者，有源故也；一核之微，生生不已，至於發千條、開萬葉而干雲霄者，有本故也。」可謂名言矣。

崧以鄉里晚生，不知上世事，獨憶嘗侍先祖實存府君，聞言有妹諱某者適丹山羅氏，早亡矣。由今觀之，則先生之從叔母也，余敢無言哉？不揣菲陋，輒據斯譜推序先生所述之意以爲引。俟他日金州宦成，歸拜家慶，尚當爲斯譜大書之。

【校勘記】

〔一〕「鬓亂」，原作「鬓亂」，據康熙本改。

〔二〕「礪」，原作「糲」，據康熙本改。

〔三〕「闕」，原作「関」，據康熙本改。

鳴盛集序

詩家者流，肇于康衢之擊壤、虞廷之賡歌，繼是者渢渢乎。三百篇之音，流而爲離騷，派而爲漢、魏正音，洋洋乎盈耳矣。六代以還，尚綺藻之習，失淳和之氣。唐興，陳子昂氏作障厥狂瀾，杜審言、宋之問、沈佺期、李嶠又從而嘆之。至開元、天寶間，有若李白、杜甫、常建、儲光羲、孟浩然、王維、李頎、岑參、高適、薛據、崔顥諸君子，各鳴其所長，於是氣韻聲律，粲然大備。及列而爲大曆，降而爲晚唐，愈變而愈下，迨夫宋則不足徵矣。元有范、虞、楊、揭、趙數家，頗踵唐人之轍，至於興象則不逮焉。噫！文與時遷，氣隨運復，不有作者，孰能與之？

今觀林員外子羽詩，始窺陳拾遺之閫奥，而駸駸乎開元之盛風，若殷磻所論神來〔一〕、氣來、情來者，莫不兼備。雖其天資卓絶，心會神融，然亦國家氣運之盛馴致然也。謹題其集曰鳴盛爲之序云。

洪武庚申季春既望，嘉議大夫、禮部侍郎、權吏部尚書廬陵劉嵩子高序。

（以上一篇據明別集叢刊影印清初抄本鳴盛集卷首補）

【校勘記】

〔一〕「殷磻」，當作「殷璠」。

槎翁文集卷之十二

題跋

跋贈鍾學正詩卷後

往年鍾希浩奉儒學正教將赴韶陽，余在豫章，合能文之士十有九人，賦餞南浦門外。既別去，君自韶陽秩滿且歸，而余以羈游四方不能以時會，視當時十九人之間闊疏遠者而特甚焉。余私心固惓惓不忘也。

後十五年，余來平川，時君以重聽請老于家，鬚髮未盡白，顔丹渥如昔，相見道舊歡甚。其子學祖出當時所贈詩一卷，希浩請曰：「之十九人者，今具若何？」余感念今昔，爲之惆然，則歷告之曰：「一中字元道，山東人，嘗以茂異薦爲永新校官。汝礪，河南人，爲盱江山長。彝爲白鷺山長。伯虞今名舜元，由萬安教諭擢建昌教授。益翁以提舉醫學死湖廣，而本則其子也。若易之端愨，康之宏博，蕭之介特，皆吾郡士。其餘若龔，若王、魏，若鍾、姚、徐、羅，升沉存亡，又有不能以盡知者矣。天祐更名達，字伯逵，由建昌學正歷富州知事，今辟大司徒掾。復初更名雲標，以易預丙申貢，與余爲同年。其賦韶石而稱子高者，今名楚，則余也。」余懼希浩君或未悉其名字之更易而無從於考德也，因爲書其後而歸之。但厚於有道者，亦有所觀考焉。

跋曠伯逵所藏康瑞玉和詩後

往時豫章鄧虛碧以能詩交一時賢士，聲譽籍甚。虛碧死，無後，有女妻黄氏。而黄氏之婿曠伯逵乃知愛其詩，而尤知敬其所友。若龍泉瑞玉康公者，則鄧之友也。今觀公所和伯逵詩，其自序所以感念今昔，推愛其故人子婿諸孫者甚厚，豈直詞章之美而已？

後公和詩之九年爲癸巳，是春寇陷龍泉，入邑首問公所在。公老且病，方僵卧床上不起。寇逼之，公罵曰：「吾年幾八十，受朝命階七品官，尚愛死乎？」即延頸就戮死之。一子早卒，有孫，亂後不知尚在否。公初由儒官爲廣東憲史，終贛州路總管府照磨官。能文辭，諳典故，以鯁直常齟齬於世。若是詩結句以菊自喻，則公之志可知矣。

嗟夫！伯逵以親親而篤其先友，君子又因詩以知其爲人。伯逵其慎藏之，以無忘康公期待之心，則鄧君爲不死矣。嗚呼，孰謂鄧氏之後果無人乎？

書文丞相蔡安撫遺像後

嗚呼！此宋丞相信國文公與湖南安撫愛山蔡先生之遺像也。先生與信國生爲同郡，學爲同業，仕爲同年。當其相與上下議論，神采暢發，亦一世之豪哉！後信國崎嶇兵間，就死燕市，而先生亦掛冠來歸，以天年終，豈所謂各行其志者固然歟！嗚呼！是圖也，可以表鄉國之尊，可以見契誼之敦。其所以萬世不泯者，豈不繫乎其人之所存歟？皇元至正六年丙申冬孟〔一〕，後學劉楚獲覩遺像於先生之曾孫敏則家，因再拜而爲之言。

【校勘記】

〔一〕「至正六年丙申」，疑作「至正六年丙戌」或「至正十六年丙申」。按，元至正六年爲丙戌年，至正十六年爲丙申年。

跋周宜沖所藏黄庭帖後

此右軍所書黄庭經刻本，後有宋皇祐中諸先正及寶晉齋論跋甚詳，好事者併刻爲一通以傳于世，信善本也。毋論晉代，即寶晉齋所跋時，距今已二百五十餘年。至正壬辰安成有博雅君子周君可庭，舊於中州故家購得此卷，藏之且餘三十年。至正壬辰兵亂，其子宜沖不忍忘其先人所好，寧棄重貲不顧，獨緹襲珍護，挾與俱逃，可謂知所重矣。按徐季海古跡記，元宗時大王正書三卷，以黄庭爲第七，然佳本傳世者率不多見。余十年前於豫章鄭大同家，見我朝泰定間清江范公所臨黄庭墨本，筆意位置率相類，豈范亦嘗見此歟？大同後以入石，置之書帶軒。大同殁於亂，石本存忘不可知，而周氏子獨能寶其舊物於離竄之日，豈非難哉？己亥春正月，南平劉楚敬觀而竊有感焉，因爲著所見者于卷末而歸之。

跋張真人達侯遺像圖贊

青華張真人以至誠事天，感無不應，故四方有求者咸奔走歸之。至正癸巳夏五月，吾州以旱告，達侯憂之。衆謂非真人莫能致禱者，侯即具書幣往候其來。至則如侯命，爲民致雨不爽，侯敬信之。今觀是圖，侯與真人顧瞻後先，若有所欲言者。意其齊戒盛服，以相從於致禱之時乎，而憂旱之色隱于眉睫，觀者亦安能知之？後五年而侯没。又後三年，爲戊戌五月，蓋不雨又踰旬矣。其侍生劉楚再拜而識其後。

書劉叔清四清圖贊〔一〕

世言梅、蘭、石、竹爲四清，然四者恒落落不能以相合，得此失彼，識者歎之。今觀進士戴君晉明所藏宋劉敏叔四清圖，俯仰映帶於徑尺之楮，而芳潔貞真之德備焉。於是淇園、澧浦、孤山、大湖之隔越者，如聲感氣格，莫不畢合。其盛德君子方以類聚之兆乎？若彼無名小草，蕪穢在側，亦獨何哉？嗟乎，劉君其亦有所感矣！後宋慶元己未之百六十年，爲大元至正戊戌，南平劉楚謹識。

【校勘記】

〔一〕「贊」，原作「替」，據康熙本改。

跋趙文敏公行書千文

千文創始於梁之周興嗣，至隋智永始爲真、草書，而唐歐陽之楷、張旭之草，又繼出乎其後，而字體之正變極矣。夫昔人所以恒喜書斯文者，豈非以其字無重出，有以具衆體之妙，而其源固本於鍾、王之所遺者歟？今觀湯子敏所藏趙文敏公行書千文一通，蓋律之以歐陽之嚴而非拘，發之以張顛之奇而非縱，而又兼得夫智永之圓正而遒美者也。夫書之道遠矣，真者猶人之坐立，而行者猶人之行也。觀其筆勢翩翩，有回翔容與、千里一息之意，豈造次學步者所能髣髴哉？此其真蹟，概無可疑者。子敏工書而有志於古，宜寶愛之益至也。詩不云乎：「伐柯伐柯，其則不遠。」尚博考而潛玩之，則思過半矣。

跋鍾廷方所藏汪愚翁所作瀟湘八景圖後

昔朱元暉父子寫山水，天趣高出前古，作者弗逭也。今觀汪愚翁所作瀟湘八景圖，雪月、晴雨、晝夜、人物之情狀，互見錯出於數尺之間，而造次出奇，又以意勝，其亦追縱朱法而自成一家者歟！卷後有汪君所自題詩，是又一奇也。外有鍾萬新、王介夫七言長句二首。萬新本邑人，自少以勇略從軍有功，擢打捕鷹房提舉，嘗與介夫遊，而尤深於詩。介夫字淑玉，吾鄉先達，年九十餘乃終，爲宋天章閣學士諱贄之裔孫。嗚呼，斯人不可見矣，得見墨詞翰〔一〕，斯可矣！廷方其慎藏之。

【校勘記】

〔一〕「墨」下康熙本有「蹟」字。

跋張某所藏劉夢良掀篷梅圖

此梅卷作掀篷體，僅横見其中間一節耳。然推其□可以庇數畝而不盡〔一〕，窮其勢可以凌千尺而亦莫之止也，華盛麗而不亂，枝糾錯而不枯，又老幹時時作横紋特異，墨色明潤，意格高古，當時錦屏山人劉夢良筆。舊曾於豐城熊子莊家見梅障不異此，不然，恐他作者亦未易及也。此二十年前楊翰林吟窗先生爲推官時於臨川得之，楚見於其家，卷後有孫澹軒先生贊可考。今張君某又得之於劉方東所，豈劉又嘗得此於楊氏歟？君清修雅潔，尤篤好古今梅畫。余見某所藏，自逃禪老人四好圖，有鸂鶒、白鷺映帶竹石間者極清美外，其餘畫又數十幅，作者姓名亦衆，然皆不及此。嗚呼！此奇筆也，矧孫、楊二先達之所嘗贊賞者哉？君其寶藏之。

【校勘記】

〔一〕「□」，康熙本作「蔭」。

跋王明極所藏文宣慰書古意二大字卷後

古意者，鄉先輩王原父之别字也。原父於宣慰文公爲貧賤交，宣慰公嘗爲書「古意」二大字以贈之，筆畫遒勁，觀者悚敬。原父没後四十餘年，其孫佐始得諸名士爲詩文相與贊揚之。佐既卒，其子新又克寶藏翰墨，以無忘其祖父之澤。間出以示余，以余於王氏爲通家子，請比次其文録于「古意」字之左。

嗚呼！使世有賢子孫若王氏，又焉有文獻不足之憾哉？抑余嘗閲君家瀔溪集，見原父公作詩以謝宣慰公書字之意，老成謙抑，尤可概見。後來宣慰公之孫寓誠敍瀔溪集，又能援以爲説，娓娓焉不忘其世好。是皆不可以不記，輒併録于卷末而歸之，俾兩家子孫尚有考焉。敍文凡二首，詩三首。

寓誠名某，佐字以善，新字明極。瀼溪者，王氏先世所居坊名，即今具慶也。

跋周氏先塋誌方録後

右周氏墓碑誌文六通，其一爲宋故朝散大夫吉州史君贈太師秦國公諱詵之墓誌，撰文者，知南安軍管城陳秖也〔一〕。有辰陽史君諱利見者其子，若江東提舉諱必正、宜春史書諱必達，及益國文忠公諱必大者，則皆其孫也。吉州之澤遠矣哉〔二〕！吉州六子、十六孫，其顯而可見者三子，曰利建，宣教郎、大學博士，是爲益國公之父；曰利謙，右承奉郎、通判静江府。皆無所述，而辰陽獨有誌。可名者五孫，曰必端、必先，亦皆未有述，而江東、宜春各有誌，益國復有神道及忠文□□□二碑〔三〕。豈徵於文而猶不足者？

吾觀周氏之盛自吉州史君始，而君之爲政藹然有西漢循吏風，下此若辰陽之科名宦業，江東、宜春之世澤治蹟，皆卓卓可紀。至益國公以盛德全福歷事四朝，其文章勛業盛矣備矣，又豈勝録哉？宜其後之益昌也。

余六世從祖常德府觀察推官諱令猷，於益國公爲同年進士，其卒也，公爲誌其墓，至以昔者不能薦賢負知己爲恨。他日察推君之子贇爲淳熙庚子貢士，又以通家子弟客公所，嘗與讎校歐陽文忠公文集。公之薨也，爲辭以哭之哀甚。今樓學士所撰神道碑中載始末行事類可互證。捧讀之次，能無感乎？敬識此卷末而歸于公之六世孫鐔。鐔字思忠，其弟士廉，皆敏而好學，能世其家。凡先世遺翰故物，寶藏於世變之餘者尚多有之，則是編之録，寧有既乎？時辛丑四月朔，世契生西昌劉楚再拜謹書。

【校勘記】

〔一〕「陳秠」，康熙本作「陳秩」。

〔二〕「吉州」，原作「言州」，據康熙本改。

〔三〕「□□□」，康熙本作「公所遺」。

跋達侯手帖後

右達侯正道手帖一小幅，命余録陳情表以示者也。是年至正甲午秋之九月，侯感肺疾方劇，而鄰邑警報日聞。侯省料軍實，按行營堡，晝夜戒嚴，不以病廢，獨時時思親，爲之泣下。蓋深知城守不可違，歸侍不可得，而又終不能不慨然於定省之疏曠也。侯有母年幾七十，先是奉以來，既久之，謂侯曰：「吾性若不遂安此者，盍返吾宜興？」侯不能强留，乃具舟命其妻若妹奉以歸。至是不見母者四年矣。侯寡兄弟，又年四十未有子，而母之年日邁，則李令伯所謂「終鮮兄弟」，與夫「内無應門五尺之童」而「報劉日短」之意，寧有殊感哉？然令伯之請得以遂於其祖母，達侯之意乃不得以遂於其親，此其所遭所處蓋有不可同年而語者矣。

若楚者，州之鄙人也。學劣而年又最少，間嘗以筆墨從公遊，辱舉而加之序賓之末。其平時翰牘之辱居多，而遭亂散逸不復存。他日於故帙中得是帖，雖片楮率然，而筆法遒勁，又謙抑不苟如此。余懼久而或忘也，乃裝潢而謹識之。詩不云乎：「王事靡盬，我心傷悲。」覽者尚有以想見其忠厚憂勤之所至哉！

書廣水鎮都巡王珪死事本末

嗚呼，義士不可得見矣！若謝彬所言廣水都巡之死於戰也，豈不悲哉？其言曰：「當至正辛卯春，彬爲行販往淮河，時道路猶無他梗。其夏，汝潁變始作，民則大恐。明年壬辰，河南省右丞某奉旨總兵出捕，至隨州，時應山民已先降賊，官屬解散，獨廣水鎮以王君故，猶固守不下。君聞右丞兵至，即馳謁言事。右丞奇之，署參軍事，俾復應山，旋以功攝令。久之，寇日滋，而右丞所總兵遲疑不進，民困供饋。君凡三上書，請急進攻，毋玩以養寇。右丞怒曰：『若書生，寧能戰邪？吾令若率先鋒，得無怯乎？』君曰：『誠得效分寸，死不恨。』即受命領驍勇以前。不數日，連破賊圍，猶奮擊不休。已而寇乘其後，右丞兵隔絶。君引兵將向德安，未至，聞德安以陷，衆乃潰，君獨與麾下數百人投孝感之新店。會劉禹章、吴思明等方舉義，聞君以省兵至，大喜迎之。君知衆心堅，可與共事，即率其衆及商民之來附者凡數千人屯新店，掘壍植柵，令老弱運粟聚堡中。出與賊首黄思明大戰於蓮花寨，破之，拔其小寨凡一十九所，斬馘以千百計〔一〕，得其輜重以歸，兵勢益振。明日，寇悉衆來攻，君退保新店。寇圍之逾月，糧且盡，援兵終不至。君知不能守，顧謂劉、吴曰：『事急矣，奈何？設有不利，必不可爲不義屈。』趣出戰，果爲賊所敗。君與劉禹章俱被執。君駡不絶口，賊欲殺之。劉曰：『彼參軍爾，我乃大將，盍殺我？』君奮呼曰：『我奉河南省右丞軍檄，出征逆賊，不幸勢窮爲所執，當殺我，毋害劉也！』亂兵遂斃君於城門下。劉被刳。吴以千餘人遁五公山，賊追及之，猶格戰數十合，死傷過半，終不屈自刎死。時某月某日也。」彬，田野質實人，與君同里，其兵敗而死也，親見之，其言宜可信。君既死，彬獨與其徒渡江，得間逸歸，時爲鄉人道其事云。

嗚呼，珪亦真義士哉！記泰定丁卯間，余侍先祖翁側，見君以諸生來謁，體幹魁偉，冠帶翼然，執禮卑遜。進問起居外，徐出所業懷袖間，鞠跽從旁請益。時翁年已七十餘，爲之色笑辨説，亹亹傾竭，至日晏猶不退。時余年尚幼，亦不知其所謂何也。比稍長，知就學，君亦出遊臨川，拜吴先生以歸，而先祖不可作矣。君過門哭奠甚哀，退與先君敍通家禮，談功名事，磊磊落落，如掌股間物，益浩然四方志矣。及遊淮、漢間，聲名籍甚。余讀書山中，追思爲童子相見時事，爲之惘然。後聞過武昌見威順王，獻黄鶴樓賦，嘗恨不得讀其文。繼聞其從應山令魏進入京都，伏闕言世事，又恨不得見其書。最後聞以薦者爲應山校官而調廣水都巡也，吾固疑其或有所不屑爲，孰知遭逢不淑，竟終於是哉！

嗟乎，天下諱言兵久矣！珪以一介書生，負奇氣，常易視天下事，至言兵忤時相意，幾致危蹙，不勝憤憤，赤手奮窮旅中，解后知己，以烏合之衆轉戰百萬之寇，卒以援絶力窮，死酬其言，悲哉！嚮使右丞録其言，惜其微忠，置之幕下，以盡其一日之長，不使冒敵境，或後先出援，相與爲犄角，則成敗概未可知。不幸君以孤軍失援死，而右丞亦以怠傲覆敗，豈非天哉？若劉、吴之於君，非有平昔之素與名位之定也，徒以彼此急義，一旦解后於顛沛之頃，卒能争死以正名，殺身以就義，若素所感切而安於撫循者，豈非義之所在固當然歟？而或者不察，至事僨勢去，始扼腕撫髀，謂天下無義士，至詆儒爲不知兵，豈其然哉，豈其然哉？

君字方剛，其弟果，以余爲通家，請書其事，義不得辭。敬述而論之，俾歸以附其家傳云。

【校勘記】

〔一〕「斬」，原作「析」，據康熙本改。

跋所録求志堂詩文後

彭惟孝求志堂故基在縣西月池之南，始創於惟孝之三世祖述孝。孝當宋孝宗時，以布衣伏闕獻賦歸，始得諸名公爲詩文發揮之。當時已入石，更亂散逸。惟孝五世孫劉焱，當皇元大德間，旁購而復刻之。劉焱之從曾孫有豫者，又克嗣守墨蹟，與重刻之石並傳至今。豫懼真蹟歲久或至漫弊也，乃更具楮墨，丐余楷書副之。起自周文忠公、楊文節公、謝尚書，終于陸觀文，得詩文凡一十五首。書畢，豫請識其後。

余惟彭氏自有斯堂以來，宋、元三百年間，凡幾興廢而遄復者，固其後之賢也，亦豈不以斯文之尚存哉？宜豫之所以敬而不敢忽也。雖然，豫之用心亦勤矣，其亦知所以求前人之所當求者乎？則凡著於辭者，不若著之於行之爲實；銘之於石者，不若銘之於心之爲固。此又彭氏子孫之所當知也。

書蕭縣丞贈陳理問序文後

今年五月十三日之變，大梁陳君仲仁以吴都事分省從官莅西昌。時兵至倉卒，守城者聞東北大府俱淪陷不敵，輒引匿去，民遑遑無所歸。以君嘗從事于是州，愛人而適變，可恃以生，則相與詣門號呼，求脱水火一朝之急。君堅拒不聽，民請益固。出則羅拜馬首，擁與俱行。君不能禁，因感泣曰：「吾以老母故，既忍死于此，又忍棄爾民乎？」乃揮涕上馬，從父老數十百人出城北門外見主帥，即以勿殺爲民請。請得，乃歸。比入城，果如約，兵卒惴慄不譁，無敢挾一矢、抽一戈以向我人。翌日，有奸民乘勢導客兵行掠郭外，先入仇家，破門户，搥釜盎，至發囊負篋，盡載以歸。出遇仇家子于門，刃之，其弟往救，併刃之。僵屍路隅，血流草中，民洶洶弗自安。君蹤迹得之，立磔于市，奸黨駭散，民則大悦。主帥聞而韙之。

嗟夫！平日擁專城，享厚禄，傲然號於民曰「我天子之命吏也」，一旦有急，乃相率委去，至人相戕相攘劫不問，併棄其民，欲天下之不亂，得乎？若君者，初未嘗真受民社之責，而能與民同其憂患，古所謂憂民之憂者，非歟？余嘗從州人悉君之行事，他日見蕭君受益所作贈君序文，讀而感焉，因爲述當時逸事，以附于後。

跋宋殿中丞歐陽發奉議郎官誥後

右宋殿中丞歐陽發改奉議郎官誥一通，時元豐三年十月，以相祀明堂禮成，故有是命。先是，詳定官制，以階易官，寄禄新格。若太常秘書，皆得爲奉議郎，不獨殿中丞爾也。誥辭謂屬官命之肇制者，其以是歟？當時中外臣下之誥命衆矣，去之二百七十餘年，而歐陽氏之裔孫以忠者，獨能寶藏是誥以傳，豈非賢哉？

昔文忠公與其姪通理書曰：「歐陽氏自江南歸朝，累世蒙朝廷官禄，今又被榮顯，致汝等並列官品，當思報效。至於臨難死節，亦是汝榮事也。」公之戒子弟處榮立節如此，則殿中君受誥之日，豈不亦有感於其先公之訓哉？此又歐陽氏子孫之所當知也。余既獲覩是誥於以忠之三峰堂，謹識而歸之，俾有所感發云。

跋張務民所藏褚書後

余幼頗嗜書，嘗以不及見唐人真蹟爲恨。一日，與楊公武論唐人法書，公武問余：「嘗見褚書乎？」欣然出古錦軸一卷，曰：「此唐人法書，而我朝趙文敏公定爲褚令書無疑者。子當拜而觀之。」余敬請展玩，則所書自廉頗、藺相如而下凡數十傳節文，終以優孟。每朱絲闌間分兩行書之，字差大如蠅，而結搆圓正，姿態閑雅，奕奕然無窘束意。余觀之，不覺下拜。自後因他客獲旁觀者再，然每草草遽斂之，輒大笑曰：「又令若長一格矣。」因爲余言：此卷本藏李學士員嶠家，後仲易陳先生乃移書先翰林〔一〕，固勉余兄弟收之，曰：「無令至寶落他人手也。」後公武之仲兄平攜至武林裝飾之。贛謝氏有彦清者，欲委重貲分其半，不可。公武又謂此秘府所未有者，益緹襲固藏之，率卧起與俱，非其人不得見也。庚子秋，州陷於寇。公武遇剽劫幾盡，然猶爲褚意戀戀不去，竟被害。明日，寇剖其囊襆分之。適道士蕭許在，自紹以爲道家經誥，丐得之。公平聞褚書幸流落蕭許，慨然將持白金贖之。道士固言亡去，不復出。楊怒，將白其事，道士懼禍及，時參政廖公鎮吉安，即以褚書獻之。自是楊亦絶意矣。今年秋，偶見此幅于掾郎張務民家，自田叔、公儀休至優孟，凡三傳而未終，乃原卷中最後一幅，不知何以又流落至此。意其矯攘之際，或又分褫決裂之所遺者歟？蓋不可知矣。

嗚呼！自褚令書時迨今七百餘年，其隻字點墨流傳天下，譬猶遺珠半璧，得之者皆可以爲寶。然自余所見數十年其流傳隱顯若此，好之者不啻以死生保之，猶不能免，而卒爲無心者有之，亦可感矣。然猶幸得不泯於水火，使後學者猶得以闚見古人筆法之妙，將非幸歟？其卷縫有「紫芝」印章，即員嶠所識。其「大雅」章，則或楊氏之所識也。務民其善藏之。

【校勘記】

〔一〕「先生」下明補修本有「得之」二字。

跋文信國公三詩墨蹟後

信國公流離南州，困頓燕獄甚矣，而悲憤之作，往往流出肺腑。若三詩者，不知作於何時何所，而興亡之感係焉，君臣之義存焉。其題曰爲或人賦者，無亦有所措歟？臨之泫然，不忍再讀。

題趙文敏公書杜後

文敏公喜書古人詩文以遺人，或併記所書年月與其地其人以自識。此帖書杜拾遺城西陂泛舟詩，其亦有感於盛時遊宴之樂者乎？惜不識寫詩時當在何歲何所，而風致宛然，識者嘆之。

跋書虞先生贈畫師劉宗海敍後

右邵庵虞先生贈畫師劉宗海敍一首，距今且十有一年矣。前年江西亂，宗海由渝川避地西昌，間關徒步，尺寸之貲不能有。然無幾微怨恨色，獨時時追誦往時士大夫所贈詩文以自釋。一日，謂余曰：「海受知虞先生甚深〔一〕，嘗辱序余畫。今墨本雖不存，而文辭之識於心者，幸未忘也。子盍爲我書之，又將以示無忘於後之人焉。」

嗟夫，宗海可謂賢矣！自兵火蕩焚，金石淪燬，而文辭之托於人乃有不泯者如此。夫事平更化有日，文藝勃興，宗海之畫將必因奎章之文以並傳於世，則是序也，豈徒爲宗海終身之誦而已哉？宗海用志專而天分高，雖流離顛沛中，筆墨更進余嘉宗不少廢。序所謂尚志古人而渾然天成者，信矣！惜先生既没而不及見之。余嘉宗海惟能不辱於先生也，故忘其繆拙，爲之繕書以歸之。

【校勘記】

〔一〕「海」，原作「漢」，據康熙本改。

永州府君遺像引

嗚呼！此吾九世從祖永州府君遺像也。府君諱在中，字伯正，元祐五年庚午、紹聖三年丙子、元符二年己卯、政和四年甲午，凡四舉進士，登重和元年戊戌第。初授無所考，惟靖康元年，其從兄南安參軍申爲廖夫人墓誌，謂伯正守官江東，却又未知果何職何所也。建炎二年，□□文林郎就差永州録事參軍〔一〕，意遂終於是矣。又按西昌志載劉申與族人南立、在中名相埒，時稱珠林三傑。申初與永州同請紹聖舉，大觀己丑改名至魁鄉薦，晚就恩科，調武岡簿，終迪功郎、南安軍司儀曹參軍兼司兵曹。南立登崇寧癸未第，宣義郎、興國西位。今南安府君與興國府君遺像不可見〔二〕，而永州遺像與建炎敕黄並傳至今，蓋二百三十餘年矣。雖縑素粉墨不無消落，而眉目峻明，風采猶生，我後之人，尚敬而永藏之哉。甲辰春二月，從諸孫前鄉貢進士楚再拜謹識。

【校勘記】

〔一〕「□□」，康熙本作「遂以」。

〔二〕「興國」，原作「與國」，據康熙本改。

書先大父所作後溪序後

右後溪序一首，先大父實存翁爲里友王大可作也。至正十六年丙申春，其孫渠出以示余，凡五百餘言。序以至正壬戌作〔一〕，實聖生始生之明年，距今三十五年，而先大父之去世亦二十五年矣。聖生伏而讀之，悲感交集，不知涕泪之沾頤也。

堇按，大可之父慶可，别字珠溪，故大可别字後溪。先大父喜其後於珠溪也，故爲言後之義甚悉。首謂：「人孰不願其有後，後而不能光于前者，曾不如無後之爲愈。」又謂：「吾先君周旋珠溪，視吾先君爲年家長，先君視吾後溪猶嫡孫行，故吾與後溪爲忘年交。」勉勉惓惓，甚於父之望其子。其餘反覆縺綣，所以期待後溪者甚遠且大。嗟夫！此通家肺腑誠懇之言也，孰知去之數十年，後溪已矣，而後溪之子若孫復能寶藏此序以貽厥後。若聖生之愚不肖，亦獲與有聞焉，將非幸哉？於是舊本且漫弊，渠請更録似本以永其傳。聖生惟兩家祖父世好之篤，至于今四世矣，誼不敢辭。謹繕録一通，識始末于後而歸之，使後之人讀斯文者，亦將有所儆發於無窮也。

【校勘記】

〔一〕「至正」，當作「至治」。

跋顔中行避地稿

往年與吉水顔中行俱客筠陽，嘗爲余極道其鄉山水之勝、土俗之厚、文物之懿，甚恨不得卜鄰其間以相從也。兵亂以來，吉水殘毁尤甚，獨文昌鄉以先達賢智之力，倡義固守之，持久弗支，亦既淪而爲墟矣。今觀中行避地之作，由瀘源至沙田凡若干首，其轉徙奔竄之狀，哀痛慘酷之情，暌離悲慨之感，無不委曲備至，亦何能言哉？昔劉大博評少陵北征詩云：「他人窘態有甚不能自言，又羞致勿道。」中行其真能言哉！雖然，此哀怨之作也，時之否者必復於泰，匪風、下泉之思切，則江漢、蒸民之雅作矣。中行尚慎俟之。

跋蕭氏鄉校記後

往時曲山蕭仁叟欲以其所居爲鄉校，以教其鄉人之子弟。時則養吾劉先生爲記，所以推論三代鄉校之義甚悉，且曰：「仁叟六館英流，其子宏遠又世學館授，鄉鄰望焉。」又曰：「昔人有擔簦負篋千里宿春而未得所托，今碩師世美將數世賴之，深以爲茲里之幸，且將□師以聽於其間〔一〕，其願望之意，不亦遠且厚哉？」後五十餘年，余從其孫壽春得其文讀之。壽春泫然以泣，且告曰：「此吾祖倡之而未果、吾父欲繼之而未遂者。今吾又將老矣，念昔鄉鄰與吾父若祖同居者，今其室百無二三，獨當時所謂故屋數間者獲幸存焉。然猶竊懼所遭之不淑，而終無所畢於前人志也。」

嗟夫！昔燕軍入齊，問王蠋所在，令環三十里無入。漢王攻魯，聞弦誦聲，至不忍以兵加之。仁人善教之澤固如此。今東南喪亂，千里蕩然，君子於一鄉校之存，豈不可以觀世變人心之所係哉？傳不云乎：「士之子恒爲士。」又曰：「工用高曾規矩。」「子恒爲士」者也，安之若祖父之規矩不有屬於後之賢者，而天之將以淑其鄉人者，又寧有既乎？壽春其慎守之，吾見斯文之足徵而有光也。

【校勘記】

〔一〕「□」，康熙本作「碩」。

跋劉大博爲湯信叔墓誌及核山堂記後

讀劉大博爲湯信叔墓誌銘及核山堂記，如讀太史遷諸書傳，如復見古人於秦、漢之間，何其偉也。其謂信叔儉質自然，布衣蔬食，不喜爲華麗，又謂即遇棄物，無不可理用，又謂赤手再奮起貧薄，自致小腆，則有傳貨殖意。其謂信叔於異端禍福不爲動，而遇所可捨如委諸路，不必其有知己，又謂親友急難，誼不以諉諸人，雖困阨中畫地爲計，出入於水火白刃不望報，有傳游俠意。至謂諸弟姪環堂内以居，撫而食之如一，又爲義學義莊以贍族教鄉里子弟，又事繼母盡孝，白首不衰，其孝友篤行，又往往有萬石、建陵、張叔之意。何其偉哉！至敍其遭里屠之禍，走田間，有指示此可隱，引禾以蔽之而去，乃三世俱免於難。又嘗訟繫有毒而飼之者，較先後至，偶置地與犬，犬斃，先至者乃誤也。

余爲之撫卷浩嘆，以爲天之生斯人甚不偶然也，況於篤行君子乎？而或者挾威遈詐，遽欲鬩而殘之，其如天何哉？大博至引易「碩果不食」以贊之，曰：「食者剥者，剥之又剥，而後不食者見焉，則以剛之不可食也，一不食而生不可盡矣。」嗟夫！此核山之説也。君之所以自托於天者，亦何奇哉？余獲交君之五世孫曰敏，曰敬，咸秀而文，蓋蔚然能世其家者，於是大博之言遠而有徵矣。書曰「邁種德」，信叔有焉。傳曰「栽者培之」，其不在敏與敬乎？吾觀湯氏之世食其厚而不已也。

跋宋袁州分宜主簿鍾紹安賜修職郎誥

右宋咸淳二年賜袁州分宜主簿鍾紹安修職郎敕誥一通，蓋度宗登極之明年，霈恩命以崇官秩者也。紹安特一縣屬耳，而恩數之覃不遺微下如此。至其命詞之意，尤極寬溥忠厚，得盛時王言之體，宜足以感動人心、挽回世道矣。而當時秉鈞當軸者，乃釋目前日蹙之慮，方循常秩爲羽儀粉飾之具而已，何哉？鍾氏之四世孫有廷方者，出以示余〔一〕，敬覽之餘，徒足以增異代孝子忠臣之慨。於是相去蓋九十有八年矣。

【校勘記】

〔一〕「余」，原作「僉」，據康熙本改。

題龍氏書香世科録後

書香世科者，余同年永新龍同翁之所輯録也。起自南宋寶祐六年戊午，迄于我元至正十六年丙申，其間詔制職司試文榜名，班班備載，而龍氏祖孫具焉。於是先後百年，其嘉謨良法、人才文章，畢見於數紙間。龍氏世科之盛爲有徵矣。嗚呼！文章與世運相推移，而賢才爲之紀綱，君子之澤遠矣，尚世引之哉！後丙申之十一年春正月朔，劉楚謹題。

題王伯畿赴金陵道中詩集

王君伯畿歸自金陵，余得觀其舟行所賦五七言近體絶句凡四十五首，皆清麗暢達，風雅雜陳。蓋其才情英敏，如秋鷹天馬，神氣超卓，有一舉萬里之勢，要非尋常覊紲所能拘者。而湖山淮水，風花煙草，又不無依依今昔之感。快哉，其能言也，誠有合於詩人之旨歟！世之窮鄉蔀屋，悲吟苦思，方謭焉求工於一字一句之末者，視此亦何遠哉！余既喜而爲之評，復書此而歸之。伯畿繼此而有作焉，當又不止於今之所觀而已也。

題十八學士飲圖序贊

昔唐太宗爲秦王時，開天策府以延天下豪俊，於是房、杜、虞、褚而下十八人者並爲學士，出入更直，備顧問，效獻納，一時之將相文武、才能器藝，咸在彀中矣。天下榮其選，謂之登瀛洲，言其地位如仙之不可及也。夫謂之登瀛洲，已不能無淺陋歆羨之私，而後世好事者又繪爲宴集酣飲之圖，其亦誣之甚矣。使之十八人者果若斯而已，太宗亦奚取哉？

今觀是圖，有偶坐拱揖酬酢者，始飲而恭慎也。有前席聚首若言若笑者，既飲而方樂也。有攘臂捉襟引袖以舉飲者，自放而相狎以相溺也。有歌者，有擊節者，假於聲以宣其情也。有簫者〔一〕，控彈者，橫吹者，假於器以聲其和也。有偃息者，坐而息者，均之爲困而又有自力與不自力之殊狀也。有舍坐而蹲舞者，樂而忘其形也。有掖之以起者，若懼其顛而莫之支者也。有掖之以行而踵不曳地者，左右齊而力也。有負而趨者，以身任安危而不懾也。有上馬持燭前導以趨者，若鍾鳴漏盡而知返者也。禿巾短袂，後先俯仰，執器物以供令者，史侍之良也。背而鐍者，青衣之黠而訣也。籍雨衣僵卧路隅，醉而忘其主併忘其身者也。此其爲畫，似亦有勸戒之微者。余故序而贊之，以爲觀者之助。而或者謂太宗時固嘗命閻立本圖像，褚亮爲贊矣，安知其不然？噫，其然，豈其然哉？

【校勘記】

〔一〕「簫」，原作「蕭」，據文意改。

槎翁文集卷之十三

題跋

跋吴傅朋與瑞昌令李西美四帖後

兒時聞鄉先生言，南宋初有吴傅朋以法書名一時，嘗於臨安書「九里松」三大字。他日，高宗屢書欲易之，卒自以爲不及而止。余時雖未有知，竊心識之。比長，遊豫章，見「滕王閣」三大字，雄麗深隱可敬。問諸郡士，則傅朋筆也，始大奇之。於是雖未見「九里松」，猶見矣。一日，過東湖雷公堂，見堂左壁石碑數段，拂而視之，有吴説書小行楷數行，驚喜得之，以爲所未嘗見。後舉以問人，乃知即傅朋友也。因自悼寡陋至此，恨當時不及模搨以歸。去之二十年，雷公堂與碑存毁未可知，而滕王閣則既淪夷爲荒渚矣，可勝歎哉！嘗往來於懷，思一見真蹟之妙不可得。

丙午春，余客廬陵王氏，會湯君子敏論書法，因出其家藏書簡墨蹟數幅，皆傳朋與瑞昌令李西美者。西美爲伯時令孫，嘗通判吉州，因家焉，其後以女妻湯氏者。此帖蓋李氏女攜以歸湯氏者也，紙背有李氏私印甚小可驗。是書初若不經意，而風采醖籍自二王帖中來，無一毫窘拂之態，蓋其濯磨陶煉，清潤遒美，卓成一家。毋論當時黄、米諸家，即唐人若此者，蓋寡矣。因慨當時書「九里松」、「滕王閣」，皆京都藩鎮名姓鉅麗，宜與天地同久，而今皆不存，獨朋情旅寓草草數字，乃能寶傳至今，則世之所謂富貴詎足附恃哉？子敏所藏若此帖者頗富，以余知好之也，分一帖遺余，而以四帖歸之王氏，今爲溪南堂珍玩云。

書宋高宗三詔後

嗚呼！此宋高宗南渡初諭宰臣黄潛善之三詔也。其一白麻，爲建炎二年内降答不允辭退之詞。其一敕黄，爲三年改罷之詞。其一以五色綾書之，則丞相之死已久，實紹興二十七年追復寵命之詞也。後二百餘年，余獲敬睹於丞相五世孫得禄家。其餘誥身及前賢遺文尤多，得禄皆能誦習之，娓娓幾千萬言，不遺一字，又能珍襲巧匿以保存於喪亂奔走之餘，其用心可謂勤且勞矣。嗚呼！觀是詔者，可以見君臣隱全忠厚之義不廢於存亡，可以見子孫囏難保持之道不遺於文字，則忠孝之心，有不油然而生者乎？

羅子理族譜引

余聞長老言，州旌孝坊有羅孝子者，故大族也。世革代遷，羅氏子孫散徙不常，而旌孝不知何時亦更名平易矣。羅氏有名性者，嗜學篤行人也，幼孤惸，暨長後遭亂，故其先世譜牒墜逸，而故老亡盡，無所考質。常以質於叔父寬，則追憶其概，録宗譜爲一幅以示之，蓋其可知者也。始祖諱希白，五代末由金陵遷西昌，至宋大觀間，有以致政爲户買田以供祭祀者，今其契券可考也。不知又幾傳而至吉成三子：長伯英；次伯壽，某縣主簿；又次伯霖。主簿即孝子也。孝子嘗刲股和藥以愈親疾，事聞縣令，至爲即所居起坊閭以表異之。君子謂是將有餘慶以大其族者。性，其曾孫行也。

夫譜所以追本始、謹世次也，人亦孰不欲其宗譜之□□且□〔一〕？而或有不可知而弗傳焉，雖聖人如之何哉？惟仁者必有後，而天之報施恒在善人，況孝子乎？詩曰：「孝子不匱，永錫爾類。」寬則有焉。嗟乎，又安知方來之慶，將有大耀於羅氏不在性已乎？

【校勘記】

〔一〕「□□且□」，康熙本作「修明且詳」。

跋西臺慟哭記後

方文丞相海上被執時，吾郡有王鼎翁者〔一〕，丞相同舍生也，即爲文生祭丞相，復手書數十通，遣人揭之通衢館舍，以俟丞相過而見之以自決。及聞死燕市也，則又爲酬文一通，爲位北望，哭而祭之，若幸丞相之得死者。夫丞相之所以自處，固有不待於人言，而仁人用心若鼎翁者，亦何厚哉！後有張毅翁者，丞相門下客也。始與十義士者從丞相赴燕，及丞相死，翁以百金贖丞相首骨，徒步七千里負而完葬焉。一日，過梅溪曾氏，與劉惟吉、顔省身及先祖實存府君四人者，是夕會於見山堂，在梅溪上，距丞相宅一舍許，曾爲丞相外家，而堂名見山者，寓思丞相也。是夕，舉酒三酬，翁自賦摸魚子一闋，三人同聲和之，有「千年華表，會有鶴來下」之句，每歌一再，輒聲淚俱下，至嗚咽不自勝，則相與掩袂罷去。其詞至今可考，惜新傳未及載，而世亦鮮有知之者。

今觀張孟兼所注釋謝翺皋羽西臺慟哭記及冬青樹引，然後知與鼎翁之生死祭文，穀翁之摸魚子，蓋彼此同一情而先後同一聲也。因記所聞二事於先祖者，附于卷末，使知當時忠義之士最多，其感激憤惋於荒閒寂寞之濱者，不直皋羽一人而已也。

【校勘記】

〔一〕「王鼎翁」，原作「至鼎翁」，據康熙本改。

書揭學士撰彭夫人墓表後

右周母彭夫人墓表一通，元故揭文安公爲集賢直學士時所撰，其書字則雒陽楊益爲臨川太守時筆也。夫人没既若干年，爲至元庚辰，其曾孫浩始克請於集賢爲文以表其墓。未及入石，而東南亂，文逸于燬，獨其孫子諒以誦習得傳〔一〕。

又三十二年，爲洪武四年，子諒進士第，入朝爲虞部主事，與余後先聯事，有同朝之好，因丐余更録之。其心蓋惓惓焉懼斯文泯没，無以昭其祖母艱貞之美，其於家教可謂遠而不忘者矣。夫人以未亡人確然秉志，保方茁之嬰，存垂絶之系，卒至身享壽考，綿延五傳世，而卒大以顯。天之所以篤惠於孤嫠者，豈偶然哉，豈偶然哉？

【校勘記】

〔一〕「得」，原作「侍」，據康熙本改。

書吕氏均産記後

余讀宋太史及諸君子所爲吕氏均産記，慨然嘆曰：彼畜假子者，或競而訟焉，見利而不見義也，疏也宜也。親莫親於兄弟，而其子孫或不免焉，夫豈不亦以其利哉？斯固君子之所甚慮也。慮不周於一時，則其禍將延於後，有不可勝言者矣。兄弟之子，猶子也，兄没無後，而以弟之子爲後，禮也，爲其後而居其利，君子不以爲貪，知義之所當有也。今爲其後者一人，而貲産之利均及於諸弟，君子不以爲過讓，知情之所不容自已也。何也？凡人必有所懲而後有所勸，而況友愛之實其初本於一人之身者乎？昧其本而欲專其利，此禮義之所以喪而争奪之所由興者也。利之所在，情有時而或渝。惟利均則情通，情通則其於友愛也，斯無不至矣。昔王右軍之於諸子若孫也，一味之甘，必割而分之，其仁愛周溥，卒有以開臨淮數十世之盛，子孫至于今不替。況吕氏之所爲，又有大於此者乎？吾見吕氏之後遠而益昌矣，宜爲諸君子之所稱道而不已。

仲善名復，贛興國人，今爲太常司丞云。

題所書宋吴太常安國誌銘等文後

今水部主事兼吴相府録事吴從善，以其七世祖太常少卿袁州府君墓碑銘并括蒼人物志略及宋史所書府君傳節文，與當時名卿贈送詩什等作，俾余以真書通録爲一卷，將以藏於家而示久遠焉。余既爲之書矣，復作而歎曰：

偉哉，府君之所以自立也！夫其碑銘在墓道，志在郡邑，信史在朝廷，可以暴之古今天下而無愧，況忠精耿耿有與日月争光者，則是録之有無，不足計也。而從善必惓惓焉爲之者，斯孝子之所以重先美而昭不忘者歟！余上世由科第躋仕版多至三十餘人，而莫盛於大觀、宣和之際，其間必有與君爲同年同舍，惜譜牒偶不在，不可考。而兩家子孫得復修好於數百年之後，豈偶然哉？則余之執斯筆也，不曰與有榮焉，可乎？

書巢居野人序後

江陰程君興可，嘗誦杜少陵五盤山「野人半巢居」之句，心欣然慕之，因自號巢居野人。其友與君遊者，咸作爲詩歌傳文以傳其事，莫不備形容揄揚詠歎，若將引而上之，以躋夫邃古有巢之世者。或者疑之，以爲君以從事秩滿，方調主兵部幕，爲人清脩雅飭，規旋矩蹈，事上敏而有禮，與人交樂易誠懇，濟濟然鸞蹌而玉立，殆未見其爲野也。又其所居屬京都，鉅麗繁盛，雖無十畝之宫與夫數仞之堂，而上棟下宇，嚮明處㝎〔一〕，未嘗不與人同也。其於巢居，奚有哉？

劉子聞而歎曰：異哉，君之所以自名者乎！其心必有所慕而托焉者矣。且吾聞之，貴賤殊趨，隱顯異致，去榮華而即巖穴者，隱者之志也；釋蔬屩而登廟堂者，仕者之爲也。今奈何小其居而謂之巢，鄙其名而爲之野哉？蓋嘗觀之矣，古之君子，不以仕朝廷而棄山林之故，亦不以處崇貴而忘鄙賤之爲，出處一道也，窮達一致也。是以慮周而氣完，智達而行安，其進也若懼，其退也若素。若是而自名曰巢居野人，豈不超然天地間而無不可哉？彼謂返邃古而相忘於巢搆淳朴之俗者，愚也；謂衣冠之不可以爲野，居室之不可以爲巢者，惑也；謂將梯危構深真若五盤山之所爲，則固矣。余辱君知厚，故爲推言所以慕而托斯名之意，且以解夫世之愚而固且惑者焉。

【校勘記】

〔一〕「究」，康熙本作「宏」。

跋唐太宗手敕後

右唐太宗手敕四通：其一敕右驍衛金容府簡點衛士，其一敕本衛府送銅魚，其一批答左屯衛石亭府折衝都尉周孝讓賀正表，其一敕右驍衛差一百九十人配杭州鎮。蓋敕右驍衛金容府者三，答左亭屯衛石亭都尉者一也。以時考之，差府兵配杭州以貞觀五年六月，當在前。送銅魚以是年七月，當居次。簡點衛士在十月，當又次之。而答賀正表在十三年，當又後之。此其時次明白，而裝潢者誤置之，位當更定也。其敕相傳皆以爲虞永興公所書，雖無明驗，而風格遒美，亦頗彷彿。每敕文後復書大敕字，筆草草而屹然嚴重，當是太宗真蹟無疑。其下則列書宰臣官爵，以著當時相與奉行之人，蓋唐制然也。

其五年六月之敕，首書「中書令西河郡公臣温」，次書「侍郎臣杜」，又次書「守中書舍人固安縣家臣出」，其下皆破缺不完，然可知其必爲温彦博宣，正倫奉而敦禮行者〔一〕。以後例推之，而知其當然也。至七月，則彦博與正倫仍分書宣、奉字，而行之者則守中書舍人岑文本也。至十月，則中書令下書使字，疑當時彦博以使事出，而正倫書宣敦禮奉行，蓋兼其事矣。最後十三年，中書令下書闕字者，蓋彦博已薨於十一年之六月，而岑文本以兼中書侍郎、江陵縣子而書宣，徐令言以朝散大夫守中書舍人而兼書奉行。其十三年六月之下，淡墨大書十六字者，意當時女官所書以誌日耳。

按兵制，隋置十二衛，皆有左右，唐增爲十六衛，而驍衛、屯衛猶仍隋舊，分天下爲十道，置府六百三十四以隸之，而皆有其名，若金容、石亭之類是也。每府以折衝都尉爲長，而果毅副之。凡府兵當宿衛番上，兵部以遠近給番，皆一月而更其差。配杭州鎮第一番限十月一日到者，雖外番亦示之以期也。唐初，兵符因隋竹，武德初，改銀菟，後易以銅魚矣。其親勳翊三衛之士，則選五品以上子若孫爲之。凡織扇皆執仗親事，謂之侍官，宜簡之之嚴也。一折衝都尉循常禮進賀表，而答詔以皇帝問首之，則太宗之待臣下，可謂情通而禮達矣。要知當時視府兵爲重，故朝廷造次不遺小物類如此。後世觀之，則調度發遣一委諸吏牘，已無不可，又奚待人主手敕之云哉？嗚呼，此太宗之所以爲賢君也歟！

再考永興公在真觀初，嘗爲弘文館學士、秘書少監，則五年七月之敕，或公所書。然已卒於十二年之五月，今敕有十三年之筆，與前後如一手，則非永興明矣，要亦當時供奉之善書者也，覽者尚有所考焉。

【校勘記】

〔一〕「正倫」，原作「王倫」，據康熙本改。

跋吴傅朋送張顛書帖後

書，藝也，而有法焉。法之精妙，非用工深到者不能知之，知之斯好之矣。古人有求之不得，至嘔血發塚者，不亦愚哉？余每喜唐、宋名人真蹟具晉法者，然家貧無資，不能購致，時時從人借觀，而亦未爲無所得，則固不必其在己也。彼奪人以益己者，固悖矣，己有之，乃戛戛焉欲秘而私之者，亦獨何哉？

今觀此帖，乃送張長史書帖，首尾五千字，若佛然而無樂易之意，此必以有所挾而與之而非其情者。然既曰傾囊倒篋矣，又曰但餘一空囊耳，其意不惟惜之於今，又將拒之於後也。至其悵惋謂自此爲鄙俗之人，則又不啻平日以保惜斯帖爲進修之資者。嗟夫，人之所以自貴自立於天地間者，固有在矣，豈真係一字帖之有無哉？傳朋此帖，意必有在，今不可知，余直疑焉〔一〕。

【校勘記】

〔一〕「疑焉」二字原闕，據康熙本補。

跋王璋書宋真宗汴水發願文

杰師示余法書一卷，乃汴宋王璋書真宗發願文一通。自「朕以寒沍之月」至「神龍八部常守而常持云爾」，凡一百一行，一千令七字。卷首題「汴水發願文」五字，作一行，次「真宗御製」作一行，通一百令三行，總一千一十六字。卷尾又以古隸作「戊子歲號慶曆八年御書院祇應王瑋書」兩行，凡十六字。筆法大概出自唐沙門所集晉人書聖教序與心經等帖，而結體布勢尤峭拔遒逸〔一〕，轉折頓剉，無毫髮與古人書殊，當是盛宋名筆，惜他傳記未有著其名者。又粉楮凝瑩如砥，墨漆可鑑。考真宗以乾興戊戌去位〔二〕，至王瑋書此文時，已二十七年矣。由慶曆戊子距今洪武六年癸丑，又不啻三百餘年，而鮮潔完好如昨日許，不易得也。卷内第五十行「至於況宜」，「於」字下衍一「千」字；五十九行「或爲豹虎之所食」，落「爲」、「所」二字；六十二行「豈封樹之可望」，落一「之」字；六十三行「肌寅壞而無餘」，當是「肌膚」，今作「寅」字，恐誤也；七十二行「既惻隱以斯至」，「至」字下衍一「道」字。通篇流動，滚滚不乏，獨「狼」字微有敗筆，此又不足疵也。真宗以汴、淮下流常有墊溺，詔每歲初秋於泗州擇嚴潔宫觀寺院道場五日，仍禁屠宰。至中元日，道觀復大醮，僧院齋僧二千人，又爲亡者别置祭奠。其中諭「所作過業自爲臣不忠」以下，尤致意於姦訐諂諛與夫隳法舞文、傷賢妒善之徒，則當時之意可識矣，豈徒爲彼冥冥無知者設哉？文體類俳，若世俗所謂戒孤榜語，而謂之發願者，亦猶今之都疏齋悃也。

杰師别字天英，本吾郡谷平李氏名家子。遊方遭亂，寓北平慶壽寺十餘年。嗜學有義氣，多交名卿士夫，好蓄書玩，而是卷本其科教，故尤所寶愛。余得借觀浹日而歸之，因略識其概于後，以資他日考校云。

【校勘記】

〔一〕「峭拔」，原作「峭拔」，據康熙本改。

〔二〕「戊戌」，當作「壬戌」。

跋北山上人所藏昔獻之保母帖

往年見藁城倪中爲錢塘沈彥中跋獻之保母墓誌拓本，引宋姜堯章記，略云：初，野人撅土得硯，以遺王氏，王氏見硯背有「晉獻之」及「永和」字，知是壙中物，遂問有碑否。野人云一碑上有字，已碎矣。亟使致之，則已斷爲四。及歸王氏，復斷爲五。磚四垂，其三爲錢文，皆隱起。誌文凡十行，末行闕二字，不可知。第十六行闕十六字，猶可考，曰「仲冬既望葬會溪山之黄閉」。硯背「永和」字居「晉獻之」字上近右，乃劃成，甚淺瘦。「永」字亡其磔，「和」亡其口，石色黝而潤，微窪其中。蓋晉、唐制皆如此，點筆易圓也。又云此字與蘭亭字不少異，豈不定哉？倪中云彥中得此帖於監書博士柯敬仲家，而識其顛末如此。

余嘗以不及見爲恨，今獲觀此帖於北山上人許。考其印識，皆鮮于伯幾甫名，乃伯幾甫以前元丙戌得之武林市肆。前有宋會稽守李大性題識，亦云硯後有「晉獻之」三字，旁有「永和」二字。又云今居錢青王氏家，王氏名畿，豈即堯章所謂野人以遺王氏者歟？後有趙文敏公書題，謂此碑最近出，大令手書，當時所刻，世間無第二本。最後一跋不著名姓，乃云己丑正月四日見別本於教授曹彦禮家。硯後「晉獻之」字略不漫漶，後有王畿自跋。磚短石高，上下各有界行，不知何處重刻者。

此跋當是元至正間翰林諸老所題，然謂之別本，又謂不知何處重刻，則已非一本矣，而文敏公謂天下無二本，何邪？又堯章、大性諸人所跋，皆謂後有「晉獻之」與「永和」字，而今拓本乃無之，又何邪？豈大性所跋又非此拓本邪？堯章謂第六行十二字猶可考，今拓本乃不可考。鮮于公與敬仲皆好古精識，豈鮮于此本偶未之見耶？凡此皆不可知。余故集所見諸賢跋語，爲北山併録于卷末，且因識堯章所釋十二字之文以補其晦，亦將以俟後之博雅也。

跋文丞相書集杜感興絶句

按丞相當宋亡之三年，始被執留燕獄，五年而就義。又後九十三年，爲大明洪武七年，余司臬北平，思訪求丞相當日事，罕有能言者，蓋遺老盡矣。每追想高風偉烈而不可見，則既命大興縣立祠學宫，以昭□明時崇建之令典，且以示風厲焉。一日，北山上人示以丞相所書「嵯峨閶門北」集杜感興絶句一首，凡廿有八字，復摹公像于左方裝潢成軸，請有以識之。

憶余三十年前嘗過郡城鄧侍郎孫謙，見丞相所書集杜全卷一百首。迨癸巳歲，又獲觀行書小軸於里中康宗武氏，乃丞相書以寄其舅氏曾君天錫者。近丙午歲，又獲見草書大册五十首於廬陵曠氏。其卷帙大小長短率不等，意當時丞相所書若是者，類非一本，然皆自北而南，故大江以西士夫之寶藏居多。由兵興以來，其存亡有無不可知。

今北山所藏，直百一之僅存者也。其指意雖不可考知，而筆勢頓挫勁拔，如龍跳虎躍，不可玩狎，視余前所見數本，又大加而特異，是豈可以其不完而病之哉？譬之神珠玄璧遺落人間，不必連琲盈拱，而光價充溢，自不可少。而或者以爲所寫遺像傳遠失真，乃欲毫髪而較之，則難矣。今夫鳳凰麒麟，世之人未必皆識也，而見其圖像者，莫不快覩以爲希世之奇瑞，而不敢以異。傳有之：「誦其詩，讀其書，不知其人可乎？」嗚呼，欲知丞相者，慎毋但求之聲音笑貌間而已哉！

北山，廬陵人，年幾七十矣，其敦行尚義，蓋有自云。

跋揭翰林李吴二進士所賦和贈從兄以德甫詩後

余從兄以德甫教學强記，好交從賢士大夫，自其年壯，已浩然有四方志。嘗泛江出彭蠡，獲與故翰林豫章揭文安公同載，趨而拜之。公不知其儒生也，間聞其詠誦當世名碩詩文，如風騰海注，滚滚不可窮。公悚焉，有「幾失子」之歎，其别也，爲賦七言四韻以勉之。他日，往來廬陵、永新山中，又獲見前進士一初李先生、莘樂吴先生，因爲誦其昔所得於文安公者。二先生以文安公之所與也，迺各爲之追和以致贈，而所以期待之者，尤深至焉。會遭亂轉徙，其翰墨散逸無有存者，乃謂其弟崧曰：「余老矣，曾不能有以奉三君子之教，子幸爲我録而藏于家，將以示後之人。」

嗟乎，前輩不可作矣，矧可得而復聞其言耶？惟窮鄉下士能不自棄，必依長者以爲歸，而先生長者能不自高，必期後進以遠到，此所以上下交德業成而風俗厚也。噫，若此卷者，其可忘哉？

跋書黄州學記後

右黄州興學記一首，元至正七年故翰林承旨歐陽文公之所撰也。前黄州教授彭公權以其録本示余，請書一軸以藏於家。蓋公權以三史校勘書成，故有是命。當時從趙侯作興備至，及鐫植斯文於學宫也，尤精緻而豐偉。今兵亂，存毁不可知。而公權年已七十餘，猶爲北平大夫分教宛平之縣學，從遊者多至數十百人，其誨人之心，可謂老而不倦矣。迹其施教之澤，自南自北，益遠而愈廣，將不忘吾公權公，豈直黄之人而已哉？余也慨前脩之日遠，重斯文之不泯，而又喜吾廬陵之有人也。敬爲繕書而歸之，他日或可裨觀者之考徵云。

題唐學士勘書圖

唐自太宗置弘文館，選文學士備顧問，而天下之事亦無不與之謀議，則當時學士非徒朱墨校勘而已。後因前代置秘書監，設秘書校書郎及書守等官，掌校讎典籍、刊正文字，則其職有所專主矣。然其間博通五經、明於左氏有如徐文遠，著書博辨、擇爲釋文有如陸德明，精於訓詁、考究五經有如顏師古，撰孝經章句〔一〕、作五經義訓有如孔穎達，皆卓然儒宗，千載之下，使人想其風采而不可見。

今觀是圖，四人者衣冠甚偉，筆硯卷帙無不端整精潔，其把卷執筆，俯仰顧盼，又隱然有盛時館閣燕閒氣象。意者其徐、陸、顔、孔之徒歟？蓋不可一一考矣，然筆意精妙，非閻立本迨不足以語此。宜張氏楚芳之保愛也。

楚芳舊名觀復，爲贛興國名家，今從事燕王府相云。

【校勘記】

〔一〕「句」字原闕，據康熙本補。

書皇甫君碑後

此帖余初年嘗用意模倣，後來得力最多。愛其體勢有牆壁，有間架，有起止，有向背，落筆圓勁，結搆嚴密。譬之規矩準繩，凡爲方圓平直者，自不能越之而别創也。初學只如此寫去，待筆下稍知去就，則進而求之醴泉銘與聖教序、化度寺、孔子廟堂等帖，亦無不可。使進進不已，雖鍾、王之門牆，亦可以企而闚之矣。所最忌者，怒張筋骨，發露鋒鋩，則墮於俗惡耳，此不可以不戒也。

洪武七年，余在北平偶購得此帖，以遺平原，懼其不知所以學也，因識余之所嘗用力者蓋如此以示之。

跋顔真卿所書雲雨有作五言律詩卷後

洪武七年，歲在甲寅九月二日甲子，北山上人示余以所藏晉獻之保母墓碑誌文拓本，并此卷顔太史真蹟。其剛勁嚴重，沉鬱頓剉，千載之下，如見其生，使人毛髮竪立，恍雷電白晝之下激而不敢褻玩也。是日，與余弟埜同觀于北平柏署之西齋。觀畢，謹識此而歸之。

題和靖咏梅圖

林君復隱居孤山十餘年，嘗著省心詮要一書。其視世事曾無一毫足以嬰其心者，而世乃以咏梅歸之，豈誠然哉？今觀是圖，前有一鶴戢翅翹足而立，若冥然與人相忘者。而琴几缾梅，陳列毫楮，方兀兀然抱膝襪足與童子對踞附火，口吻作忍寒吟哦狀，其爲思亦深且苦矣。然士君子之事，固有大於梅而又有急於吟梅者，昔畫工不足以知此，然盛時放逸之流風雅韻，亦可以想見矣。

跋葉照磨所藏東坡帖

昔坡公留惠州，與魯直帖有云：「日來苦痔疢，遂斷肉菜五味，食淡麪兩椀、胡麻茯苓麨數杯。」與程公輔帖云：「苦病痔二十一年，今忽大作，遂斷酒肉、鹽酪、醬菜，惟食淡麪一味，更食胡麻茯苓麨。此事極難忍，方强力行之，惟患無茯苓不赤者。吾兄爲於韶、英、南雄尋買得十來斤乃足用。」及與孫元老帖：「老人與過子，相對如兩苦行僧。」他與子由帖有云：「葬地請一面果決。八郎婦可用。」又曰：「八郎續親極好，但難自言。」

今觀此帖有稱老弟，未問八郎，而帖中書所患、所食、所需如出一時，疑紹聖元年公由定州受謫，以本官知英州，未至，復以寧遠軍副使安置惠州，時以少子過自隨，此帖當是度嶺時與子由者，故有嶺外無茯苓之歎，時公年五十九矣。是年子由知汝州，再謫袁州，未至，降授朝議大夫筠州居住。其所需茯苓，則或汝或筠，未可知也。八郎是公猶子，故公於其吉凶婚葬之事，尤極鍾念。公孝友忠直人也，其於養生服食之節、疾苦之微，所以告於朋友者，兼以告於其弟，而戒肥濃，甘淡薄，尤常人之所難。今他帖具見於簡集，而此帖獨不載，則公之翰墨散逸於人間者，又可勝既哉[一]？今照磨葉君叔則出此帖以示余，而柯博士題爲葉茂，且鑒定爲真蹟，蓋無疑也。展觀之餘，謹識此而歸之。

【校勘記】

〔一〕「既」，康熙本作「慨」。

書山谷黄太史題醒心軒詩後

右山谷黄太史題醒心軒絶句也。軒舊在西昌慈恩寺天王院之修竹間，其以醒心名之者，太史也。太史以宋元豐中來宰是邑，暇日往往探奇幽，翛然以自嬉於塵埃之外。若聽泉觀山，倚晴快閣，賦東禪之息軒，題石臺之雙清，皆其一時陶情寄興之所及。至於豁然開視，屬望夫禪門之切至，則未有若醒心軒之云云者也。於是去之三百年矣，顧其山水之深高者，今猶昔也，而亭臺之勝靚與夫碑版之焕燦者，已忽焉如飄風抶電之不可復見矣。則夫盛衰興廢相乘之機，又豈不係乎人與其時哉？

有本彰字洞然者，故儒家梁氏子，蚤從雲山上人學佛于天王者幾二十年，遭亂，去游江、淮間。會天下清平，得主昌導於南京之開善寺。以余爲鄉人也，一日，慨然以告曰：「余游方數千里外，其不能久有故山之迹也審矣。念昔太史之留題于醒心也，先師嘗口授而耳熟之，故不忘於心，然余猶懼其久而或泯也，幸得録而傳之，將持歸刻于山中，以無忘前聞人，可乎？」嗟夫！太史文章之在天下，計是詩者，何啻太倉之一稊米，而其所以不泯者，固又非直游戲之嘲吟而已也。余惟嘉洞然之生也後，而懷賢嗣先之意，又超然有出於宗法契悟之外者，庶幾乎能不負太史之期待者矣。故不辭而爲之大書太史詩于前，復識其説於左方，俾來者又將有所觀感焉。

跋東坡與彭城士友帖後

蘇文忠公以文章氣節重天下，故雖遭時抵巇，患難百罹，而士之從游者嘗沓至而不戒，而公之所以與上下應酬者，亦往往爲之紓徐罄竭而不自失。若此帖者，一時去就交好之際，豈不皭然而不滓哉〔一〕！其在當時所以疾媢而交搆之者，固已忽焉如煙雲之變滅而無餘矣。而公之高情雅韻，猶隱隱楮墨間，千載之下，如親見其落筆，豈非氣概感發有不隨死而亡者固如是歟！卷後有鄉郡劉大博、鄧禮侍二先生輩跋語，其議論感慨，考訂精切，如史評，如傳贊，要皆可寶而並傳者也。噫！文忠以雄文偉氣振起於元豐之間，而劉、鄧以名科碩學淪落於德祐、景炎之末，君子觀是卷，而宋之始終盛衰具焉。嗚呼，豈不誠可感哉？

【校勘記】

〔一〕「滓」，原作「滓」，據康熙本改。

跋黄華山人墨蹟

按黄華本山名，在相州，今屬彰德。王公庭筠爲相人，故自稱黄華山人，而子端者，其字也，卒金季。壯不甚顯，其風流文彩，平傾一世，高映千古。當時名卿如趙閑閑、元遺山、牛雪軒輩，皆重之無異詞。今觀此詩，與友人酈元與稱爲故里人，又云與僕居祠下十餘年，則相州又似非公之故里矣。黄石祠在今東阿縣南三里之穀城，豈本東阿而遷於相歟？觀詩意始終懷感所及可見，然當更考之。此帖墨色深瑩，而風格神俊不減晉人。張君其寶藏之。

書范文正公與時相論守環慶事宜帖後

按慶陽志載文正公嘗師帥延、慶兩路，兵民德之。其没也，爲立祠文廟之南廡，時名相富鄭公弼以下遣使來祭，詩文俱刻于石，後爲風雨剥蝕，其僅存者，紹聖中穆衍所刻真贊耳。詞曰：「英英如神，巖巖如山。仁義道德，盎于顔間。大忠皋夔，元勳方召。以贊中樞，以尊巖廟。佑我仁祖，格于皇天。是翼是虔，不傾不騫。繼慶有祠，邦民瞻思。慶山可夷，兹堂巍巍。」洪武七年冬，崧獲覩是帖於北平省都事樊仲郛許，伏讀敬歎，謹書嘗所見於郡志者識諸左方，或可爲觀之一助也。

題王左丞墨蹟

此卷當是左丞王公雜書墨蹟，其子射綴集以藏於家也〔一〕。今觀段君跋尾，可考跋中謂公游戲翰墨，動輒累幅，至如歌詩樂府等作、熊經鳥伸等論，及與任徵君書，則不可見〔二〕，獨山東救荒備寇之檄，與所録宋周文忠公千文跋語，則猶仍其舊，意者或逸而存其半歟？其他近體絶句數詩，簽題數字，雖草草不經意，則風神秀朗，如遺珠片璧，無不可愛。於是公政事、文藝之美，具見於楮間，而前輩之風流遠矣。雖然，微段君評而述之，又孰知其所以然之故哉？而或者見千文跋語與檄文相次，遂併疑爲文忠公之筆，則誤矣。

左丞名守誠，冀寧人，段君，汴人，嘗爲某官，在元泰定甲子爲同年進士云。

【校勘記】

〔一〕「射」，康熙本作「則」。

〔二〕「則」下原衍一「則」字，據康熙本删。

書呂僉憲本拙二篆字併漢陰抱甕圖後

壽春呂繼道，醇厚古君子也。蚤由中書掾史以躋于天官，至于太常，歇歷中外，蔚爲名卿。其與人交，渾渾然如珠含璞蘊，無一毫表襮矯戾之意，近之而不隨也，激之而不躍也，咈之而亦無所撓也。或異而叩焉，則笑而應曰：「余性本拙故爾。」因以本拙爲别字，而命其友某氏爲二篆字於卷端，而畫漢陰抱甕以侑之，若將以狀其拙者。蓋曰生不利於機巧，亦若是而已。他日，求余文以發之。

余謂機與拙正相反，天之降才有不齊，故所以施諸用者，有能有不能焉。能者或過而爲巧，不能者或不及而爲拙。然拙者固不可以爲惡德，而機巧者亦未可謂非君子之道也。若漢陰丈人者，其春秋世之隱者歟？憤世嫉邪，要其言近於激而亢者，夫豈拙之謂哉？若子貢之教爲桔槔，固亦聖賢利用之智也，而謂有機心，則過矣。夫人之有機心，以其妙衆理而應萬事也，變通周流不居者，而或膠焉，則固矣，尚何以通天下之志、成天下之務哉？況物之有機，皆所以制運動而適於用者也。書曰：「若虞機張。」易曰：「言行君子之樞機。」又曰：「機事不密則害成。」是豈曰非君子之道而必皆遠絶之哉？且制器利民，非一聖人事也。上古聖人不能爲中古聖人之事，中古聖人不能爲後世聖人之事，非前之不能爲而後之能爲，非前之拙而後之巧也。歷之既久而講之益密，講之既密則爲之愈精，其理勢則然耳。且古今宫室、衣服、飲食、制作之變易，未有不自粗而至精、由疏而至密者。姑即杵臼弓矢之一節論之，其始斷木爲杵、掘地爲臼而運之以手者，視後之埋石地中、機木其上而運之以足者，孰便也？其始之弦木爲弧、剡木爲矢，視後之膠漆筋角絲幹、具六材而羽筈鏃鐲之之孰利也？當必有能辨之者矣，奚獨於灌之一器而疑之哉？夫抱甕之不如桔槔，雖使聖人復起，吾知其不能以易之也審矣。今乃欲勞於用力而惡其逸於用巧乎？

夫惡其逸於任巧而欲其勞於用力，以之自利一己，則善矣，於聖人前民利用天下之心，得無有未充者乎？故曰：丈人隱者之徒，其言近於激而亢者如此也。抑丈人之論固近於激且亢矣，且繼道方矻矻焉摹其事以狀己之拙，豈非潛心向道，尤惡夫世之憸佞翕訿以趨便專利，將喪其天真而不自知，若孟子所謂無所用其恥者，故寧困勞其身者若丈人之所爲而不顧也。然則繼道其賢於自守而能不混於流俗者矣，豈真拙哉？

繼道爲北平僉憲，余辱與同事，故爲論序以擴其志，且以袪觀者之惑焉。

槎翁文集卷之十四

題跋

題黄氏宗譜後

余觀建安黄氏宗譜及侍講宋先生所爲序，自宋季至天朝洪武初，上下百數十年間，黄氏僅五傳世耳。然前有三善，後有二美，君子於三河府君與酇都贊禮祖孫之間，不能無所深感焉。方府君爲都監，從别將之守維揚也，勢窮事變，知時之不可爲而去之，非智乎？及再戰再北，身縶兵往，而卒不爲動者，勇也。身既完且顯矣，終不忍加兵於故邑，遄引疾辭榮以休者，非義乎？斯之謂三善矣。夫豈昧昧然忘進退重死生，而饕富貴者之爲哉？府君三傳至曾孫普保，以明經起家，爲酇都丞。

四傳至玄孫仁，又以贊禮官太常，駿奔郊廟，依光日月。其顯融又日大以肆，謂非二美，可乎？嗟乎，善之裕於後也大矣！則黄氏五世而往，所以引其美而廣其善者，將十世百世可知矣，豈徒若今所録而已哉？

仁字淵静，嘗從先生遊，習於禮而敏於學，故先生尤器重之如此云。

書元吴真人二代封贈誥詞副書刻本後

自昔國家尊寵方外之臣，逮前元蒙古氏極矣。爵以開國上公，至封贈其父母、祖父母，又敬禮而優賚之，雖同時功高德鉅之臣，亦有不得與抗者。是果何修而致此哉？若饒國吴全節真人，其最著者也。

真人蚤從其師學道龍虎山中，暨來燕，以貞静文雅受知世祖。世祖嘗欲褫其褐而簪纓之，不可。由是歷事四朝，膺秩二品，視鼇上方，主玄教於天下。既貴顯矣，遂獲推恩二代。天下游談之士，莫不扼腕動色。余竊悲之，以爲方外之士所以貴重於世者，以能外聲利、薄榮寵也。今真人峨冠被褐，日于于然從大官貴人出入中禁，闌事禳禬而不自以爲煩。及道行勢得，乃不階尺寸，褎然拔令式追贈先祖，躋封二親，如拾芥然。此其志雖棄家，而能不遺其親。然上之人所以施之者，不亦溺於所尚而少所節抑哉？

余奉命貳憲北平之三年，僉事徐叔銘得真人二代封贈誥詞副書刻本以示，乃故趙文敏公所書，一時名卿學士，自鄧文原而下，所爲跋語凡九首，所以贊歎其光寵孝忠者同然一詞，可謂盛矣。抑是命也，國家慶賞勸功之大柄，天下之名器係焉，而當時士大夫曾不知僭惑之若是，方且爲之咨嗟羨慕而不已，固可悲矣。彼或儒其冠服，不思自植，乃汲汲然借譬求助謦咳之間，至争出門下，此其人果何如哉？雖然，世之生子者固不必皆真人若也，而真人所以自致貴顯者，亦可謂千載一時之幸遇者矣，獨不知其於人之家國成敗之數何如也。後之考德論世，宜必有慨然於余言者矣。

書孫氏復姓文後

九江孫明德手復姓文一編以示，其詞曰：某之曾祖某，姓孫氏，宋季爲光州團練使，□勇有氣節〔一〕，屢戰却元兵，及援絶城陷，死之。有子某，方襁褓，其母娣之夫曰張某者憐之，竊負以渡江，因鞠爲己子。由某至某冒張姓者三世矣，人無有知之者。初，某生子即名之曰啓孫，以局於義而不忍白。他日，啓孫生子二人，因欲以長子後張氏，而令仲子復本姓焉。繼而啓孫即世，長子亦卒，遂不果。後若干年，皇明受命，禮樂制度焕然，盡滌累世之弊陋而一新之。乃頒令禁無子立異姓者，而凡冒姓者許復其本宗。於是啓孫之仲子德明，慨然追念先祖之遺命，而又深幸其身親於斯世也，亟更而復之，然其心怏怏然，恒若有不懌然者。大夫士咸爲文以贊美之，又從而釋之。大概以爲孫氏非張則無以至今日，孫之姓可得而復，張之嗣不可得而繼也，奈何？是孫氏之幸，寧非張氏之不幸歟？有爲之推受姓命氏之始，謂孫與張實同所自出，至欲擇孫氏之賢者爲之立後以報之，其所以爲明德計者，可謂婉而盡矣。

余竊以爲不然。當光州危難傾覆之際，張君所以奮然不顧利害，保抱遺孽而撫存之者，固爲孫氏計，非爲張氏計也。則今之復本姓也，雖孫氏遺澤未斬，固亦張氏之初志也。不幸張氏死，無後，孫卒不能不爲歸宗之圖。其精神所通，倫誼所屬，天固不得而違之也，人亦豈得而間之哉？使張君初以己無後爲顧慮，即深閉而固拒之，是乘人之危以利己，豈盛德事哉？然而張卒不能以昌其世者，非人所能爲也，天也，天吾如之何哉？

夫古人所以重氏族而嚴其統系者，以一源一本之初，莫不各有所自而不可紊焉耳。今明德幸復於三世之後矣，使後乎此者，乃又欲於孫氏之賢者擇而繼之，是不啻源委之方別，又決而自淆之，毋乃不可乎？在理之可爲，義之當盡，亦惟曰廣擇於張氏之族屬〔二〕，爲之立後而後去之，可也。張氏而無人焉，則奉其主以附于孫氏之祠而合享之，或爲别室以專祀之，又時省其松楸，世守其墳墓焉，可也。使萬世子孫知有孫氏實自張氏始，顧不韙歟！苟孫氏之緒永傳而益振，則張氏之義愈遠而愈白矣，又奚而不可哉？余不敏，請書是說以釋吾明德之不懌然者，又將以告孫氏之後人焉。

【校勘記】

〔一〕「□」，原本漫漶，康熙本作「嬈」，西江志卷一百九十七作「驍」。

〔二〕「廣」下康熙本有「推」字。

跋徐叔銘家傳後

世咸謂法家慘酷少恩，故爲吏者恒不能以善其後。是殆不然。法者，天之所出而人持之以爲平者也。罪苟當矣，雖寘之於死地，人將以爲不冤，況明清以求之，又未必皆死者乎？夫惟人既自以爲不冤矣，則好惡禍福之機，若天與鬼神者，又焉得而違之哉？漢于公治獄有陰德，固宜其子定國之興盛也。若張湯之深文而無少貸，固不可與于公並論。然史稱其推賢揚善，則其忠厚公平之意，未嘗不行於平法斷獄之間。故其子若孫遂三世致顯位若是者，又豈容以吏而少之哉？

三衢徐仁可，故宋儒家子也。當元盛時，常以試藝爲湖州府史，及考滿，爲温、台屬縣幕官，其醇和豈弟之政，兩浙之民至今能言之。其爲吏〔一〕，蓋所謂文無害者也。仁可殁後十餘年而代革，其子叔銘以洪武五年春由貢士起家，拜監察御史，七年，調北平按察僉事。余辱有同寅之好，因得觀其所著家傳，淵乎其世德之傳，遠而有本也。余雖不及識仁可，幸嘗誦其詩，又觀叔銘今之所被遇歟歷，則仁可之所存，與天之所以報施善人者，豈不信而可徵哉？余故述于、張之事於前，俾爲吏長子孫者知所擇焉。

【校勘記】

〔一〕「吏」，原作「史」，據康熙本改。

書王氏慈烏記後

物有適然之會，君子必致察而謹書之者，豈不本乎其人之所存哉？是故賈生自傷於謫也，鵩鳥爲之來萃；海翁機動乎中也，鷗鳥爲之不下。夫物固未有無因而致然者也。即是推之，則吾心之憂患愛欲之隱然萌於中，而不見不著者，在物固皆有以窺之矣，而況於孝行之純卓者乎？經曰：「孝弟之至，通于神明。」夫神明，視之而弗見，聽之而不聞也，猶足以通之，而況於昆蟲草木之昭昭者乎？後世若甘露之降松，黄雀之入幕，義烏之銜土，君子尤有取夫哀思誠感之極致焉。其理蓋不誣也。

今觀天台王文起氏慈烏記，厥亦有由然哉！記者曰：文起，孝謹篤厚人也。方洪武初，詔天下故官咸徙置今之鳳陽府，文起以嘗爲浙省屬官在行。其至鳳陽也，念親老無與侍養，欲歸又不可得，日愴然東嚮嗚咽流涕。如是者數年，同行者皆爲之感動。其寓舍傍有槐一株，高絶尋丈，至是忽有羣烏百十集其上，朝去暮來，呼號翔躍，若彷徨顧戀而不忍釋者。或驅而逐之，而是烏之來止自若也。一日屋壞，文起他徙，羣烏始爲之散去。君子以是占之，然後益信王氏孝感之有徵矣，於是士大夫爲詩文以稱美之者凡若干首。

夫烏之依於木，性也，其適然之去留，宜若無與於世者。君子猶即而觀之若是，則夫士君子於凡語默作止之際，其可不知所慎擇哉？今文起將命四方，其行役也，方駸駸而未已，使其心能不遺其親而益慎焉，則是烏之翔集固將無往而不見也，豈徒昔者適然斯槐之集而已哉？余嘉文起爲學敏而制行篤，故爲書此于記之左，且廣其意以告之。

書樗散生傳後

士生天地間，未有不願爲材者，而其爲材也，亦未有不願爲堅勁與脩直者。舍是不居，而必托爲不堅勁、不脩直者之名，豈情也哉？夫物之生而爲材與不材，而或見用於世與否焉者，皆天也，豈人所能爲哉？

金華許君存禮，先正文懿公令子也。質粹而學茂，其韜耀戢秀既有年矣，譬之良材鉅植，翳然深山大林之下，而不知人之將睨夫己也。顧乃摭莊周氏之寓言，退然自托於壅腫拳曲之不中繩墨規矩者，而爲之樗散生。或者又從而爲之傳與贊焉，豈誠然乎？夫物有定名，材有定質。樗之不可以爲梧、檟與梗、楠、松、柏，猶梧、櫝、梗、楠、松、柏之不可以爲欂也，凡具耳目者之所能，必察而明辯之者也，而況於匠石乎？三尺童子過之，指梧、櫝、松、柏而謂之曰：「是欂也，是不材之木也。」則信乎其惟或者之言是聽，而一無所與辨矣，然猶懼其或有所知，而不可以遂欺也。

今存禮登名於朝而職教於斯也，是猶舉千仞連抱之幹，寘之通都大邑之衢，而又適當夫匠石之繩尺矣，果欂散乎哉？若曰吾固非惡夫梗、楠、松、柏與梧、櫝而不爲也，徒懼其堅勁脩直之或爲吾累，姑托之以自逃焉，是不知身之所戴，而欲自逃於天者也。逃於天而任以人，豈士之學與志哉？故曰寧爲此不爲彼也。吾知存禮必將幡然於此矣，又奚以寓言爲哉？雖然，余徒能言之，而不能知所以用之也，請述之以詰夫今之匠氏。

題鍾氏所藏飛白書存存齋三大字後

近代飛白書絶不多見，而知好之者亦尠。往時嘗見吴興陳繹曾爲吾邑故福寧州尹劉公明叟作飛白「巖影」二字，飄逸勁險，姿態生動，於是餘三十年矣。茲來北平，又於鍾君本存所見所藏「存存齋」三大字，乃學士陳元達所書。余雖不識元達，其所書視繹曾固不無少間，然亦庶幾昔人沉鬱頓挫、圓拳側掠遺意，而非安排造作之爲者，則亦有足觀焉者也。於是四五十年之間，所謂飛白者昉一再見之，豈學者戛戛然誠不多見，而所學愈不古若哉？

昔李約於江南購得蕭子雲壁書飛白「蕭」字，匣以歸洛，至搆亭以賞之，號曰蕭齋。今本存宦遊燕、趙久矣，得名賢辭翰固多，若斯卷則尤可愛者也。吾意本存便當攜之南歸，訪故里青原丹砂間，揭諸齋居，與宗人子弟日省而玩焉，豈不爲亂後還鄉之一奇□哉[一]？抑君之爲是名也，夫既有以存所存於昔者顛沛流離之際矣，則後之所以觀感奉承而不忘乎本存之所遺者，又豈止是書已哉！余鄉人也，竊好古而尚友，故不讓而識之。

【校勘記】

〔一〕「奇□」，康熙本作「奇觀」。

書張馮子翼字說後

前太常贊禮郎張馮字子翼，其名義蓋取周雅卷阿詩中語也。今翰林承旨學士宋公既爲之祝辭矣，余不敏，請繹二字之義而復申之。

夫士之所以爲世重者，固以其用之有益於人之家國，而可恃之以爲安者也。是以父生之而名之，賓師冠之而字之也，舉致其期望之意，而必不爲虚詞與溢美焉。此馮之所以立名，而尤必取義於翼以爲之字者歟？今夫馮者依之謂，翼者輔之謂也。故翼著於兩，而馮有一之義，則翼固非馮之謂也。然天下之理，寧有可以爲馮而不可以爲翼者乎？是以方其静而居也，則馮之體以立，及動而往也，則翼之用以彰。斷斷乎堅正凝定而不摇也，仡仡乎左右夾持而不倚也。夫如是而後謂之馮，又謂之翼，而君子之用廣矣備矣，豈徒曰妥侑之奉承與祼獻之將助而已哉？

子翼，永嘉人，學敏而才周，蓋强而有立者，今爲燕相府奉祠官云。

跋王明初全軒記文後

前國學生王明初扁其書室曰「全軒」，他日，問余以全之之義〔一〕。

余曰：「子奚全之問也？將才之全乎？抑德之全乎？抑其體之全乎？不虧其體，不辱其身，則孝子之事，體之全者也；反身而誠，萬物皆備，則聖人之事，德之全者也；言語文字，禮樂射御，則賢者之事，才之全者也。蓋必有以全其德，然後有以全其體，斯才亦無有不全者矣。夫謂之全者，非有所裨益矯揉於其間而後爲之者也。本其始之無不具，要其終之無所虧，必若大將之全師而還，秩然無一矢隻輪之弗返也，必若忠臣之全城以守，晏然無一民尺地之或喪也，又必若藺相如之全璧歸趙，渾然無半規一粟之或刓而漫也〔二〕。夫然後爲君子之成德，夫然後謂之全。不然，涵養之未至而斲喪之不保，或守之未純而剥蝕之未除，吾懼其日朘月削，亦就於泯泯而已，又奚全之有哉？」明初撫然曰：「異哉所聞！請書于軒之壁而請事焉。」

【校勘記】

〔一〕「全」下康熙本少一「之」字。

〔二〕「規」，康熙本作「圭」。「漫」，康熙本作「鏝」。

題文丞相劉大博與胡古澗二帖後

古人簡牘稱呼必以實而示敬，非若後世謬假名秩以相諛悦者也。丞相、大博同郡同年，視古澗爲同時同志，宜無異者。今觀此二帖，丞相則以判簿郎中稱，大博則以先生稱，將仕有早晚而齒復有少長歟？大博謙恭樂易，於人無不可，故致其推重之意，則稱之曰先生，宜有之。丞相剛毅正直，豈汎然以名假人者哉？稱之曰判簿郎中，意者一時勤王添差，或辟攝之類，但今不可知耳。惜古澗墓誌亦不之載，而丞相宛陵之命似又非其時者，當更考之，以毋忘先輩交好推敬之美。

題宣和山水畫後

觀宣和此畫，類江湖暴至而浸淫平陸，林木將朽而條枿摧剝者。其殆當强虜有滔天之勢，而國本懷日悴之憂者乎？一時娱情，千載墮淚。

題胡忠簡公所畫清江引并詩後

昔唐顏太史以直節挫叛臣，而世恒以其書名。宋胡忠簡公以蹈海却僭虜，而世或以其畫傳。此無他，士君子博於游藝而不遺小物類如此。矧書，心畫也，而書與畫又異趨而同出者乎？今觀此圖，乃公所製清江引，又自題詩其後，以遺張慶符者也。其徒步而挽舟騎，而挾從作忍寒狀，與罾魚而舟居者，勞佚遠矣。雖不可知其命名意之所自〔一〕，然規置精密，意態生動，有非尋常畫史之所及者，蓋真蹟也。抑吾聞自昔忠臣義士翰墨所在，天必閟而攝之，若大師碑刻類。然斯圖也，安知天不敕六丁下而取將乎？胡氏子孫尚慎藏之哉！

【校勘記】

〔一〕「命」下康熙本無「名」字。

跋宋國學生王叔可母胡氏孺人敕誥

禋霈之典，莫盛於宋，至淳祐已後，國步窘矣，而歲舉恒不廢。其恩慶至下迨胄監諸生，俾概得以榮其親，可不謂之盛已乎？然當景定之初，丁大全、吴潛善皆已竄死，似道獨秉國鈞，而元世祖已即位建號於朔土矣。朝廷不知念此，方循格爲覃恩之舉，不亦失其所先後緩急者哉？

今觀待補生王叔可母胡氏所受孺人敕誥，則景定元年八月之禋霈也，去今一百廿年，自賈相而下，當時列名簽署者，已茫然不知爲何人。而叔可之曾孫子與猶能寶藏此誥，且摘「榮慶」二字爲堂以表顯之，而思以益振其家聲，豈非君子悠長之澤哉？子與與其弟子啓皆以文學知名當世，嘗仕而顯矣，則繼世膺慶者，將不有大於是乎？

題蕭子所所藏擷蘭墨龍二圖後

蘭生於深山，擷之則傷其性矣，擷而寘諸途，而謂之堆玉，則不無有自衒之意，而蘭之天益以喪矣。若夫龍，陽物也，神而不可測者也。然或潛焉，或躍焉，或飛而在天焉，時也。斯君子之象也，亦變化之所爲也。假諸海水而謂爲朝之象，則愚而妄。夫君子蓄其德於無人之地，不汲汲於見用，及時至而作焉，則進而利見大人，可也。故大行不加，窮居不損，然後謂之君子。

國録蕭君子所得友人所爲蘭、龍二圖，而請說於余，故爲之推而論之，俾有以爲進德修業之助，而余亦因以自勗焉。

書郭氏隱居記後

蓧溪之山，其遠而最高有巖穴可窺闞者，曰高霄，曰白竹，其近而盤礴特立若可依負者，曰富岡。水之縈而駛者爲小陂，汩汩然折二里許始出，而南匯于太新塘。塘多石碕，廣可數百畝，蓋衆水之所歸也。其竹有篁筐、白實、横枝，春夏筍可食。

其木有櫟、柞、松、柯、豫章之植，上者干霄，下者彌山，其材可以供薪樵充器用。其池塘雜大小淺深皆疊石，或織竹爲障泄，歲旱不爲之縮，宜鰱、鱅、鰌、鯇，宜鵝、鴨浮游，春孳秋肥，可以供庖厨奉賓客。其田緣迴兩山間，乍寬乍狹，或亢或窪，宜秔宜稻，宜香禾，宜秫宜麥〔一〕，可以爲酒醴粢餌供伏臘。有雉、兔、狐狸、麞、鹿、野猪可以獵取。所居多田夫樵叟，而無商賈變詐之習，無争鬭侵陵之風，故可處可游。其故何哉？吾聞有郭氏宅勝於是，將數百年矣。後有居高田者，其貲力甲一方，當元初澒洞時，能率義戢暴，以扞衛鄉土，故流風遺俗，迄今不泯，而篠溪遂爲西鄉樂土矣。

余往年客南溪，蕭氏有鵬舉者，郭氏與恭甫婿也。由鵬舉獲交與恭與其兄與道、與賢及其弟與諒焉。與恭尤好交賢大夫士，篤義尚氣概，又喜爲厦屋，治池臺，拓田園，廣生植，以居有之。勝時上日車馬雜遝，賓朋兄弟傾座洽席，則吹竹鳴鼓，爲諧笑大噱以燕娱之。至其自治嚴毅，則雖僮僕侍側，栗如也。嘗約余裹糧偏遊西北山水間，會遭亂不果。無何，與恭殁，向之華屋勝概鞠爲丘墟，而余亦以徵召去鄉里矣。

今年重來，則與恭墓草之青已逾十宿。余過之，爲之哭拜而去。是夜留宿篠溪故宇之西偏，則與恭之弟與諒及其贅婿劉貴弘在焉。意勤情至，歡洽如往時，余殆不知與恭之爲亡也。明日，與諒要予過其高田新居，而余歸興浩然，且不及留矣。與諒善談論，好客如其兄。平居循循，友其二弟，舉無間言，故能服勤先疇，久而不墜，又能夷蓁莽、畚灰燼，以興復其先廬，庶幾郭氏之賢者矣。惟余與郭氏兄弟交遊逾二十年，谿山不殊，而人事之榮悴廢興相因而迭見有如此者，將非地利之美不匱，而世澤之流猶存者，于是可尚矣。

他日，於南溪山房見國録蕭君子所所爲高田隱居記，又知與諒與蕭君相好尤篤密，因爲書余所覩，記之于左以附益之，庶他日過高田，或償所願焉。

【校勘記】

〔一〕「秫」，原作「林」，據康熙本改。

題蕭九川所藏先世諸賢往來啓牘後

右集賢直學士文遜志兄弟父子與廬陵蕭禹鼎啓牘七紙，及編脩滕賓一紙，光澤主簿劉養吾二紙，舊藏禹鼎家。後廿十餘年〔一〕，其孫九川出以相示。

蓋文氏本婚媾之好，而鄧與劉則篤交契之誼者也。觀其謝答賀慰之勤渠，問勞推引之諄至，可謂情至而義盡者。意蕭氏往時交游文物之盛若斯牘者，豈直文氏與滕、劉二君而已，其逸而不存者固多矣。然蕭氏猶能保藏此紙於喪亂播遷之餘，獨不知三家子孫亦有能保藏其先世之手澤若九川者乎？展卷覽省，爲之三歎。禹鼎名瑞，號嵩崖，元元貞中以薦者擢爲封州學正，調梧州教授，終韶州知事。九川敦謹嗜學，蓋能世其家云。

【校勘記】

〔一〕「廿」下康熙本無「十」字。

題晉七賢圖

古人論畫以意勝，而人物爲難，若晉人物爲尤難，蓋去古遠矣。自余前後見吴興趙松翁所畫七賢圖，率踞坐竹林間，而酣暢袒跣，蕩然無復賓主傾接之容，其冠服飲具，又往往狼藉奇樸，不可辨詰，豈亦有所模放而爲之者，抑徒以其意邪？

今觀錢舜舉此圖，自題謂唐閻立本家法，而位置服用，又整飾盛麗如此，豈翁固未之見邪？史傳稱阮咸善琵琶，而所畫者與今世琵琶絶異。按資暇録載：唐中宗時，有蜀人獲銅鑄樂器於古墓中，以獻太常元行沖，行沖曰：「此晉阮咸所造也。」命工人以木爲之，音韻清朗而難於名，因借其姓以爲稱而爲之阮。則是銅器未出之前，世固未有所謂阮也。豈至是始拆銅鑄之樂器爲阮〔一〕，而以世之所用者自爲琵琶乎？夫阮直項圓腹而形小，或謂爲月琴，似矣。琵琶曲項脩腹而形稍大，行沖又安知阮咸之琵琶非曲項脩腹，而必以直項圓腹者爲阮之琵琶而別謂之阮邪？此在習音律者似當有辨也。以阮咸一器且莫能致審若此，而況嵇康之琴之廣陵散乎？不然，所謂「手揮五弦」而「目送飛鴻」者，又可得而論邪？凡若是者，蓋皆不可一一考矣，觀者其亦以意求之焉可也。

【校勘記】

〔一〕「拆」，康熙本作「折」，疑作「析」。

跋洞然諸公詩卷後　快閣天王院

天界彰維那洞然，吾邑郭氏儒家子也，與之相見於京師。嘗欲刻宋黄太史留題醒心軒風竹絶句於其受業慈恩之天王院，且囑余爲之跋。余既諾之矣，未幾，自兵部調官北平。而洞然以書來徵文日亟，余爲之次第其顛末以授之。

又六年夏，余自北平蒙恩放還，會洞然亦暫歸慈恩，復與之相見，問其石刻，則方購而未勒也。因出其留京時所得胄監春官諸公及靈隱、浄慈諸老所爲記文銘詩共讀之。俯仰今昔，冷然興懷，不啻沃冰雪而濯清風於炎歊之外也。洞然好古尚友，他日幸併刻斯文留軒中，以爲慈恩故事。

跋長興令蕭德瑜所遺其甥郭履恒漁栖圖後

吉水郭履恒以洪武五年冬來省其舅氏虞部蕭君於京師，因獲見焉，恂恂佳子弟也。未幾，君調官長興，履恒亦匆匆别去。後七年，余始歸自北平。今年春，偶遊薌城嵩華，問道過富灘，則履恒家在焉。履恒以余爲舅氏同年也，出其往時在京所遺漁栖山房圖併跋語爲一通以示，且請題識于左方。

余因歎曰：夫漁栖者，君之舊隱也。有先世之田廬在焉，圖而玩之，意有在矣。今乃不自愛，舉以歸於其甥，而復申之以戒勉之辭者，將非示其所懷而勉其所守，且俾無忘其素業也？履恒持而守之，能不墜其規訓，可不謂之賢哉？今長興君方遠寓桂林，而余幸以不才擯棄田野間，乃獲過其鄉，以觀其山水之勝，覽其文辭，以感其甥舅眷愛之情，而思友朋今昔暌違之故，則余也又烏能以已於言哉？他日，子之舅氏幸歸而覽斯文也，當必有以知余之所感矣。某其慎藏之。

跋戴克恭所藏先世德熟及幼一二堂記後

往時大博劉先生爲廬陵戴兼濟作德熟堂記，後遼陽提學劉公、泰和州判蕭公又爲其族子壽翁作及幼堂記，娓娓千百言，隱然有漢太史公傳扁鵲與唐柳子厚傳送清意〔一〕。去之將百年，其諸孫克恭出以示余。蓋保藏於兵火之後，或僅存於斷裂補緝之餘，或具録於家傳口誦之習者，可謂知所寶矣。

夫戴氏，業毉者也。其德本於其幼，而德之熟者，亦由於存之之久而傳之之世，夫豈漫施冥索一時一匕偶合之所致哉？夫種德莫切於活人，而活人之多者，子孫必食其報。今德之熟者，戴氏子孫既已食而飫之矣，盍又思所以爲碩果不食之圖者乎？克恭其慎藏而務省焉〔二〕，則戴氏之世德寧有既哉？

【校勘記】

〔一〕「送清」，疑作「宋清」。按，柳宗元河東先生集卷十七有宋清傳。

〔二〕「克恭」，原作「克泰」，據康熙本改。

書荷山劉氏敬先圖序後

余弟東原翁，既爲劉存大氏作敬先圖序，存大復請余書之，且徵言焉。余惟序説至矣，尚何言？抑余托交於存大父子間三世矣，矧復同里閈乎！則申告之曰：

余聞曾氏之先有賢婦劉氏〔一〕，蚤喪其夫仁叔而寡居，確然守志，撫育孤幼至於婚娶而有孫。其先廬之卑隘者，悉撤而高廣之，而先業之嘗見侵而出者，既盡復之，又從而增益之，至六頃有奇。及臨終，猶惓惓然命撥田以供祭祀。由今觀之，則存大之高祖母也。

今存大又能推而廣之，不獨專於己之親，又旁及於諸父之兄弟，難矣。然非有以倡於前，則何以承於後？此欲敬其先者所不可不知也。存大痛叔父以禮、伯兄存方之無後也，乃以伯兄之祀屬其弟存用，而以叔父之祀自屬其子孫。又念自仁叔而下五世夫婦著于圖像者祀皆有田，獨己之繼室王與弟之繼室倪，圖像未之及，則又屬其子孫，他日祀事，得各同其前室之奉而無外焉。此其意周慮遠，則後之思敬其先者，尤不可以不念也。傳曰「孝者善繼人之志」，又曰「法立而可守」。存大其庶矣乎。請書是以補序之缺〔二〕。

【校勘記】

〔一〕「曾氏」，明補修本作「存大」。

〔二〕「缺」下明補修本有「抑以志余宗賢孝之不朽也」十一字。

跋孫獻簡公族譜後

右宋吏部侍郎孫獻簡公自爲族譜序一首，其諸孫如心嘗録之以藏于家者也。孫氏世家龍泉，系出南唐銀青府君，迨今三百餘年矣。考其序述，若西園之樂善好施，朗潭之活人濟難，李夫人之鬻書教子，皆可以示訓。而公又謂「吾家起以仁厚，守之亦以仁厚，事不蘄於偏勝，利不志於盡取」者，則又存心保家之龜鑑藥石也。爲子孫者，可不深省而允蹈之哉？

如心嘗自言其先世本亦獻簡之撰，而世殊事異，譜牒弗傳，有足慨者。然觀其父子兄弟間篤孝友而崇禮讓，則恂恂然猶故家遺範可敬也。況其丹青絶藝，自足以名世而傳不朽者乎？他日，丐余繕書此本，以貽其後，推其用心之遠，豈徒不忘先世而已哉？是可嘉也，乃題其後而歸之。

跋周所安所藏周元公年譜後

大原里周君所安家藏宋南宫靖一所類次周元公濂溪先生年譜一帙，具載先生宗譜，及其少長始終、歷官行事之詳。所安敬覽而服膺之，慨然有興感於百世之上者，且曰：「希舜之人，亦舜之徒，吾獨非其子孫哉？」

同邑劉某聞而韙之，因諗之曰：惟先生道學之宗，其學其行，凡學者皆所當師法也，況同姓者乎？又況同姓而賢者乎？今天下讀先生之書、服先生之教者，豈必皆其子孫？而所安尊祖敬宗之意，常著於希賢景行之間，將非善學而善繼者乎？昔高密周史君舜元爲曲江，嘗建祠以祀先生。艮齋謝公諤爲之記曰：今濂溪之祠，必俟史君乃能發揮。則義有出於一門，夫豈偶然邪？宜所安之寶藏是譜而不忘也。或曰：先生之子壽，嘗爲吉州司户矣，安知其不有所自？惜所安之先世遠而莫之徵也。余惟嘉所安之志，能不忘其宗而非慕乎其外者，因爲書其末而歸之，將俾周氏之賢子孫有所興感焉。

題蕭鵬舉戊巳稿後

余與鵬舉交游且十年，每見必出新作以示，而後出者輒勝。非惟智與年長，亦其涉歷深廣、涵養純熟所致，夫豈可强哉？昔青陽余先生，論學詩謂如學仙，非有僊風道骨者不能，則固又自有所本也。

鵬舉以明敏之才，而加學問以鍊治之，使湛然如秋水，粹然如美玉，則仙之成也，不難矣。鵬舉固余之所畏也，余安得不以方來之凌雲絶塵者俟之哉？

書羅晉用傳後

羅楚材嘗遊金陵，遇異人得異書，遂精方伎之術，然與人語輒不解。獨關西人朱伯玉明習傷寒治法，往往有其説，而楚材之活人日異且衆矣。楚材嘗恨無貲力不能居致藥劑以濟患者，然恒謹爲人按授古方，其品劑法製，銖兩不爽，以故多良愈。他日，謂余曰：「今人有疾者，余既授之藥矣，或人求方者，余無所閟也，輒授之。然察其間得余方而能力購以亟服者，十無二三，其購而不畢劑與服而不盡其法者，又十之四五，其委而弗購弗服者，蓋皆是也。欲天下無枉痼，得乎？」言之貌若蹙而有惻于中者。

嗟乎仁哉，君之用心歟！抑君孝友人也，宜其視人之病猶己，日皇皇焉而不倦也，而世之不克自知其病，與知其病而卒不知求所以藥之者，豈非君之罪人哉？余觀陳一德氏所爲羅晉用傳〔一〕，因記君之言爲有合於道，而慨知者之或鮮也。輒書于其傳末，以附益之。

楚材，晉用字云。

【校勘記】

〔一〕「觀」，原作「官」，據康熙本改。

書冠朝郭氏家録後

右吾郡冠朝郭氏家録一卷，凡七首，吾友郭存敬之所藏也。首著譜系，自唐汾陽王以下，至宋祠部員外郎佺，凡九世。佺以上遷徙世次具詳，以下皆不載。次之以祠部景祐初及第時所爲七言詩，及御製賜進士詩各一首，又次之以追封祠部爲太常誥詞，及其子之美由屯田員外郎改授通判定國軍誥詞各一首，其降封及改授年月不可考。後有槐堂楊先生弼跋一首，自謂待罪錢塘，當是官於杭州，而職名不可考。則知里名冠朝者，摘取太常封誥中語也。最後載越州諸暨縣尉郭允叔所撰彦章墓誌銘，又知其父慶甫登嘉祐二年進士第，與蘇内翰同年，去景祐纔廿一年耳。彦章没於政和三年，其於太常系屬親疏，及今存敬於彦章世次遠近，無譜系，亦俱不可考。誌文有「客死誣人者彦章曰」，上下當有闕文，舊録又以改「僅」爲「侄」，及御製詩皆爲真宗，非乃仁宗也。

初，存敬得舊本示余於喪亂之餘，序乖字訛，始不可讀，余故爲銓正繕録以歸之。竊意往時家藏當不止此，此特其亡逸之偶存者耳。存敬其益務力學敦行，以振其家聲，宜益加意訪輯考訂以成全書，亦賢子孫之責也。

跋西溪八景圖詩序後

昔韓子送楊少尹序，謂「某丘某水，吾童子時之所遊釣」，至謂其鄉人「誠子孫以楊侯不去其鄉爲法」。夫使人皆不去其鄉，則亦安有懷離之思者哉？

今觀心吾陳先生所爲縉雲應仲張氏西溪八景圖詩敘，以爲人情懷土，故雖甚達不能無違志，雖甚樂不能無離思，旨哉言乎！然人亦孰能必其生之果不去其鄉土哉？吾聞西溪之八景，縉雲最勝者也。仲張因宦遊之遠而思鄉土之不可見，好事者乃摭其景之勝，萃爲一圖，俾時而觀覽焉。能賦之士又從而分題歌咏之，可謂各能道仲張之所懷者矣。仲張勉旃，異時宦成東歸，又豈無昌黎公之送少尹爲仲張道者？子其俟之。

跋菊逸堂記後

逸民之稱本於孔氏，至李唐時始有以「竹溪六逸」名，而宋先正又有謂「菊，花之隱逸者也」。後世好事者緣是，或有假於竹於菊以自逸者，而去古益遠矣。夫逸者，遺失之謂也。故詩之亡者，謂之逸詩；音之希者，謂之逸響；世之所不見用之所不及者，謂之逸士。今張思孟氏積學砥行，日焯焯有聞於人，而自擬以菊逸，何哉？夫菊，植物中之清楚而不可掩者也。英苗香味，率爲世重，亦豈能以遂逸者哉？吾見有挹其香而掇其英於山之深林之密者矣，尚慎自持哉！

余觀心吾陳先生菊逸堂記，謂思孟氏隆孝敬，樂恬退，宜爲菊之所與，有古之道焉，蓋善言逸者也。因繹其義以申之，使自省焉。

跋蠶織圖

畫人物花鳥易，畫士女難，畫園夫紅女尤難。蓋非有以通農圃室家之情，悉倥傯拮据之態，而極憂勤儉質之意者不能爾也。今觀吴氏所藏故宋樓氏蠶織圖，自浴種至收帛，總二十有四事，婦女四十有五，戲嬰孩者二人，抱哺者一人，紉者一人，立而旁觀者三人，翁若丁男二十有七，扇且幘而踞桑下者一人，髽而背坐牕間見其頂項者一人，且祀且拜者男女各二人，自餘翁媪長幼，皆趨蹌執事無閒散者，此外若樹木、户牖、几席之次，筐筥、釜盎、簇箔、機籰之具，與凡人事物色，無不曲盡形態，亦可謂畫之能品者矣。然其間有不可知者二：夫男子力田而婦人力桑，職也，今是圖採桑皆畫翁男輩，而女婦不與焉，此不可知一也。自黄帝娶西陵氏爲妃始事蠶作，故世祀之，謂之先蠶，而後世所祀，又有所謂蜀女化爲蠶頭娘者，固皆婦女也，而此圖所畫乃戴席帽被緑而馳騎，此不可知者二也。要之，畫者自必有意，特未之知耳。至論其始繪圖以獻宋高宗，本於潛令四明樓璹，而又辨其下所題字爲吴后而非顯仁后者，則今承旨宋太史之序跋備矣。予特敍論作者之工，因併摭所疑者而質之，庶或從觀考者有聞焉。

洪武九年七月既望，廬陵劉崧書。

（以上一篇據影印清文淵閣四庫全書本石渠寶笈卷三十五補）

槎翁文集卷之十五

辭

招魂辭

永豐劉□德以己丑夏六月客死寧都，其表兄鄧恒性實來扶其柩以歸。余悲而哀之，作招魂辭五章以授之。辭曰：

赤曦陽陽，亢而蒸兮。黄塵眯人，車軿輘兮。瞻復故宇，升高陵兮。明星夜漫，目瞢瞢兮。號招行舟，無以溯兮。魂其來歸，不可以久憑兮。

山石磈磈，虎豹遒兮。蛇虺噬人，相蟉蟉兮。齒牙峭厲，摐戈矛兮。陰壑重水，澹冬秋兮。窈不見日，風颼颼兮。魂兮來歸，魂不可以久留兮。

山木巃嵸，傲斤斧兮。干霄捎雲，萬夫舉兮。夕陰晝冥，號鼯鼠兮。臨崖際淵，下險阻兮。結筏挽槎，傷齟齬兮。魂兮來歸，魂不可以久處兮。

貢江之陽，灘洶洶兮。石觸而湍，聲琮琤兮。白日漭泱，雷霆轟兮。迴風蕩舟，截鱣鯨兮。中流湯湯，揚爾旌兮。魂其來歸，魂其無驚兮。

青原幽幽，黝而青兮。葛溪流波，聲泠泠兮。陟砠揭湑，瞻爾庭兮。爾書爾琴，崇几屏兮。裳衣載陳，薦飶馨兮。魂其來歸，魂其永寧兮。

胡山人哀辭

登高丘兮延佇，渺余懷兮誰語？風颼颼兮吹衣，雲凄凄兮凝宇。嬂人去兮不來，玄堂鬱其崔嵬。漆燈熚其膏夜，椒醑湛兮澄杯。慨脩短兮孰齊，奄歸盡兮同期。問青鳥兮何在，化爲白鶴兮今何之？贛之山兮潋之水，地疏氣鍪兮不可以止。金華峨峨，白石齒齒。君歸來兮，依其故里。

故提舉李公哀辭 有序

維戊申閏七月某日，前承務郎江、浙等處儒學副提舉雲陽李公，没于永新上麓之寓舍。其友生南平劉楚聞而哭之。既馳書弔其子自立，又爲書弔劉君子琚，以余昔者之見公自劉氏也。

公未疾時，嘗爲青陽先生文集序。青陽者，故安慶元帥廷心余侯之自號，而公之同年也。公序文有曰：「元統初元，余與廷心偕試藝京師。是科第一甲寘三名，三名者皆得進士及第。而廷心得右榜第二，余忝左榜亦然。唱名謝恩，余二人同一班列，錫宴則接時仝席而坐，同賜緋服，同授七品官。當是時，余與廷心無甚相遠者。其後，余以應奉翰林需次丁父、祖父母三喪，乞奉母就養江南，沉没下僚，學殖日荒穢。而廷心方由泗州入翰林爲應奉，爲臺爲省，聲光赫然，如干將發硎，莫敢觸其鋒。文章學問，與日俱進，如水湧山積，莫能窺其端。於是余之去廷心始相遠矣。又其後遭遇時變，余以母憂竄伏鄉里，恨不得乘一障以效死。而廷心以羸卒數千守孤城，屹然爲江、淮砥柱者五六年，援絶城陷，竟秉節仗義，與妻子偕死。生爲名臣，没有美謚。於是余之去廷心又大相遠矣。」又曰：「使皆如世之貪生畏死，甘就屈辱而猶靦然以面目視人者，則斯文之喪蓋掃地矣，豈非廷心之罪人哉？」嗚呼！此公之自道也，其心事豈不皭然如日星之潔白而不可掩哉？又其首語曰：「頹齡無幾，朋舊凋落已盡。」嗚呼！此公之自慨也，豈不若適有前知者哉？於是公之平生出處始終大概，有不待請述於他人而具於此矣。

公嘗爲徽州路婺源州同知，凡六載，再調今職；又三載，序所謂「沉没下僚」者也。其後調儒林郎、杭州路推官，擢拜南臺監察御史。未幾，朝廷以廣西言者擢知平樂府，臺除，兼南廉訪司僉事。會兵亂道梗，皆不得赴，而公亦未嘗以爲言。當壬辰初亂，公已遁迹茶陵山中，及城陷，乃微服遁去，往來永新境上。其後荐罹兵禍，間關萬死。而窮顛僻涯，野夫賤隸，聞公名，咸知敬愛，至爲出死力相周護。他日，當道名貴有欲羅致公者，輒辭以疾，至文墨議論，則毅然不爲屈也。上麓劉子琚於公爲故人，與其兄子綸皆倜儻尚義，嘗不遠數十百里遣人迎候公與其家人俱來而館餽之，久乃弗怠，公亦樂而安焉。

公清脩玉立，攻苦淡泊如未第時。爲詩文有典則，尤工大書。自遭亂，欲絶筆以自晦，而所至求文字者輻凑。公不能拒，則詭其名曰「危行翁」，或曰

「望八老人」，或曰「不貳心老人」，皆以示己志也。嘗謂廬陵王禮與余曰：「今世變輪雲，君等日壯途遠，固不可不慎。吾旦夕人耳，然猶惴惴焉未知所終也。」余對曰：「先生至此，夫復何懼？」公曰：「不然，丈夫蓋棺，事乃定耳。」嗚呼，孰知事乃定於今日哉！余竊觀公之所操，推公之志，使得時位以自效，而與青陽公齊驅竝駕，則或先或後，未可知也。故或介烈以立節，或隱約以終身，則所處有不同者，而求以無愧於天地君父，則無不同矣。

憶公數月前遺余書有曰：「近還山中，痼疾復作，苦甚，苦甚！」將謂適然耳。及後得子琚報書，則述公臨終時凡戒敕其子及與朋友決絶，皆静治而不亂。嗚呼，此非平日視窮達於一概，明死生於一致者，烏能然哉？

公諱祁，字一初，晚更號希蘧翁，享年七十。以没之明日，葬上麓之原。主其事者，子琚也。余悲公擅學問文章爲儒宗，擢高第爲名進士，而遭時搶攘，不極其所至，使名與位不大峻于時，卒困約以死。又悲老成凋謝，若余者孱昧弗殖而失所依歸也，乃爲文以哀之。其辭曰：

士有蹈死以成名兮，夫固非惡夫身之有生。惟生而或累於吾仁兮，曾視之藐焉如一羽之輕。紛死生之汶汶兮，孰審察其所處？進必不懾於患難兮，退必不貳於寒窶。譬騏驥之騁陸兮，儼御轡而就馳。任既重而道險兮，奮余身以先之。倘軸摧而軫仆兮，雖骨折宜尤未悔。苟非所事而在野兮，又奚必傷勇於既退。昔三仁之異趨兮，同所歸於潔身。彼食薇與采菊兮，亦己志之各伸。嗟先生之好脩兮，蚤蜚英於天闕。遭家艱之頻煩兮，軔方發而踹蹶。鼓予棹於星源兮，登文臺之峨峨。掞星文之五色兮，障浙江之横波。解予轡以來歸兮，紅塵蔽天而南騖。曾哭母之幾何兮，豺狼嘷乎鄉土。將九叩首以赴死兮，慨吾莫適乎所因。爰竄迹以去亂兮，誓遵陸而邅迍。汩明珠於泥滓兮，雜叢蘭於蕭艾。終不混而不遷兮，益煌煌而旆旆。悵空山之獨立兮，悄四顧其無鄰。倫誼隳而弗綱兮，孰無君而有臣？攄幽憤以有作兮，時托辭以著志。將掩袂而叫閽兮，亦浪浪而流涕。攬臨終之遺言兮，魂妥帖而不驚。從青陽于太清兮，駕紫麟而上征。曰上麓予所安兮，山庭澮其秋晚。乘飛雲以往來兮，瞻故鄉其未遠。恍玉立之在前兮，浩余遊而莫從。抒斯文以鳴哀兮，諒千古之所鍾。

哀張以脩辭

洪武四年夏，朝廷以言者徵前進士劉于於吉之永豐。其至也，廷臣以于見，上欲官之。于叩首再拜，以迂疏不任吏事辭，上許之。乃薦其所知者三人而退。三人：樂安張潔、何淑暨安成伍朝賓也。上命省部近臣即籍而徵之。五月，潔與淑偕至京師，次于侍儀司之東室。既數日，潔得疾遂卒。方潔之應徵而起也，有母年八十九，以親老辭，有司不可。既又患尰，不良于行，以疾辭，又不可。君乃哭別其母，杖掖以登舟。抵南昌，會余以使事歸自海南，相見於南浦驛。時君以蹣跚支離，蹙然有憂色。明日，君以期迫先發。又後月餘，余始達京師，見侍儀使周仲方，告余曰：「以脩竟卒，余爲葬之城東門外若干日矣。」嗚呼痛哉！余悲君有才諝不及施用，有老母無以終奉，又乏子息無以主宗祀，而客死數千里外。若是者，豈曰無其時而不遇也哉！然而卒終焉，命也。余曩與君爲同年，而生又同歲，痛君之病已死，而余不及問以臨且送也，乃爲辭以哀之。

嗟維君之醇茂兮，文煒燁而有華。蚤戰藝而獲雋兮，亦襲武而承家。羌名登而時絀兮，抱鬱屯而長嗟。忽大明之中天兮，惠澤沛而弘加。羅羣才以充位兮，曾不間乎邇遐。君固閈以敦孝兮〔一〕，及餘年以將母。日怡愉於膝下兮，豈爵縻之能顧。何予友之翹翹兮，指弓旌以當路。將干禄以徼榮兮，曾弗念夫桑榆之遲暮。紛窘索以就道兮，勢倉黄而摧萎。牽母衣以嚙指兮，涕淫淫而四垂。曾睽違之幾何兮，遄傾殞於京師。榮不暨而怨及兮，子又奚以賢能爲。路迢遥而魂飛兮，恍歸侍之不昧。堂掩寂以流眄兮，曷歸來乎無背。反余哺而弗終兮，噫匪莪而伊蔚。恨終古而彌天兮，慨虚名之爲累。鄰曲奔訃以號呼兮，姻黨來視而悲呻。倚慈帷以掩泣兮，聲哽咽而氣湮。孰尸饔爲返骨兮，内外顧而莫因。將耄終而失主祀兮，吾將貽恨乎蒼旻。

【校勘記】

〔一〕「閈」，康熙本作「閑」。

郭南叔哀辭 有序

今年夏，余歸自登、萊，前虞部主事蕭君德瑜由湖州長興遣其郭氏甥名亨者來謁余於南京。亨手其先大父南叔居士墓名一通以示〔一〕，則蕭君爲虞部時所撰也。其事美而實，其文核而暢，其銘剴而激，因歎曰：斯人吾不及見之矣，幸而見斯文也。見斯文如見其人，況見其人之子若孫乎？又竊自歎余與君同郡，其應徵而起也同年，及仕於朝也，又適同事於六曹。今君以虞部及考調上邑，爲百里師帥，而焯然工文辭，爲世表著如此。余憒憒然無補於時〔二〕，旦暮當斥去，思一見君不可得，則讀君之文，有不慨然而思古之遺者乎？亨以余辱君好也，固來徵言。乃爲辭以追悼之，庶幾虞部發潛闡幽之意哉。辭曰：

宰木之蔚兮，蘭茁而突兮。力義仡仡逢時之絀兮，章含施鬱而不簪紱兮。水流流以下淈，山叢叢而上崈兮。緊善斯茀澤流滭沸兮，表茲貞碣百世其迄兮。

【校勘記】

〔一〕「墓名」，康熙本作「墓銘」。

〔二〕「憒憒」，康熙本作「憒憒」。

祭文

祭叔母文

維至正七年歲次丁亥十二月戊辰朔，越二十有七日甲午，孝姪楚偕弟埜，謹以清酌庶饈之奠致祭于故叔母孺人之靈而言曰：

嗚呼！叔母猶吾母也。其生而愛我兄弟，猶吾母也。其没而棄我兄弟，孰謂其不猶吾母邪？我生夥疾，屢艱而危。一夜十起，抱負涕洟。叔母之愛我也，與吾母同其慈。我長克岐，始學而嬉。一語弗順，嗔目止之。叔母之教我也，與吾母同其資。常寘于懷，撫我諸弟。笑謂吾母，當爲己子。亦撫余頂，遺之栗梨。笑謂吾母，爾有令兒。族廬既隳，次第散處。一畿之隔，竟墮脩阻。我哭我母，煢煢疇依？叔母悲之，如己所遺。歲時拜慶，後先聯美。謂母見爾，云胡不喜。兹秋試藝，升堂告辭。色笑送之，期之錦歸。倉茫南歸，及里聞變。抆淚入室，弗見其面。病弗及親，喪弗及臨。地厚天高，孰知余心？

嗚呼！當辛未之夏，哭吾母於叔母方康之時，則猶幸而見憐於吾叔母也。今兹之秋，哭叔母於吾母既没之後，果孰與紓此哀痛哉？吾母不可得見矣，得見叔母斯可矣。乃今而後，可見者復轉而爲昔之不可見者邪！九原之下，此娌彼妯。語及子姪，寧不對哭？重闈渠渠，白髮睢睢。呑聲不發，老淚欲枯。弱妹方髫，季也遠違。手綫霏霏，孰縫其衣？興言及此，肝裂淚血。魂兮來歸，歆此一啜。

祭蕭敬修文 代

嗚呼！世有赴死，匪徇斯迫。豈忘其生，勢至形格。貪徇者利，烈徇者名。憂懼仰藥，慚憤自經。抱石以沉，剸刀以刎。死雖萬殊，徇迫是本。

嗟惟先生，名科碩師。公侯賓客，庠序表儀。侃侃翼翼，允率正直。一語之悖，義形于色。衆方滔滔，己獨忡忡。悼道之厄，悲時之窮。顧瞻廬陵，鄉國父母。城人具非，生豈我所。勇蹈于井，一再弗刓。豈徇迫之爲，惟義是安。彼駟騑騑，彼印纍纍。或貪其生，醉狂夢癡。先生之於斯時，非有一障之乘、寸禄之縻。蓋國法之所不及加，而清議之所不能疵。信無所爲而爲之者，夫然後爲仁義之勇，而百世之師。

某自束髮，趨訓師庭。惟忠惟孝，共敬佩承。叨幕西昌，公來自贛。贈言授時，啓我蒙闇。東次鷺渚，曾幾何時。殄瘁之禍，誰實爲之？飄飄者風，靡靡者草。嗟余有母，亦聿既耄。感激高風，慨想儀刑。在地醴泉，麗天文星。言絜余酒，墳左斯酹。有言不文，式鑒哀誄。

祭廖子所文

嗚呼子所！廖氏之特。温恭謙勤，罔或不克。維余之生，後君十年。聞風慕義，亶鄉之賢。長大食貧，恒次于旅。歲時晤睽，萍散雲聚。

曩在丙戌，始客鄧溪。空山無人，余行栖栖。於焉得朋，夫豈在遠。我東其齋，君西其館。啓處伊邇，其樂孔多。接席而坐，同聲而歌。臨流對月，形影聯映。移床坐留〔一〕，扣壁呼應。有書大帙，曰春秋經。發例鈎玄，夜燈晨星。百家子史，三傳諸氏。咸手纂之，字集萬蟻。指其遺書，曰我先人。授之自家，如師友親。遄試其藝，而憊于苦。眼眵力劬，欲進輒沮。或咎以酒，謂過而災。皤然警悟，傾釀擲杯。乃叩于毉，而砭而藥。我覘其容，有蹙無樂。正冠斂襟，淚滋不收。廢食浩歎，孰知其憂？或陟嶔崟，或屬幽曠。落日浮雲，壯心浩蕩。言藝其畹，思樹夫蘭。悵望青天，飛霜夜寒。

我違溪上，往客南浦。君隨去之，亦返室處。我歸自南，見君于堂。他日來過，或病在床。君曰嗟嗟，我病浸作。思從子游，心遠氣弱。或進之蘭，抗手若拘。嗒焉虛几，墮筆忘書。謂憐餘生，憒憒心意。故人坐對，恍若隔世。

乃春告違，去客寧都。擷蔬酌醑，强宴以娱。握手深悲，送我于巷。風雨泥淖，謝不能往。我行贛石，亂山迷津。悵懷音問，夕不能晨。有書來告，君病不起。載信載疑，夢寐泣涕。

追念昔者，動與子同。北登三華，西眺武峰。昌言遠濁，將老林下。抱一守玄，庶幾静者。山川邈邈，白雲悠悠。歸不見君，傷哉舊遊。顧瞻先廬，歸其無所。亦有兄弟，可以將母。死而已矣，生者孔哀。歲月云邁，逝今不來。平生四方，豈曰無友。孰有知己，處可以久。玉藴其輝，劍斂其鋒。孰知其奇，彼方朦朦。殘者或昌，狡者或裕。噫嘻造物，茫不可據。我自涉夏，憂患荐增。内哭大母，外哭友朋。

斂不得臨，葬不得送。死生之間，負此悲慟。聞死之日，有書無金。豈不有餘，傳之長深。同心有言，視我猶弟。庶幾不違，以勗令子。清酤在樽，寒草在原。魂其有知，尚聞斯言。

【校勘記】

〔一〕「留」，康熙本作「話」。

祭泰和州監達正道文

維至正十五年歲次乙未三月十有一日，侍生前州學訓導劉楚，謹以清酌之奠致祭于故監州達侯正道相公之祠而言曰：

嗚呼！達侯於吾民有百世不可忘之恩，於吾州有一日不可去之勢，今而已矣，誰實爲之？慨思六年之艱危，恪乎一心之忠赤。以公子宦門之舊，而有布衣蔬食之習，其守己何如也。以事變搶攘之秋，而有獨立不撓之志，其守職何如也。完城而城完矣，安民而民安矣。奈之何悠然終更，倏然坐逝，使吾民絶望滅想於重來之迹，而卒不能以一日少挽邪？雖其望長安之日，而爵不克以酬其勳；瞻東吴之雲，而養不得以遂其孝。此其九原之勃鬱，有可想知者。然而挈全城以還朝廷，保首領以歸父母，生爲忠臣，没爲孝子，夫復何憾？

某等辱公眷遇，實棟斯文。方問疾之迹不敢瀆於私庭，而臨哭之哀竟有違於旅次，幽明之間，其忍言耶？兹率諸生，敬奠祠下。實哀國禎，有淚如瀉。英英者靈，如此江水。庶幾不辱，以報知己。

祭劉元帥文

維至正十六年歲次丙申八月十有六日，友人西昌劉楚，謹以清酌庶饈之奠致祭于故宣武將軍、廣東元帥衡山劉侯之柩，抆淚而言曰：

嗚呼劉侯！何英偉也。風塵未清，而遽死邪！君親之恩，朋友之誼。百年方殷，何遽相棄。念昔己丑，侯往寧都。艤棹龍洲，候我衡廬。顧謂仲子，拜以承學。同載南上，灘石鑿鑿。亦既至止，闢館城南。入則聯席，出則並驂。當時幕中，亦有賓客。維時承平，投劍論策。咸曰侯政，邊境載康。侯謂不然，備不可忘。維今之兵，非玩則惰。玩惰致虞，責實在我。

慨念先侯，實鎮廬陵。客有劉鄧，大博侍卿。□來徙官〔一〕，筠陽是宅。談經論道，允懷先哲。維君於我，亦篤斯文。庶幾余子，或繼前聞。次年冬還，載憩江閣。問我先人，言饋珍藥。乃辛卯春，我來筠城。侯喜我來，岸幘笑迎。命長子同〔二〕，爾亦受業。武非敢違〔三〕，學乃有則。七月載暑，省檄羽馳。寇發于封，命往平之。侯乃禡旗，即日就道。追送長沙，班坐秋草。侯念更戍，曾幾何時。非賢而勞，敢以遠辭？馬鳴蕭蕭，落日在藪。言執余手，酌酒數斗。侯南度關，暑暍載途。僕疲馬瘏，報我以書。秋高海清，師以捷告。指期冬還，道左迎勞。戈船東下，過我林扉。交臂而别，我帆夜歸。我歸自筠，寇已媒孽。侯歸幾時，寇乃雲合。聞率萬夫，出戰九江。裹創掖危，退保豫章。石頭接戰，寇鋭我靡。侯奮其威，奔逐百里。進克豐城，次于瑞河。霜露風雨，劬瘁實多。侯憤疾呼，死竭我職。省臣曰噫，視病毋亟。旌旗無光，輿病入城。泣命愛弟，以領我兵。侯曰我人，受恩四世。義盡于綏，敢愛一死？妻子室家，義不兩完。有母不見，摧心絶肝。夜寐起躍，猶呼督戰。炯炯者目，光落飛電。省臣臨斂，百姓涙洟。士卒失色，芒星夜墮。

我時家居，竄伏林莽。載聞載疑，驚悼悲愴。追念平生，交誼石金。侯念我志，我知侯心。指揮蕩攘，有紀有律。決機制勝，水涌山出。衆方唯唯，侯獨琅琅。嫉姦憒邪，義氣翕張。太阿出匣，良驥騁陸。試而未周，摧鋒折軸。侯不可死，侯有令子。死可無憾，令母壽祉。侯功著崇，署闔廣東。亦有遺愛，植碑空同。生榮死哀，萬夫之特。征南奇勛，光灼史册。臨終有言，意實在余。山川阻脩，號訃莫趨。伊余何人，亦托以子。庶幾不遠，以篤交誼。昔别長沙，乃永訣同。江山淒其，渺失音容。六年重來，哭公靈柩。有言不聞，敬瀝觴酒。風塵茫茫，逝者其亡。匪哭吾私，惟時之傷。

【校勘記】

〔一〕「□」，康熙本作「俱」。

〔二〕「同」，康熙本作「曰」。

〔三〕「武」，康熙本作「我」。

祭蕭提舉文

嗚呼一誠，而至於斯耶！負英英之氣，振獵獵之聲。如豐山之鍾，精感神發，或不叩而自鳴；如干將之劍，鋒鍔嶄然，曾莫之敢嬰。年三十有五，舉乙科貢士，學不可謂不成也。職司儒臺，議參省庭，官位五品，階陟奉訓，仕不可謂不榮也。文杞天於一隅，爲海邦之長城。徇齊横以就義，視刀鋸而不驚。嗚呼！人生萬變，萍轉星零，要其末路，公論乃形。以海宇輻裂之際，而宦于甌閩；以殷士裸將之日，而卒于金陵。嗚呼一誠！

告先府君墓文

維年月日，孤哀子某等謹脩時奠，致祭于先考快軒府君新墓之道而言曰：嗚呼！惟我父棄諸孤十有六年，凡再易葬，始克獲卜于此。不孝不令，天實臨之。揆時之良，協地之吉。敬飭靈柩，奉以更厝曰仙槎鄉姆坑雙岔之原，實祔我太祖妣趙氏夫人之墓左。尚惟妥兹萬子孫其永永共事無斁。敢告。

告太夫人墓文

嗚呼！余兄弟大不幸而蚤喪母，又不幸既葬而屢不得其所，三十七年之間于今三遷矣，尚忍言哉？惟不孝不慎，罪當殞滅，然徒死而親喪有不寧焉，尤不孝也。此不肖孤等所以日夜惶惶焉疚心泣血忍死以襄事，誓不獲卜將殞身以求之所不憚也。以天之靈，協卜之吉，遇時之良，敢更飭靈柩奉厝於鄧家原祖塋之舊。斯地也，既廢而失餘六十年矣，將大夫人令淑之報，天與其藏，雖遠而有待耶！封窆有期，奉奠謹告。惟靈其終，妥兹萬子孫亦永有依賴也。

祭先考文

維洪武十有四年歲次戊午十月庚子朔，越廿有五日壬子，不肖孤前中順大夫、北平等處提刑按察司副使劉崧偕嗣孫平原，謹以清酌庶羞之奠致祭于故先考快軒府君之墓道而言曰：

嗚呼！自吾父之更葬於斯也，今十有二年矣。其間出而曠九年之展省者，實縻繫於王事。歸八閲月而復不克往拜者，其怠慢之罪，復何辭哉？爰自洪武庚戌夏五月去鄉，承徵入朝，擢司職方兵曹。四年，轉調冀北，貳憲八府，濫寄風節，考績入朝，循格再任。又六閲月，罹此尤釁。中臺讞聞，城旦在疚。四十餘日，旋沐寬宥。倉皇解紱，扶病南歸。哭淚書零，驚魂夜飛。靖念不肖生五十而遇明時，一旦由布衣超拜京秩，已過分矣。繼又轉調北司於六千里，歲俸餘二伯，階列四品。自揣么麽，何以能稱？望逾分溢，實方僥倖。自非聖君之恩不至此，非大人之教不及此。然而學乖蚤達，子誠有負於親矣。禄幸晚及，奈之何親且不能以少待哉！永懷私願，曷報長夜？不圖生還，歸拜墓下。所可恨者，吾父之墓既已獲表於太史之文矣，而不肖不克慎，卒不得以承朝家榮贈之典。此非其大可憾者邪？

惟當閉門讀書，以淑我子。庶幾家學，不墜前美。再念兄弟，三人同祼。兄没弟存，存者益老。自今循省，曷慮曷圖？慎兹末路，言守先廬。維兹冬孟，霜露凄其。言省松楸，陳奠孔時。姆原之山，馬田之水。萃英妥靈，式永千祀。

祭先兄中齋先生文

嗚呼！念昔同堂，有七兄弟。四十年間，繼喪其二。同胞者三，惟兄與季。如何不淑，遽奪其粹。惟兄之尊，諸弟所賴。家之楨幹，宗之冠帶。氣直而剛，色厲而介。學充而洽，才具而沛。造化綱維，理義毛髮。大無不知，細無不察。文評物議，朗徹黑白。長篇短詠，綜繹風格。砥鈍發蒙，言既諄諄。嫉頑忿邪，怒乃頟頟。是遵是循，矩矱繩尺。不華不紕，菽粟布帛。勤猶燃薪，儉或補履。

早承伏經，志在廷策。中遭世艱，退伏林陌。鳳雛繼隕，鸞配先訣。勖勸拮据，三徙其宅。陶情在酒，寫興以詩。暮年水竹，先廬是依。或登高而遊，或臨流而嬉。時其未遇，世或莫知。

嗟余在幼，承愛寔多。傳裾接席，聚戲聯歌。左提右挈，日磋月磨。戊辰之春，我溺于河。誓不獨生，援裾出波。里巷驚嗟，涕泗滂沱。歲在辛未，俄失所恃。弟兄號泣，寢處同位。迨壬辰春，寇亂氛起。先尊播遷，一疾奄棄。後來歷歲，遭世險艱。猿牽魚引，竄屏于山。倏違忽逢，心喜淚潸。穿巖隱竇，草附蘿攀。亦既寧正，攜手言旋。草茇東西，言笑相關。共誓歲安，承挹歡顔。

豈期庚戌，四月維夏。廷詔徵賢，郡邑勸駕。兄獨燕處，我乃不暇。謁帝承明，備員司馬。職方四年，離悰莫寫。癸丑六月，調官北平。瞻言故鄉，六千餘程。兄時書來，道達深情。問我眠食，訴己孤煢。旋報以書，淚并目瞠。前年十月，書來告我。眼昏齒落，生計坎坷。陳述家事，詞極繁夥。塋土摧塌，屋茅破墮。援孤力單，窮甚蜾蠃。見弟何時，老與時左。聞言憂傷，痛將奈何。兄處余行，慚悚實多。

次年丙辰，我仕及考。七月傳言，兄病在禱。且驚且疑，憂心草草。九月弟埜，以訃來告。始云二月，兄病莫保。爰命觶子，繼祀承考。言殯舍傍，衝涉霖潦。路遥時邁，奔赴不早。手足踴躃，心氣煩惱。我淚欲枯，我髮已槁。藿場維駒，苞栩集鴇。吁嗟昊天，曾不慭老。空床虛几，哭我丘嫂。

是冬十月，往覲南京。謂當謁告，歸掃新塋。旋奉上命，再任北征。心摇目斷，骨折魂驚。是秋九月，臺檄下徵。讞成在宥，俾築外城。城功將終，版鍤既戒。臘月三日，寬恩下逮。解縲釋屩，拜舞而退。謂當南歸，哭拜以酹。孰期衰弱，憂患所薰。倏遘陽厥，寢疾罹迍。光離于目，語吃于唇。友僚環駭，童僕無親。尫羸骨立，與鬼爲鄰。起痼祛毒，藥資異人。絲忽殘喘，延于兹春。聞有歸楫，輿疾問津。瞻望故宇，頓忘呻吟。伊疾去體，如風振塵。踉蹌及門，哀聞嫂哭。升堂入室，悲動骨肉。舊圖在壁，遺帙在櫝。悄不見兄，靈帷淒肅。扶床號呼，淚竭氣蹙。使兄未亡，見弟來歸。喜當如何，抱襟攬衣。念昔人言，我瘠兄肥。詎云弟還，竟奪所依。

嗚呼大兄！性靈豈昧。追惟教言，永服終佩。扶危出死，恩德斯在。天胡不壽，奄此棄背。我家孰宗，我子孰誨？想像聲容，痛徹肝肺。兄今逝矣，季亦旋外。我誰與居？形影相對。惟我嫂氏，康强引年。惟姪猶子，宗祀斯延。先業可承，遺稿可傳。兄猶不死，又何憾焉。惟兹大祥，日月再遷。敬奉牲醴，奠于靈筵。魂其來歆，慰此黯然。

槎翁文集卷之十六

行狀

故承直郎贛州路總管府推官陳公行狀

公諱學禮，字季立，姓陳氏。五代末有諱暉者，自金陵占籍吉之西昌。暉生承逸。邑嘗乏令，且遘亂，衆以承逸長者，咸推奉之，號曰都幹。繇都幹之後，其子孫日盛。至宋末，有諱病者爲兵部郎官〔一〕，諱□者爲國子監主簿〔二〕，此其著也。公之曾祖諱俊，攻醫，有隱德。生申，種學績文，有聲場屋。淳祐丙午，考官得其賦，欲第高等，鈞論策不可得，乃屈置次榜。申生先得，清修攻苦，行義如古人。當皇元至元初，年踰四十，始以試言由縣教官起家，仕至將仕佐郎、贛州路儒學教授致仕。後以子恩贈承事郎、吉安路萬安縣尹。其歿也，前翰林學士吴公澂名其墓〔三〕，揭公傒斯表其碣。先得二子，長學詩，韶州乳陽縣儒學教諭；次學禮，即公也。

公生而穎異，大父奇之曰：「是兒必大吾家。」暨八歲，罹革命，而家教未嘗廢。稍長，從鄉先生龍門李公、文溪王公遊。春秋補試，輒居前列。家故貧，陋巷環堵，風雨不庇，歲遠授館以爲養，甘旨之奉，曲意惟謹。

至元二十九年，由茂異得薦江西儒學提舉司，署爲贛瑞金教諭。會江西廉訪副使臧夢解廉試，公見所賦白鷺詩有「一舉上青天」之句，奇其才，得覆察，轉授南安大庾教官。未幾更制，以省檄陞梅州學正。苦瘴癘，居官者率棄去。瞻士之田，見奪於猺獠，公按籍取之。至夜，有懷白金爲請者，明日發其奸於有司，杖之，竟復其田。

秩滿，隨牒至中書，授廣州路教授。延祐二年始之官，擔簦躡屩行道間，惟一僕負公服匣以隨。有貴人乘舫出嶺下，見而問焉，大驚曰：「嶺海間關不易，子仕至廣州教授矣，何勞苦乃爾？」欲與俱載，公辭焉。至廣州近驛先往，公不能測也。及抵學舍，上謁憲府。有推案迎勞者，則即前舟中貴人，乃僉憲劉公某，世號爲鐵面者，因語其長屬曰：「是能徒步赴官者，真清苦士也。」聞者敬之。

廣爲東南都會，學賦十倍他郡，而臨以二司，据摭百端。居職者率罷於應酬，至廩桴宇敝弗問。公至，即明載籍以歸侵彊，覈隱租以豐廩膳。久之，儲峙益充，乃請于兩府，首新禮殿，繪塑像，撤門堂齋廡而塗墍之。創尊經閣以庋羣書，建二亭以居樂器。會其匠以工計者二萬，役夫倍之，鈔中統以貫計者六萬，米以石計者二萬。制度弘壯，表冠嶺南。豫章熊朋來記其事，今石刻可考也。秩滿，帥府闢爲掾，以簡直受知上官，綏徠延拔，多所裨益。

至治二年，注將佐仕郎、贛州路司獄。贛在宋爲提刑治所，獄具慘酷，其械床以石爲之。公臨視惻然，即便制以木。夏具湢沐，冬給薪炭，察其飢寒而慰撫之。且曰：「苟一日不即死，猶吾人也，況未必皆因死乎？」故訖官三年，自大辟外，無一人瘐死者〔四〕。雩都民夜守禾稼，寐田間，會盜出，躡而悟之。盜恐，遂挾與俱往，行劫富家。盜入，傷其主。事覺，縣議均其罪。上之府，府下之獄。公訊知之，言狀於部使者，守禾者遂得減死論。後以外艱去官。

服闋，調承事郎、贛州路瑞金縣尹。瑞金僻界閩、廣，又隸會昌，以達大府。其俗習負固忨儆呼，其奸民嘗以死事及僞幣事誣搆善良，而上下相緣爲奸，文牒如雨。公請首禁格之，由是誣告者不得行。有拂令者，或躬詣其庭訓迪之。訟簡徭輕，民以休息。時郡守教化的政尚嚴峻，屬邑有解印綬去者，公獨得其奬譽。公爲政平易，務以德化，從邑人父老觀風問俗，嘻嘻田里間如家人父子，民不忍欺焉。時公年六十有四，已慨然有田園之思。或勸之進，公謝曰：「吾以一介寒士至七品官，得推恩二親，幸矣，尚何求哉？」竟投牒去。元統二年，以承直郎、贛州路總管府推官致仕。考贈萬安尹，妣曾氏贈宜人。

公掛冠來歸，徜羊里閈。時翰林待制楊公景行，亦以告老家居。二老者日相往來，以詩酒爲樂，暇則課家僮，藝蔬于畦，植材于山，料功省成，不憚寒暑。聞有佳山水可游息者，輒杖屨造之。年登八袠，步履如馳。勝時上日，姻客過從，巨觥崇俎，談笑傾盡。而尤儉於處己，其冠數十年不一易，蓋爲教授時故物也。嘗戒子孫曰：「吾始居隘，時夕寐至無以爲榻，出遊江海，囊無一錢。乃得官以歸，辛勤至有田廬。今若等未嘗艱苦得安飽，已過分矣，而猶有富貴像乎？」或有過失，輒詬杖之，退則惴惴然不敢見其面。他日，覘其改過，輒歡然撫之曰：「爲吾子若孫者，固不當若是乎！」知人之艱，急人之危，至解衣推食不吝。嗜讀書，不泥章句，至陰陽、星曆、卜葬之技，種植、畜養之術，靡不通究。而善醫十全，本於世業，尤工療奇疾。或有致之者，往無難色。貧者或自疑不敢致公，公聞之，至懷藥以相濟，前後多所全活，未嘗以爲德。性至孝，每食必祭，祭必泫然以悲。其祖塋散在遠方更百數十年者，類訪而脩之，樹以松柏，題其表碣，仍置田于各墓之旁近，以供祭掃，其誠孝類此。

晚年爲州學賓師，得俸粟不以食私家，還於學，俾助脩作。監州達理馬識禮賢之，特加優禮，戒勿以調役勞其家人。至正六年，詔賜致仕官金織文綺有對。八年，賜年八十以上有官者金織紋錦一匹。十一年，如八年之賜。十六年，賜帛二匹。公年廿有四始入仕，凡四爲儒官，一爲帥府掾，一爲獄官，一爲縣令，年六十四而致仕。七十八歲至八十八歲，凡十年之間，又四膺恩帛之賜，其尊榮盛福何如也。

至正十七年丁酉九月，以疾終于家，享年八十有九。閏月庚午，其孫曾奉公柩葬于千秋鄉樟橋之原，從治命也。配胡氏，封宜人，淑慎有家法，白首齊壽，鄉人羨之。子男三人：長以道，公以其兄乳源教諭無子，命爲之後，仕至潮州路儒學教授，未上而卒；以文，廣東憲吏，轉廣州番禺主簿，没于官；以新，臨江新淦州判官，没於王事。皆先卒。初，以新由任子歷官至龍興石馬務税□〔五〕。會壬辰亂，守城有功，大司徒道童以嘉之，陞擢今職，因歸省留家。會參政全公自贛頓兵西昌，聞其賢，檄使守隘于州之東境。未幾被執，陷於東固，竟遇害，時丁酉五月十八日也。女二人。妻蕭某某，先卒。孫男六人：曾、敏、□、祖、喜、本。喜爲族人有源後。女六人，其婿皆士族。曾孫男六：奉先、經先、吉先、泰先、孚先、□先〔六〕；女三，皆幼。

公平生爲詩，有南北二稿，極山川風物之情狀，前承旨廣平程公爲之序，揭文安公又爲删而評之，爲世傳誦。嘗留梅州，賦梅詩百詠，因自號梅村。先世文獻固多，以兵亂散失，迨終之日，猶以爲言，且誡曰：「吾平生所述，存不存不足惜，但先世手澤併失之，此吾恨也。其幸存者，尚慎藏之。」又曰：「我死必薄斂，我必歸于樟橋之南原，慎毋爲浮屠事，孝不在是也。」楚時在侍傍，聞斯言。惟楚之先世與陳氏同自金陵來，二姓世媾姻好不替。余先大父實存翁於公交契尤厚，今楚又辱婿公之孫女，嘗沐公教愛，其嘉言善行，固嘗竊聞於通家之舊者也。至是，公之孫曾述公之行己歷官大概，俾次序之，將以告于當世之大人先生而請銘焉。故不敢辭而述之如上。

【校勘記】

〔一〕「病」，康熙本作「彬」。

〔二〕「□」，康熙本作「年」。
〔三〕「名」，康熙本作「銘」。
〔四〕「瘐死」，原作「瘦死」，據文意改。
〔五〕「□」，康熙本作「司」。
〔六〕「□先」，明補修本作「繼先」，乾隆本作「從先」。

胡母欒夫人行述

夫人諱某，姓欒氏，宋進士衍四世孫也。曾祖諱某，祖某，考某，妣蕭氏。夫人天性温惠，蚤服母訓，年十有五歸于里胡氏，爲清翁甫之妻，宋南城縣丞諱箋之曾孫婦。清翁母蕭氏蚤喪，繼母陳氏。夫人既歸，克勤于養，又逮事祖姑劉，凡甘旨滫瀡之奉，備極其至。陳氏年踰九袠，至正間受國恩賜雙帛，夫人奉之，終身不衰。始焉清翁早嬰家難，訟患交搆無寧歲。夫人支吾拮据，輯睦内外，凡絲枲織紝、耕桑畜牧，必勤于綜理，婚祭賓客、饍饋酒食，必躬于治具。故雖非横迭興，而家道屹以不墜，至搆居宅，治園池，蔚然有成，夫人相助力也。

至正壬辰，兵甲四起，子志檝因有司令下董鄉丁爲保障計〔一〕，尋以功領早禾市志檝每出夜巡檢〔二〕，而清翁没矣。所居當永新、龍泉之衝，迎送填委，兵務棼集。志檝每出夜歸，夫人必詰其晝之所爲，聞有所功禦，必戒曰：「毋枉抑也。」見有所俘獲，必戒曰：「毋輕殺也。」諄諄焉以勤儉立身、忠厚保家爲第一事。暮年，子各榮裕，諸孫蕃衍，板輿輕軒，歲時迎養，橋東西間，奉觴上壽，藹訢訢如也。字孤有恩，遇下有惠。信二氏福果，喜脩建橋梁，尤樂濟飢饉。人謂期頤之福，天之所報，當未艾也。

會癸卯秋，闔門避地萬安山中，及冬始返，次於千秋之車田。時志檝以公事留章貢，會有以夫人疾來告者，歸未及訣而夫人病革不起矣。

夫人生元貞丙申十二月，殁癸卯十月，得年六十有八。子男四：長志檝，次志安。志安繼伯父某後，先夫人卒。次志衢，繼仲父某後。季志德，繼叔父某後。皆克世其家。女適劉適樂。孫男女瑛〔三〕、璘、瑀。曾孫男三，尚幼。以殁之月庚申，奉柩安厝于柳溪山之原，負艮面坤，從術者言也。惟夫人夙以勤儉起家，晚遭世變，壽不酬德，君子惜之。然相其夫爲賢婦，能教其子爲賢母，宜得其銘以昭諸後，斯孝子之志也。楚同里，又辱與志檝相友善，謹摭而序述之，俾作者有考焉。

【校勘記】

〔一〕「志檝」，原作「至檝」，據康熙本及下文改。

〔二〕「早禾市」，疑作「旱禾市」。

〔三〕「孫男」下康熙本無「女」字。

清溪居士行述

居士諱天惠，字文翁，自號清溪居士，世爲西昌珠林劉氏。高祖諱固，曾祖諱公道，祖諱湜，考諱泰元，字亨可，皆隱德不仕。在南宋有諱邦昌，登紹興壬戌第後爲南雄、臨賀二州教授者，其八世祖也。有諱南美，年九十餘由推恩以承務郎致仕者，其九世祖也。

居士生九歲而宋革命，比長，際皇元之盛。嘗從外祖主簿陳公某遊于洪都，有欲以吏牘薦之者，不就。歸隱城東清溪之上，治田園以奉其親，親年至八袠餘乃終。先時亨可以世族高年推擇爲州父老，至是人咸謂居士繼有壽祉遂世濟焉。

居士長身玉立，幅巾柱杖，鬚眉洒洒如畫，耳目筋力，老而益壯。性伉直，不飲酒，不善俯仰，而憒時嫉惡尤甚。凡州里之公私得失、兵民利害，往往刺口庭列之。州長敬憚，部使者至止車問所欲言。因舉于學官，使以賓禮禮之。至正間賜天下高年帛，公前後凡三被優渥，鄉閭羡之。晚年益廣田宅，教訓子孫，起居恬怡，甘旨豐備。會兵亂，辟地山中。以癸卯三月卧疾于雲亭鄉之良村，謂其子若孫曰：「吾年九十餘得終正命，幸矣，夫復何憾？」言訖而逝，實某月某日也，享年九十有七。妣陳氏，配楊氏。子男二人：長福孫，先卒；次觀孫。女二人：長適朱，次適袁。孫男六，某。女三，適某，皆士族。曾孫男女九人，尚幼。

是年冬，其孤觀孫遣人謂其族弟楚曰：「昔者吾父不幸至於大故，葬有期矣，將求銘於今之立言君子。子實同所系，言宜可信，幸爲述其行己之概，以貽作者且昭不朽也。」楚不敢辭，謹摭行實而敍述之，則慨然曰：吾宗由金陵來四百餘年，其間業詩書由科第致顯仕者多矣，然年不逮德者比比有之，獨南美後世濟壽考，豈天之福善人尤獨厚於此歟？抑先世安遠府君敍慶源圖譜，有曰：「子孫十世千數口，有安静而福壽者，有廉謹而引吉者。」居士其安静而廉謹者歟？其子孫又何其蕃且遠也。

元故秘書蕭芳洲先生行狀

公諱雲龍，字作霖，姓蕭氏，系出唐宰相復。復長子僉居長沙，傳六世至居生，遭馬氏亂，與兄弟三人始去長沙，徙廬陵。居生娶吉水永昌鄉之苦富劉，樂其山或曰水，遂家焉。苦富之有蕭氏自居生始。後人嫌其名，以「虎」易「苦」，曰虎富。或曰非也，溪有石如虎，因又名虎溪。宋慶曆中以其鄉多文士，故又更永昌名文昌，而蕭氏遂甲他族矣。居生季子琛，琛生勝。勝四世孫文叔，以貲雄，娶趙，賜官大理評事。子二人，曰來應、德通。德通由舍選還，道卒寶應軍，生子達。達生登仕郎餘慶。餘慶生滋，字行父，有隱德。宋季兵興，徭役繁重，遂隤其家。仲子大德，字茂叔，則公之父也。

公生有殊質，志操絶人，方總角，出從師訓，即知刻厲自奮。母彭夫人嘗夜求其所在，見端坐密室，方張燭讀書未寢也，大驚曰異之〔一〕。比長，宋亡，學成而無所試。然奇氣矶硉，誓不爲庸衆以止。公魁梧精敏，習禮度，又善陳議古今，下筆爲文辭常數千百言。

當是時，元始有天下，風氣肇開，文物蔚興，公欣然慕之，即日束書北遊燕京。或言於世祖，召見賜問。明日條六事以獻，曰：崇學校，進賢材，薄賦斂，均徭役，禁驅奴，革和買。世祖善其對，賜銀碗一，下其事於中書，俾議行之，仍敕就邸舍以需後命。會有弗便者沮之，不報。乃去，西遊關陝。安西王見而奇之，欲闢爲府屬，不果就。時京兆蕭𣂏負才名，於人少所許可，及見公，雅推爲南士之冠。公盛年偉器，以氣岸文采自持，一時名勝，皆爲傾動。所至登高眺遠，觀風講道，悲歌酣飲，浩然有縱遊天下之志。會茂叔年邁，不可曠朝夕，乃決意歸養。其於起居寒燠之節，旨甘滫瀡之奉，凡可以承志取悦者，無不備至焉。

至大初，有薦爲衛喂院大使，公以非所志，不拜。或曰君命也，乃復趣裝至京，至則改秘書監著作郎。一日，早起之官，所乘馬忽蹶于門，因歎曰：「馬仆矣，尚安往乎？」即日投牒謝去。吴興趙文敏公時爲集賢學士，强留之不可，則爲文以送之。其後超用者皆坐廢，而公以謝獲免，人服其有先識焉。

公周遊南北數千萬里，裘馬僕從，豪門戚里迎勞如東西家，視功名不啻探囊中物耳。及事會蹉跌，退而家食者餘二十年，亦未嘗不恬然自得也。嘗憤世爲豐家而先業隕于多故，稍折節治貲産，不數年盡復其故，後乃更倍之。有同母弟二人，庶弟一人。或凉落不自振，公輒分己財以資益之。他日，有竹兩兩比生于舍傍，人以爲友愛之感也。

公天性豪邁，尤慨慨急義〔二〕，家故豐財，而未嘗固於厚積，人有緩急，無問識否，苟赴焉，千金可立捐也。每誦杜少陵廣厦萬間庇天下士詩語，慨然曰：「此真大丈夫之責哉！」所居溪山秀蔚，高門累樹，連岡跨陌，交結如畫。四方賓客之過從者，日填門不絶，傾筐倒橐廪，無不滿意而去。冬遇雨雪，即遣人視里社匱乏者，載薪米巡撫而周給之，歲以爲常。人有忿争者，惟恐聞於公。或聞焉，爲從容出一語，輒羞愧兩罷。族子弟或以貧廢學，公招而館之，俾與諸孫同遊，其後有爲名士者。

上世藏書最多，而先達名卿若忠簡胡公、龍雲劉公、文節楊公、文忠周公、信國文公、巽齋歐陽公，以及江、葉二丞相，劉大博、章尚遠、謝艮齋諸先生之詞章翰簡，至數百卷，曰：「是不可無以示後人也。」乃搆竹精舍以庋之。嘗爲芳洲堂於所居之西，尤深靚爽塏，得地之勝，因自號芳洲先生，時記之者，平章秋谷李公道復也。

公生寶祐戊午十有一月，壽止七十。以元泰定丁卯十月遘疾，終于家。有詩文若干卷，蕭𣂏所嘗爲序者也。娶宋氏，有婦德，家道中裕，蓋其助焉。子男二：來復、來泰。來復由監學伴讀生授容順州儒學正，先公一年卒。來泰性警敏，嘗撰述筭法十九章，一夕而成。以薦者授某路儒學録，亦蚤世。孫男四：孟權、孟福、孟武、孟洵，來復子也。

洪武三年夏，洵以學行應詔羣天下士五十人詣京師。是秋七月，上御奉天門，擢爲虞部主事。余二人寔同郡偕來，及仕也，及獲聯事于西曹，因得朝夕篤密，以聞其家世之美。明年，洵以公行事屬崧爲之銓次，泣且告曰：「洵不幸早孤，爲大父所鍾愛。及棄代時，洵甫六歲，大懼不克襄事，勉以次年奉公柩歸葬于蘆村之原，成治命也。前翰林編脩王相於吾蕭氏爲門婿，欲狀公之行而未果。後洵辱從遼陽提舉劉先生遊，先生於先大父尤知厚，嘗謂洵曰：『非我不能銘若祖也。』未幾，先生没，又不果。於今踰四十年，而行事與卒葬年月未有述，非慢歟？敢叩首以請。」又曰：「曩昔兵亂，發塚暴骨者盈野，若吾先大父之藏，幾危矣。會有過而止之者曰：『是德人，不可以犯。』乃舍之。而洵既幸脩公之墓矣，則求所以文而銘諸石者，又焉敢後也邪？」崧辱在同升，不敢以蕪陋辭，謹摭而敍述之，請以授于今之太史氏，俾有所擇焉。

【校勘記】

〔一〕「大驚」下康熙本無「曰」字。

〔二〕「慨慨」，康熙本作「慷慨」。

故簣谷居士曠君行狀

曠氏之先，在春秋時師曠顯於晉，後因以爲氏。其始家南陽，汴宋時有四十九府君瑶者，爲長沙通守，又五世有容爲零陵宰，子孫徙安成之高州。宋季有曰中行者，因遊廬陵之宣溪，愛其山水，遂家焉。至君凡若干世矣。高祖諱某，曾祖某，祖諱元智，考諱居敬，皆隱德不仕。妣劉氏。

君諱某，字作成，簀谷其自號也。在幼時已不喜弄，端重如成人。稍長，知讀書，恂恂自持，而高下在心，與物無忤，或以非義干之，亦毅然不爲動。其父喜之曰：「是子必振吾宗！」乃悉以家事付之。君綜理周慎，雖勞不倦。由是斥侈費，懲忿争，御煩以簡，制擾以静，不數年而家益裕，視先疇有加焉。時富家出楮幣以爲質者，收其息率月百五。君曰：「是設也，本以濟匱急者，今若此，無乃重困之乎？」乃減之，月收息百一。人有累歲逋其租入者，或請理之。君則曰：「彼實貧，非負余者。」其人聞而愧悔，竟償所負焉〔一〕。至順庚午歲饑，夜有登屋而嚚者，君遥語之曰：「若本等良善，奈何以饑而至此？」明日，發所積以賑，鄉人德君，至稱爲長者。

至正癸巳，妖亂方熾，安成山氓結黨與千數行劫，將逼境，乘障者欲委而遁去。君止之曰：「公職在巡徼，一摇足則民魚肉矣。」即出粟帛給丁壯子弟，而以公議諷激之，衆咸呼奮，願效勇力。及寇至，君率先當其衝，遂大敗之，俘馘幾二百。命猶子楨獻捷于郡，且戒曰：「此吾屬當爲也，苟有賜，其愼勿受。」時監郡納速兒大喜，即署君名秩而旌賞之。楨以直告辭，公歎曰：「使吾有義士如曠某數輩，豈憂時事哉？」明年，復大饑，大府勸糴之令下，君慨然首輸粟八百石。而鄉民告饑無以繼，乃發帑幣遣人告糴于他境。比歸，校其直，每石增鄉直爲錢一千五百文。或請依增直以行貸者，君曰：「若是，則民愈艱矣，寧損己，無傷民也。」比秋稔，止收其元貸之數，不求贏焉。

先是，君未有後，以宗祀爲憂。嘗命方士祠而禱，既夜夢天神謂己曰：「汝獲陰隲，當賜汝子。」逾年而杞生，人以爲爲善之報云。其教子，則隆師敦禮，以嚴義方之訓；其祀先，則倡族買田以爲久遠之規；其交友待下，類能急人之難，而捐其所甚愛。故當時論世家之忠厚者，必君之歸，無間言焉。所居之南有屋數十楹，佳竹盈畝，清陰翳如，每風晨月夕，嘯傲其間，翛然無復世慮，故號篔谷居士。方將優游於是卒歲，而世事日非，君病且不起矣。

君生于有元某年某月日，以某年某月日終于正寢，享年若干。娶同郡下派劉氏，宋進士姚源縣丞某之後也〔二〕。子一人，即杞，清脩嗜學，稱其家兒。孫男三人。君在平時，嘗登青丘而樂之，因指謂從者曰：「是中岡巒秀蔚，他日吾其歸於此乎。」至是杞不敢違，以某年月日葬是山之原某向，從治命也。惟公以貲甲一族，以義雄一鄉。觀其才智足以禦變，慈惠足以及人，孟軻氏所謂「一鄉之善士」歟？使得一命施有政，豈不卓然有可觀者？惜命與時違，鬱而不耀，所可見者止此，亦可悲矣。他日，其子杞懼其先君之賢德無以顯白於來世也，乃追録其行己大概以求銓次，且曰：「將有請於太史氏以乞銘也。」余辱與杞交遊最舊，誼不得辭，乃爲之述而授之，庶作者有考焉。

【校勘記】

〔一〕「儹」，康熙本作「儧」。

〔二〕「姚源」，康熙本作「桃源」。

墓表

故進義副尉臨江路清江縣主簿楊君墓表

西昌有篤行君子曰楊公望氏，嘗作爲古文以表著于世，又出而仕矣，而遭時之窮，罹變之極，卒能特立不汚，保其身以没，將非篤行之君子乎哉？

君諱介，公望其字也，爲翰林待制〔二〕、朝列大夫致仕諱景行之長子，贈朝列大夫、富州尹、騎都尉、弘農郡伯諱復圭之孫。母嚴氏，封某縣君。

君强敏倜儻，博極羣書，而尤深於論辨，恒諤諤折其輩行，父子兄弟自相師友，鄉人推之。年十四，侍待制公官會昌，閉户讀書，足迹未嘗至公府。爲性清整，好華潔其冠衣，進退襜襜然也。既壯，爲待制公投牒京師。會同年許公有壬在中書，君以年家子請見。許公見其容飾類貴游子弟，頗不爲禮。君慨然歎曰：「彼誠以其外者視我耶！雖然，吾不可無以自見者。」夜歸邸舍，爲長書娓娓數千言。詰旦，袖之以獻。公讀之，大驚，爲推案起謝曰：「吾昨幾失子！」因與評議文字，多所啓發，至以先生稱之而不名。由是名聞諸公間，咸稱賢可氏有子。他日，其仲弟公辰卒，君爲詩文哭之，辭意慘痛，聞者墮淚。

至正丙戌，待制公致仕之命下。君年四十有五，始以任子授進義副尉、臨江路清江縣主簿，非所志也。辛卯夏，始到官，即杜門謝謁，冰蘖自持。府史有欲援事以挫君者，君不爲屈，至抱牘庭下，辨詰不少變，府史銜之。會朝廷以言者更造交鈔，徵買料墨于江西，卒以監運擠君。君匍匐暑途，上計于所司。時國子助教吴當、太常奉禮危素皆君故人，争惜而留之。不可，乃賦竹溪行等篇而歸。時山東、河南北以修河召亂，紅巾盜繼起淮、潁。君趨間道，復命于行省，遂移病以歸。

明年閏三月，紅巾渡江，袁、臨、瑞、吉相繼陷覆。時高昌達理馬識禮守泰和，嚴兵保境，拔寓官之賢且能者以共事，首檄君出戍王山以防東固。君辭不獲，即日引民丁就道，嚴約束，薄供具，以身先之。既而有席聲勢爲奸利者，君止之不聽，乃去之。比事覺，其黨與皆連坐，而君以先去得免，人服其明識。

戊戌夏，沔兵入西昌，令下録寓官以待用。君謂其友曰：「設有相污，吾已辨一罵速死矣。」去即山中屏絶以自悔。聞人言東南某所某州已復，輒爲之喜而不寐。或言失某州陷某所，即不食不語，至詬罵人傳言者。君有季弟公武，素放誕。一日相聚，語涉譏誹，君即變色大詬，攘袂欲毆之，曰：「我元八十餘年涵養生育，有何負若而爲此語？恨不殺汝以啓先翁！」家人震懼，爲涕泣扣首，請勿復爾乃解。後公武竟死于兵。

君爲學喜司馬子長、班固及莊周、揚雄之書，故其文崛奇艱奥而根據至理，一字不可苟易，尤不肯狥虚美，非其人弗與也。當道有欲得其文者，即辭不見。或見之，其人竟不敢言而退。其嚴正類此。

癸卯甲辰間，江西又大亂。及兵次西昌，民爭竄深密，雖數十百里外不能免。君盡喪其所資及先世遺書告命，而先廬亦燬於兵，獨書樓僅存，一夕復仆于風雨。君僦屋一區，不蔽風日，甚安便之。乙巳大飢，知己者有賙饋之，酌所食而散其餘，不求贏焉。余他日往候君，君日晏猶偃卧不起，因歎曰：「吾欲與子有言，當復來見乎？」顧視左右，欲取水飲，爲意不可得，則悵然以别。後數日過之，君得疾死矣，實是歲三月某日也，得年六十有四。葬于千秋鄉螺湖之原。娶項氏，先卒，遂不更娶。子男二人：長曰童，先一歲卒；次曰昌。女一人，適曾顒。孫男五人，某，俱俘于兵，時無在左右者。卒之日，家具蕭然，幾無以爲斂。會葬者咸咨嗟傷悼，以爲君崛强一世而卒至此，亦有羨其得死且葬爲榮幸者。

嗟乎！君以世學由任子爲九品官，而在官僅九十餘日，何其迍且淺也。而孝友忠義根于天性，故寧困阨窮蹙以老，必不肯失言色於人，而況於悻悻焉失其身以自貶也。立言而言章矣，其存而傳者又何少也。後或有推其言而得其心焉，亦君子之表也。戴天履地，孰非臣子，而君又何獨不能以遂忍也？惟特立不污，庶篤行之光遠久而不泯也。

【校勘記】

〔一〕「待制」，原作「侍制」，據康熙本改。

劉國器先生墓表

先生諱某，字某，軀幹魁偉，風韻夷曠，嗜讀書，以氣誼自持。嘗學舉子業，一再進不利，輒棄去。學古人爲文章，下筆贍蔚，聲光煒然。

年三十，客遊吴、楚間，所交皆知名士。時莆田陳衆仲爲浙西儒學提舉，以文學德望權衡東南之士，雅敬重君，爲書薦之。至京，首爲翰林應奉揭公所知，一時諸公争爲鼓譽。未幾，衆仲調國子監丞，偕應奉連牘舉君爲翰林典書。方上，會君邑豪劉以殺人奸狀搆大獄，捕黨與甚急，或疑於所親，事遂寢。無何，某官汝陰李子威以才薦君侍儀司舍人，未下而子威移西臺，又不果。君慨然悟曰：「即時命當爾，何以辱知己哉？」即日束裝移南歸。時樊時中爲中臺御史，知君，故惓惓留之。不可，乃移檄南臺，以茂材異等薦君，俾歸就行省之選。

君居家又九年，而景星書院山長之檄始下。明年至官，會子威由禮部侍郎出守江州，得君甚喜。是冬，淮、潁變起，蘄州告急，朝廷以九江爲西南都會，調江西平章禿堅不花總諸郡兵來援。既而議不合，反退屻蓄縮，坐觀形便，動成牽掣。君知事日蹙，不能成功，因謂本守曰：「百萬之師，省臣之師也。百雉之城，明公之城也。明公其與城俱存乎？顧吾老且憊，無能爲役，請從此訣。」李公首持大哭，君亦哭，乃變服從間道馳歸。時下流久梗，南郡洞疑日甚。及聞君至，皆迎勞感泣，如獲再見。後數日報至，則省臣宵遁，九江不守，而李公死矣。君爲位北望奠哭，且爲文以哀之。

明年冬，龍泉寇逐萬安守者而燬其邑，君以鄉國陷覆，義不苟去。時贛守全普庵撒里方招集流散，謀舉兵東下，屢遣舍人招君。君不應，曰：「此豈足與有爲邪？」乃攜童奴入深山耕植以自給。久之，得疾。疾亟，因憤憤曰：「天乎，吾獨不得從李江州死邪！」命進酒，飲之，奄卧而卒，寔某年六月九日也，享年五十有五。

君初娶廖氏，繼藍氏。子男一人，名壁〔一〕，藍氏出也。女二人，皆適士族。考茂叔，祖如海，曾祖華卿。華卿而上爲延州司户某。其先世有諱迪者，仕南唐爲御史大夫，以言事獲譴，黜爲江南西道巡警使，尋遣人道殺之，遺幼子世昌養於乳翁，因家萬安，實君之始祖也。

君没之十六年，余過萬安，吊君墓於鹿嶺之原。見其子壁，訪遺文，無有存者，乃以余舊藏哀李江州文歸之，而壁復丐余文以表諸墓。余不忍辭，則爲之言曰：自昔遠遊放浪之士，往往因近臣薦道其材能而朝奏暮召、起取禄位者有矣，若君之材之學宜無不達，然卒沉浮羈旅，積十餘年爲諸侯賓客，其遇合何齟齬也。晚得所從矣，復遭變故，不得售其奇，竟憤鬱以死，吾不知其何尤也。然蹟其進退從容，陳議剴切，使得尺寸以自效，則漢之賈誼、司馬相如，唐之馬周輩，詎足多哉？

【校勘記】

〔一〕「壁」，康熙本作「璧」。下同。

槎翁文集卷之十七

墓銘

楊君公平墓銘

君諱準，字公平，姓楊氏，世爲廬陵西昌人。祖諱復圭，皇朝贈朝列大夫、富州尹、騎都尉、弘農郡伯。考諱景行，延祐初科以易舉，登進士第，調會昌判官，終湖州歸樂縣尹〔一〕，以朝列大夫、翰林待制致仕。待制公治尚廉敏，所歷有能聲，名良吏。

君兄弟五人，以家學競爽，爲文詰義，恒頷頷相角，待制公不能難也。居里中，嘗夷視齷齪，謂不足語。間與文士鄧執及其弟槐相友善〔二〕，二鄧推稱之。侍待制公宦遊江西、江、浙間，所交皆一時名士，無不傾接。嘗從其諸兄遊草廬吳先生、申齋劉先生之門。君年少，又最後至，以穎出爲二先生所器。

年三十，將遠遊，困於無貲。會贛巨室有謝焕者，其先君門人子也，素厚君材雅，即捐貲相其行。君徒步至京師，槖其文數十百篇，以年家子禮見學士歐陽公玄、承旨張公起嚴、翰林黃公溍。諸公交譽之，因歎曰：「子館閣材，來何晚也！」時太常奉禮官危素於君尤厚善，即具君名將薦之，且留賓館中，俾需後用。君以單弱苦寒疾力丐辭歸，歸則常鬱鬱有憂世之色。其友或非之，君爲之指事揣勢，力詆極陳，至謂：「風俗已壞，人心已偷，輦轂之下，奸民公於攘劫而不忌，官府恬於豢養而不聞，上下蒙諱，以阿順相傾引，欲天下不亂，得乎？」聞者掩耳。

居數歲，江、淮亂作，延及江西，君乃飄然攜妻子潛避匡山。時往來雲亭山中，自號玉華素士。布衣芒屩，獨行悲吟，栖栖然人莫識也。如是者既十餘年，而西兵始復大至西昌。其掠江南也，遇諸野，劫其家人。君獨負其孫麟與爲文一帙以逃。追及之，君憤憤不能平，取其文列置口中，含嚼之不能既，則盡投之，而抱孫以赴水，會同行者挽之乃免。亂兵猶驅君入城中，君得熱病，佯狂不食七日死。無以爲斂，藁葬城東故居之側，實甲辰六月十七日也。

君生大德辛亥十月〔三〕，壽止五十有四。子一人，名某。女一人，適某。孫一人，名某，尚幼。君剛梗尚氣概，平生於書無不讀，而尤極於國語、史記、戰國策等書。其評切古人，時出唐、宋諸儒先外，而引義措辭，鑿鑿如老吏具獄，毫隙不可掩遁，人服其精深。尤嫉邪惡，聞時人所爲，輒切齒訴怒之，至形諸文字不諱，以此牴牾奇蹇，鮮有合者。然遇知己，即肆然破厓岸，觸事應口爲韻語相嘲謔，聞者無不絶倒。家素貧，好法書名畫，至解衣購之不讓。當時若豫章陳琰，臨川吴當，郡士劉文昌、康震，雖隱顯時不侔，咸相師友，以文行深結納。其兄介，尤剛正少許可，至論爲文，亦必推其弟準云。

楚以鄉里晚生，辱君愛遇。余妻，君之甥也。憶君嘗謂楚曰：「吾文傳不傳未可知，然他日能録吾文者必子也。」噫，孰知遂銘君墓哉！銘曰：

嗚呼！至貴者德，隱而莫宣。至富者文，燬而莫傳。將時不遇而命罹其凶，禄不及而憂在人先者邪！

【校勘記】

〔一〕「歸樂」，當作「歸安」。按，槎翁詩卷五楊待制挽詩序云楊景行官「湖州歸安縣尹」，嘉靖江西通志卷二十九亦載楊景行曾官歸安縣尹。

〔二〕「鄧執」，明補修本作「鄧執中」。

〔三〕「大德」，當作「至大」。按，上文既謂墓主楊氏卒葬於甲辰年，壽五十有四，則其當生於元武宗至大辛亥年。

謝夫人墓銘

有元至正十七年秋七月，唐故贈太傅、中書令、越國公之裔孫廷芳，繇贛之興國移書泰和，告其友劉楚曰：「昔我先妣之葬于五止砦之原也，前進士信州貴溪縣丞楊公叔雲爲之誌，既刻石納諸窆矣，而地墳泉發，弗克妥靈，罪莫甚焉。惟不獲更卜，忍死以至于此。兹幸得吉於儒林鄉栗里之原陽岡，將以是冬奉而改殯焉。而年月未有以識者，得不鄙世好，賜一言以銘之，斯存殁幸矣。」楚辭不獲，則徵其狀而爲之言曰：

夫人諱某，姓謝氏，族出贛縣之社。大祖某，宋國學上舍。考善伯，國學待補。妣某氏。年十九歸于鍾氏，爲汀洲上杭宰諱紹安之孫婦，贛州學正諱斗元之介婦，而學正仲子諱端孫字炳文甫之配也。生禀貞淑，來嬪德門，恭事舅姑，克盡婦職。

又和以睦屬，儉以持己，勤以率下，閨門之外，雍雍秩秩，無間言焉。炳文甫氣岸豪邁，好治園池花竹，日有賓客之盛。夫人供具佑歡，雖倉卒必極誠腆。子嗜學，見古今書籍喜購畜之，夫人至脱簪珥以相其志。嘗夜有寇，炳文甫操戈出禦，大呼寇至。夫人遽懷重貲從後出匿，比寇入，已無及矣。又嘗夜失火，家人驚走，咸裸跣失措。夫人亟命道長幼先出，已獨挈私帑投井中乃去。比熸息，人無所傷，而貲又得完。炳文甫既殁，夫人綜理家務，鎮以安静，貲用益裕，姻黨咸義而韙之。夫爲婦之道，持其有常難矣，而敏於應變，又往往如此。是能相其夫、成其子而卒有以保其家者，豈偶然哉？

壽至五十有四。子男五人：長曰茂，次曰公孫，四曰壽生，先卒；三曰廷芳。俱克家爲名士。孫男八人：應龍、應麒、應雷、應禄、應奎、應鳳、應瑞、應彪。而應瑞、應鳳皆蚤世，至是應麒、應雷俱能以經學就試江西。應龍有子曰慶一，應禄有子曰舉孫，尚幼，則夫人曾男孫也。

惟夫人之令子嘗從余先君子遊，其諸孫又辱從余兄弟間。是楚於鍾氏有通家好，而嘗習聞夫人之爲賢也。兹因其請，謹掇大概，俾表諸碣，以慰其孝子慈孫之心。至若生卒始葬年月，則具前誌文，兹不復載。其所載誌未備也，故書而表之。銘曰：

嗚呼夫人淑且敦，奕奕謝族嬪鍾門。持常應變義所尊，壽則不贏天曷論。五止舊宅泉發源，二孤十載煩憂忳。陽岡發新亢以温，剪剔蓁翳自爾孫。丁酉陽月壬午暾，舉柩來遷從術言。山行丑艮向未坤，啓迪文澤振後昆。我銘斯碣示弗諼，過者觀之婦德存。

鍾母李孺人墓誌銘

歲壬寅冬十有二月某日，贛興國鍾君廷芳之妻李氏以疾卒。越明年正月壬子，葬邑北門外之蔡坑蟠龍原。前期十日，其哀子應麒述其母之家世及生卒年月，與其治家行己梗概，遣人奉書走百六十里以請銘於楚，且曰：「昔我先祖妣之墓，嘗辱先生表之以文矣。兹吾母之葬，亦惟先生之銘是托，幸勿辭，敢泣涕再拜以請。」楚曰：「噫！是嘗辱與其夫及其子有世契之好者也，又何敢辭？」乃取其所述而敍之。

孺人諱貴，字嗣榮，姓李氏，爲宋待制諱朴之□世孫。祖某，父某，皆世篤忠厚，爲邑望族。母某氏。孺人在父母家已柔順謹敏，從兄弟居内齋，誦詩、禮，而兄服其慧。長從保姆學女事，而母推其勤。年十九歸鍾氏，爲炳文甫冢婦。姑謝氏嚴整有家法，孺人曲意奉之，得其歡心。姑没，至斥妝奩售錢若干以治葬事。相其夫植門户，待賓客，饋食之供，應接惟謹。而尤篤於教子，嘗曰：「汝祖父尚清素，無以遺子者，顧舊有藏書數千卷，可以爲學植之具，幸各勉之！」他日，聞四方有名儒佳士過其邑，必竭禮延致，使受業焉。因謂其夫曰：「使吾得見兒子輩能操筆入場屋，即死無憾矣。」至正癸巳，當大比，適兵興道梗，贛守尚書全公合屬邑之士庭試之，二子既在行。後四年丙申，邑大夫復以二子充賦江西。及歸，孺子喜見顔間，謂庶幾不負家教之篤。又明年戊戌而世變作矣。

其在辛丑冬，鄰寇攻圍邑城。廷芳率其邑之父老徒步冒風雪請救于贛府。暨歸，孺人憂患所加，遂遘寒疾，蓋逾年而後没，得年六十有一。子男四人：應龍、應雷、應奎，其來請銘則應麒也，嘗從余兄弟遊，皆嗜學。女一人冬姑，適丁允德。當戊戌十月避兵山中，會亂作，冬姑義不受辱，自墮崖下，竟被害。孫男四人：舉、童、蘭、復。女三人，尚幼。銘曰：

嗚呼！人孰不教其子，而母之教也勤而慈。慈非狎恩，諄諄乎惟曰賢良是師。有淑李氏，勤誨諸子。子以儒稱，女以烈死。蟠龍之原，佳城渠渠。我銘其幽，百世不渝。

亡妻陳君墓誌銘

君諱某，姓陳氏。曾祖諱先得，贛州路儒學教授，贈承務郎、吉安路永豐縣尹。叔祖諱學禮，授承直郎、贛州路總管府推官致仕。祖諱學詩，韶州路乳源縣儒學教諭。考諱道子，潮州路儒學教授。妣楊氏，延祐初科進士、授翰林待制、朝列大夫諱景行之女也。

君幼得瘍疾，痿其左臂，而脩服女工，不廢益勤。其歸于我也，年已二十有八。時紅巾遭亂，歲又大歉，君相余歸珠林，取故廬隙地葺而居之，耕織以任給，收族之孤遺子二人，嫁前室之女一人，治具賓祭，無違禮者。

明年乙未，江西行省以薦者擢余爲龍溪書院山長，未赴。又明年丙申爲至正十六年，余以明經與貢有司，而北上道梗，兵興日甕。君怡然菲薄，不以生事貽余憂也。戊戌夏，沔兵陷江西，南土騷然者數歲。自是攜持轉徙，罔有定居。

辛丑冬，廬陵新安孫誘安福饒、永新周之兵併擊興國，東鄉蹂焉。壬寅秋，饒、周與孫搆隙，反糾贛兵合擊之，所過殘蕩。余攜家屬十九人入南門山之長坑，進寓里良者三十餘日。余與二男一女俱病，既而兒女相繼死，而君獨無恙。余得不死，君力也。

癸卯春，吴兵始窺贛。君有弟曰某，嘗約君俱入馮嶺山中。方往赴之，夜抵羅村，遇遊兵，乃潛行東入石鼓坑，轉寓南富，依蕭氏姑，九越月而後返〔二〕。明年甲辰夏，攻贛之兵復至，大掠南境。乃復趨東鄉，夜走里良，入太莊。方晝，門外呼寇至，衆大驚潰，幾陷淖中。出奔小莊，又不可留，乃由間道度雀兒嶺入閬川。纍纍然上出雲端，回望原田，不見底裏，行者皆號哭，君不自難也。久之，聞兵退，乃出山寓羅坑之平原。其姙子乳焉，無有災害，同行者驚歎，以爲有相之者。時舟師猶往來江上，勢不可歸，乃復寓南富。

明年乙巳正月，雨雪，兵之圍贛者抄掠四出，由東沔奄入南富。君負其乳子，冒涉凍潦，走王山，入富田圍。迫逐益近，乃渡佛源，渡江争橋，橋絶幾陷。明日歸，民男女溺死、凍餒道死者不可勝數。二月，贛降。聞舟師已東下，乃歸，而故廬蕩然。生事孔棘，掇拾棄餘，葺蔭垣隙，上雨下潦，蓬藋交户，君處之晏如也。六月，余歸自廬陵，君已得熱疾，以爲常，既而溝瘧痢，憒憒不飲食者五日，得腫疾，遂卒，寔是年七月廿六日也。

君生泰定丁卯六月五日，壽止三十有九。子男三人：長觭，次觼，皆先卒。今存者曰平原奴，即平原所生者也。女一人照娘，八歲卒。君生名家，内服母教，外聞父兄之訓，知女則大概，又貞儉克盡婦道。故自戊戌迨乙巳，八年之間，荐罹兵變，觸危冒險，出萬死不測，在他人有甚不堪者，君咸閔閔焉安之，未嘗有幾微怨懟之色，可謂賢也已。余不幸早喪其偶，繼得君若甚幸。奈何濟險未訖，又復中訣哉！將善者恒不必壽也，抑時世不淑，固足爲君累邪？是皆不可知也。以卒之明日，葬所居亭上園之左，乃泣而銘之。銘曰：

乘巇履艱，而居閑閑，而鳴關關。三雛方將，鬩而卒癢，維時之傷。孰奮其祉？尚有遺穉，庶幾不死。

【校勘記】

〔一〕「九」，乾隆本作「凡」。

張夫人墓誌銘

歲乙巳冬十有二月甲寅朔，前某省照磨兼架閣文字官傅某，以其友王槩所爲其妻張夫人之行述來請銘，且曰：「葬期迫矣，願有以誌也。」余發而視之，則第述其父族母姓，及其享年若干與其三子存没大概，而其餘皆不可知。將返而更請焉，則道里阻脩，而由甲迨丁四日矣。期不可緩而誌不可缺也，矧余與駕閣君有相知之好者乎？乃進將命者備詢而參書之。

按夫人諱某，山東大名府人。父諱齡，瑞州上高尹，因家江西。母吕氏。夫人生十有九年，始歸于架閣君。君明敏秀整，佳子弟也。夫人相之，婉順勤慎，克稱冢婦。事舅姑，睦姻族，御卑下，咸有禮度。教子勤學，能不以慈掩義。遭時多艱，罔克定居，而持履莊一，造次不違。以延祐甲寅三月某日生，以己亥某月日病卒，壽止四十有六。子男三人：次從周，早卒；次從禮，年十五卒於新淦；今存一人，名從政，則其長子也。夫人之没也，值兵亂，殯廬陵城西。後七年，乃獲吉卜，改厝于某鄉某山之原，實是歲冬季之丁巳日也。

嗟夫，由兵變來，婦人有完德而不失者鮮矣！若夫人之行，庶乎無愧於古之遺則者。然其身不克享純龐之祉，其子不能免夭閼之禍。天之報施善人，固若是邪？是宜其君子悲悼之不已，而斯文之是徵也，抑君辱與余友，又素厚善，其可無以示後人而不少慰其遐思哉？銘曰：

世之渾兮，女德之屯兮，惟斯人之温温兮。夫之臧兮，子遺其良兮，惟幽之光兮。伊令德兮，□而弗食兮〔二〕，百世之式兮。

【校勘記】

〔一〕「食」下康熙本有「報」字。

二子壙誌

余年三十有八，當戊戌歲之六月，始得子觭，又三年辛丑六月，復得子䚢，皆陳氏出也。觭清修警慧，三歲能拜揖客，四歲能背誦五言絶句十數首，進而趨，退而拱手隅跂，應對唯唯，又善伺顔色爲可否。䚢充碩强捷，在襁褓已多寤而少寐，旦雞鳴輒匍匐起坐，語咿咿然，雖寒不怯也。

當觭生之前一月，適沔兵破江西而南上，遠近繹騷。又明年庚子秋，安成姚寇焚掠泰和，其明年辛丑冬，新安孫又襲殺熊府屬官之守吉安者，據富田圍以亂。又明年壬寅，姚寇合熊府之兵共攻富田圍。五年之間，兵交無虚日，民罹殺戮甚衆，男女無不被俘虜者。余以䚢幼無所知，不可以教語，竊慮觭稍長，或不幸相失也，教之自言其鄉里祖父家世之所自，與其生之年月名姓，令識而勿忘，他日誦之，習矣。乃歲之八月，姚兵破南鄉，余與其母及䚢之保姆彭負二子入長坑山中，又入里良，寓報恩寺。觸暑雨，跋泥潦，犯冒嵐瘴者三十有七日。

九月既望，聞諸軍已破富田圍退矣，乃徙家出三坰嶺，而觭與䚢遞遘瘧痢。居數日，彭姆以泄憊死。余最後得瘧疾，乃舁歸，將求醫焉。未至，𫘤道卒，裸瘞横坑大嶺之西麓，時二歲矣。迨抵舍，觭小愈，後三日，得腫疾，又卒，瘞所居亭上園之左，五歲矣。其母哭之哀。余時猶卧疾不能哭也。

噫，若余之得觭與𫘤，可謂艱且晚矣！兹幸而免於兵難，乃以奔走致疾，不十日併喪之。天乎，其生也將無意乎？抑亦保養調護之間有不能盡其道者乎？奈何使余哀之慟而不置也？後若干年，其母不幸又卒。既葬矣，乃命遷𫘤與觭之骨祔於其傍，實某鄉某原也。

嗚呼！禮有之，「七歲曰悼」。觭與𫘤俱未至於可悼也，而余亦誌之者，將俾後人知斯人之不幸生於亂世，而不得保其身。雖若觭與𫘤之方萌茁者，亦遽至戕闕而不救如此也，豈不尤可悼哉？更葬以某年月日，向某，深若干尺，同穴而異藏，𫘤祔于右方，弟道也。

先府君遷厝壙誌

先府君諱某，字某，學者尊稱之曰快軒先生，世爲西昌劉氏。考文度，妣郭氏。祖諱鍈，祖妣王氏。曾祖諱震，曾祖妣嚴氏。兄弟三人，府君其仲也。魁梧有氣岸，問學天成，恥步驟常調，屢試有司不合，退而教授，爲鄉郡師表。性至孝，尤謹家譜，厚倫紀，義之所形，雖强禦不慴也。其行己備載前武岡知事周天與所爲狀。

以大元元貞元年乙未二月十六日生，以至正十二年壬辰春避紅巾亂，由州城返珠林之故宇，病三日卒，實閏三月十九日也，享年五十有八。子男三：長復生；次聖生，後更名楚，領至正十六年丙申鄉舉；次保生，亦名埜。孫男九：曰鵂，曰解，曰恩郎，曰鯛，曰觭，曰觮，曰觵，皆後公卒，今存者曰觶，曰平原。女五，皆卒。配蕭氏，繼郭氏。

府君之歿也，初遭亂，淺殯舍傍，後三年，始奉葬于楓樹林之原。不幸荐罹兵暴，新墓幾毀。乃以吴元年丁未七月甲申，改厝于仙槎鄉姆坑太祖妣趙氏夫人墓之左，負申庚，面寅甲，從術者言也。蓋府君没既十有六年，猶弗克請銘于世之大手筆，而墓已再易矣，言之痛心，罪大逆重。將葬之前一日，余兄某弟某相泣謂曰：「府君葬期迫矣，而銘文不能以卒致，然不可無以識歲月也。」某乃飾新壙之磚，泣血再拜而書之如上。

先夫人遷厝壙誌

先夫人諱某，姓蕭氏，泰和仙槎鄉石頭岡人。祖諱希聖，考諱應禄，代爲儒士。

妣廬陵楊氏，以元貞二年丙申七月十一日生，以皇慶壬子歸于珠林劉氏，爲先君快軒府君之配，不幸以至順辛未六月廿六日卒，享年三十有六。是歲權殯于城東清溪之陽，後七年丁丑，乃返葬于白家橋之東，又廿年戊戌，復遷横坑之助教山。於是又十年，而山剥水射，弗克安靈，憂悸之積，感于夢寐。乃以吴元年丁未七月丁酉，奉厝千秋鄉鄧家原之吊鍾嶺，首午丁，趾子癸，從術者言也。子男三：長復生；次聖生，後更名楚，以詩經請至正十六年丙申鄉舉；次保生，一名埜。孫男九，某某，皆後夫人之没既又皆卒。今楚有子曰平原，埜有子曰觶。女五，皆卒。

惟太夫人生有淑德，而不克享其壽，没有遺憾，而不得安其藏，豈非遭時多艱而不肖孤等不孝不慎之所致歟？追惟淑德善行，已載諸誌文，不敢贅述；兹更厝也，其仲子前鄉貢進士楚，謹書其始末歲月于石而納之如上。

拙存蕭先生墓碣銘

拙存先生諱某，字某，姓蕭氏，廬陵丹沙人。其先業詩、書致通顯者累累有之，具載蕭氏家譜中。曾祖諱某，祖諱某，父諱某，其當宋季，皆懷德不仕。

先生於書無不讀，而恒深於老、莊之言；於方術無不究，而尤精於攝生延年之道。年十七，出遊鄉邑爲童子師，已嶄然特出。迨中歲，即引恬家居，壽八十而没。

其處己也，無失容，無矯行，無違言。其於交際也，不擇賢愚、少長、貴賤。有所諾焉，雖所甚愛必捐；有所期焉，雖道理懸緬甚寒暑風雨不爽。以故人恒不忍欺之，與之處久而益敬，至有化驕悍爲柔嘉，易暴慢爲禮讓者。其以經術訓諸生幾四十年，然所主僅歐陽氏、曹氏、徐氏三大姓止耳。

性恬淡寡言，不尚表襮。嘗行田陌間，其衣裾爲草露沾，遽解斂之，曰：「昔晏子一狐裘三十年，吾十年一易布衣，視晏子殆有愧乎？」晚更號拙存。或問其故，先生曰：「人皆伎伎，我不規利；人皆營營，我不競名。利非不規，名非不競，惟拙之故，規競弗勝。是道也，彼或以巧而喪之，吾幸以拙而存之。由是言之，不亦可乎？」

生宋咸淳庚午九月，没元至正己丑五月。其斂也，手足和柔，面目如生，人疑其有道云。娶同邑永和里約心楊公之仲女，余先外祖母蕭夫人之妹也。子二人：長應生，早卒；次祖生，字紹宗。女一人，適鍾某。孫一人：規。

洪武四年冬，余備員職方〔一〕，規爲贛邑文學，以郡表來上，將致其父之辭。會余有京口之役，不克見而去。明年夏，紹宗乃爲書介余弟埜請曰：「祖生不肖，不克承先業。今老矣，痛惟先人之没而葬於趙家營之原也又廿有四年，而墓碣未有所述，非不孝歟？昔子之舅氏方吉，嘗稱羣甥中子名能文辭，宜於先銘有所不靳也。敢請。」余弟埜亦曰：「是不可不撰述以成母黨之懿。」余因執書以泣曰：「先生，吾先外祖梅溪翁婭戚尊行也，小子其何敢銘，然亦何敢辭？」乃述而爲之銘。銘曰：

嗚呼先生！抱道蓄德以全其天，含真咀和以引其年。有委有源，乃儒乃僊。然而不離人以爲高，不絶學以爲賢，故學以世而宗以傳。趙營之原，有鬱其阡。尚百千年，過者式焉。

【校勘記】

〔一〕「備員」，原作「備負」，據文意改。

元故奉訓大夫廣西道肅政廉訪司僉事詹公墓誌銘

元故奉訓大夫、廣西道肅政廉訪司僉事詹公没既若干年，爲大明洪武元年，其孫汝彰以前翰林待制侍講學士、朝散大夫楊舟始爲華容尹時所爲狀來請銘。

謹按，公諱士龍，字雲卿，姓詹氏，光州固始人。宋開慶己未間，勇勝軍有詹都統兵屯鄂城外，以偏師往來渠、巴等州，數與元兵拒戰，至南平隆化縣界，身嬰九創被執，元帥欲生降之不可，絡置馬上，行至插州土門，發憤八日不食卒者，實公之先考也，其諱字逸而不傳。都統既没於外，是秋元兵破鄂，降其軍。公方在褓，隨母胡氏俱北徙。時董忠獻公從世祖總兵南討，具知都統勇烈及在蜀力戰死節狀，歸言於世祖，因以其幼子見。世祖歎曰：「佳父必生佳兒，然不宜在軍中。」即以公屬之忠獻，忠獻鞠之同己子。居北五年而胡氏亡，已八歲矣。忠獻長子中書平章名士選，故名公曰士龍，以次於諸子。一日疾作，戒侍婢視藥饍，適忠獻往問之，見婢仍以宿粥進，怒而屏之，命更授焉。

年十六，魁梧精敏，嶷嶷有成人風。馳騎引射，能命中如破。忠獻目而喜之，因歎曰：「都統有後矣！」公固不識所謂也。凡衣服飲食，一視諸子，故人以爲董氏子，無異辭者。由是諸昆忌之，至駡曰：「虜子見幸如是邪！」公聞之，泣訴曰：「諸兄見侮，度必有異説，願卒聞之。」忠獻慰撫之曰：「汝，我子也，勿以不肖之言爲惑。」公卒不自釋。他日，乘間哀懇，遂語之故。公不覺痛哭，且拜且誓曰：「爲人所生而不知有父，何至愚也。然爲人所養而不知報，曰我則非人〔一〕。」自是與人言輒涕泣，至廢寢食，思欲復詹姓不可得。一日從獵滹沱水上，復前跽哀懇不已。忠獻戲之曰：「爾欲復爾姓耶？爲我投石水中，浮則爾從，否則從我。」左右咸以爲笑。公仰天慟號，流涕被面，祝曰：「使詹氏不絶，石當暫浮。」因抱石投水中，石於急流中盤旋，若沉若浮者數四。忠獻愕然變色，以手拍鞍曰：「天也，詹都統之靈其不死乎！」即日命公復詹姓。數欲薦而官之，會寢疾弗果。忠獻之薨也，公哭之慟於所生，至爲重服報之。

忠獻之弟文忠，僉樞密院判後贈司徒忠貞壽國公者，以宋故忠臣子孫薦公于朝，試經學吏事高等，授高郵興化尹。時兵後，縣宇荒落，民立寨柵，散居村堡。公招徠流徙，撫以恩信，芟剪蕪穢，教之耕桑。又籍户絶田若干畝入學官，召佃墾之〔二〕，歲得穀三百五十餘石以贍士。凡廟學之殿堂齋廡、聖賢像設，咸創而新之。民士觀仰，俗以丕變。縣東五十里濱海爲患，當宋范文正公爲縣時，嘗築堤捍之，名捍海堰，歲久圮壞，鹹鹵浸溢。高郵、寶應、海陵諸郡田桑湮没，民流亡飢死者半。公悉以狀聞，請發九郡人夫併脩之。椿石畚鍤，雲委山積，食斛動以萬計。公相導要害，以身先之，故民不告勞而官無冗費。凡十有六月堤成，延亘三百餘里，數郡利賴其澤，民至今歌思之。當興工時，毁一舊祠，發堤獲方石，上刻四大字曰「遇詹再脩」。公驚曰：「何先知吾姓於二百年前邪？」因決志成之。

暨迄事，江、淮都省以聞朝廷，擢公爲兩淮都轉運鹽使司判官，參治鹽規，賦以充羨。調淮安路推官，未及考，拜江南諸道行御史臺監察御史。時姦臣柄國，虐焰方熾，公憤曰：「吾責居言路，視此寧能緘默邪？」即抗章劾之。未幾，事敗伏誅，中外慴服。嘗按歷荆、楚，貪利革化，細民類得伸其情隱。所至首訪先都統在蜀力戰遺事，多得之故老退卒之口。歸語濟南文士西疇張某，輯爲行狀。狀成，謁故翰林吴文正公撰宋季勇勝軍統制官詹侯墓表，乃具衣冠招魂，與母胡夫人合葬鎮江丹徒縣崇德鄉硯山之原。明年歸興化，治園亭於北城，葺草堂於德勝湖北，將倘佯是間，樂而忘世焉。

未幾，朝廷以公老成，就家起公拜奉訓大夫、廣西道肅政廉訪司僉事。居二載，苦於瘴癘，鬱鬱不樂，思德勝湖草堂之勝，即日移疾東歸。創書樓於齋居之東，藏經史子集幾二萬卷。常謂人曰：「吾城西有田二十頃，可以供伏臘。家樓有書數萬卷，可以教子孫。志願畢矣。」春秋家祀，必先設忠獻公神主，率家人拜奠之，示不忘也。

家居越五年，以疾終于正寢，享年五十有八，實皇慶癸丑某月日也。配金氏，封縣君。再娶吴氏。生子一人，名澍，以蔭仕至岳州華容縣尹，有廉惠聲。故忠獻弟翰林承旨文用之子九學士某嘗曰：「詹於吾董，異姓而骨肉者也，不可使遠而愈疏。」因以其第五女妻澍，敍婚媾之好焉。女二人，長適大名王時中，次適陝西張伯固，明經舉進士，濠梁書院山長。孫男五：曰汝霖；曰汝彲，亦名中，廉正有祖風，入本朝爲贛州府會昌州同知，即奉狀來請銘者也；曰汝朴；曰汝植；次五曰汝棟，蚤卒。女二，長適傅舜民，次適余文昇，今爲滁州判官。曾孫男五：長如愚，次如魯，次闢保，餘幼未名。以卒之某月某日葬某所。余幼時嘗讀臨川吴文正公所爲詹統制墓表，既慨慕其風節矣，及觀所述誓石復姓事，復奇其事而偉其人。乃今得誦其狀，識其諸孫，而遂銘其令子之墓，豈非幸哉？銘曰：

惟孝動天，惟忠有後。孰爲爲之，精感神遘。仡仡詹侯，統制鄂兵。拒戰憤死，赫其忠貞。爰有幼子，隨母北渡。自襁及冠，知董爲父。惟忠獻公，事帝以誠。護之字之，不懈益承。天啓其衷，此愬彼告。生既有知，恩寧不報？從獵滹沱〔三〕，弓矢具飭。請命益哀，戲以投石。抱石誓河，河水逆流。我復我姓，石爲之浮。今知有詹，昔念有董。由董而詹，維天之寵。侃侃興化，令尹起家。剪剔荒翳，發揚清華。庠序言言，儀器秩秩。民樂以遊，士飽而習。維東有堤，捍海之郛。郛決鹵淫，我民其魚。起而脩之，亘三百里。繼范以詹，讖于異世。嘉績上聞，擢判鹽司。參畫孔良，秋官載治。南臺峨峨，實振風紀。天子曰噫，擢我良吏。彼奸國者，爲鴟爲梟。抗章列詞，萬死不摇。當其薰灼，聞者吐舌。及既敗覆，咸服明哲。司憲八柱，嶺海澄氛。山樊繫思，歸哉白雲。堂有書史，原有稌穛。播之研之，以穀以育。古人有言，無德不酬。忠獻在宗，尸祝是脩。帝有直臣，詹有孝子。風采凝峻，質行純美。維石發祥，維天降昌。子孫如林，百世允臧。有巋其阡，過者式只。我銘其幽，以諗來裔。

【校勘記】

〔一〕「我」上康熙本無「曰」字。

〔二〕「堊」，原作「懇」，據康熙本改。

〔三〕「滹沱」，原作「滹泥」，據康熙本改。

吾廬嚴先生墓碣銘

先生諱漫孫，後更名威，字元友，一字吉甫，學者稱之爲吾廬先生，姓嚴氏，吉之泰和人。宋治平間，有以忠厚聞於鄉字方叔者，其七世祖也。曾祖諱宋英，字某。祖諱毅，字季仁，別號山矅。考諱源，字深道。宋季寶祐初，有諱楷字季模，諱越字季節，與毅兄弟三人，遊上庠有聲，一門鼎鼎，以文行相師友，而季模尤豪邁負氣。初，信國文公擢倫魁還里中，前輩悉下之，獨季模不少讓，與之争席，至以不學語侵公，公嗛之，然亦未嘗不心服也。山臞清脩攻苦，尤好古博雅，多所著述。其没也，大博劉會孟爲誌其墓。源生二子：長諱淳孫，字范友，早卒；次即先生。

先生幼失怙恃，鞠於諸父，其志操已挺挺不羣〔一〕，儀觀脩整，如神人然，見者悦之。性敏悟，每開卷一覽輒成誦，日記數千言，終身不忘。元至元廿四年，遣按察使某行江南試儒士。至邑，以論語「可與共學」章命題，聚試者數百人。既退，各言所破句。其叔父某有謂：「道至中而止，而中難能也。」先生甫八歲，謂：「此破辭渾如意達，當在首選。」衆以童子少之。及榜揭，果然，言者歎服。比冠，出從鄉先輩遊。凡經籍史傳與夫諸子百家，至天文、山經、卜筮、醫藥之書，靡不探究奥窔，窺擿疵纇，下筆爲文，奇氣爗然。時科舉未行，士隳其業。先生視齷齪洪涊者，謂不足與語，又謂鄉里淺薄，不足吾心，常怏怏。出覰當世仕者，率媕婀脂韋若女婦然，獨歲所遣監察御史行部氣勢甚都，得舉按内外，又極言天下事而無所顧忌，以故心竊慕之。嘗謂人曰：「必如是而後可以行吾志，否則，寧不爲耳。」聞者笑之。

一日，先生將北遊，其嘗與狎者爲詩送之，且謂：「明年當候故人驄馬於城北楓塘橋上也。」先生益自信，即日束書走燕都。時臨川吴文正公澄、虞文靖公集、豫章揭文安公傒斯方至京，俱客承旨程鉅夫所。數人者得先生歡甚，每相與考訂今古，揚搉治道，至笑怒扼腕軒軒然於羣衆中，人莫測也。時朝選右國人而下南士，雖一命不易致，而風憲尤所愼重。未幾，文正公以教授舉，文靖公以檢討薦，獨先生傲岸簡亢，以故當事者恒不敢以卑薄瀆先生，先生亦介然不爲動也。

他日，全阿剌公某官與撤里公平章以書幣延致先生于館中，俾子弟從之遊。先生幡然起應之曰：「吾道北矣，吾志其行乎哉！」由是，來學者益衆，四方贄問饋遺者填於室，車馬交於道，莫不願見顏色，聞謦欬〔二〕，執弟子禮。全公爲之增築館舍待之。其授五經義者至占其監學之半，時人目爲西監云。先生不厭不倦，隨其人深淺高下而告語之，無不傾竭，人人亦自以爲無不得所欲者，其後皆至顯要。若丞相答剌罕、大夫脱歡、平章全帖木兒不花、太尉高納麟、丞相賀太平、大夫脱脱、院使三旦八、平章兀即哈台桑哥失里，則又傑然者，其由冑監進士出身仕州縣者不論也。或進規之曰：「以先生之才之學，何官不可爲，何爵禄不可致，誠能一俯就，循資而陞，則先生之志達矣。」先生摇首不應。

嘗纂録五經大義，爲書十卷，藏於家笥。其徒竊以獻於文宗，文宗嘉之。論者以比西山衍義，尤爲切實。方議以集賢待制官之，會文宗升遐，事遂寢。先生方日與客酣飲，於紛華勢利，蓋茫乎若無所見聞也。其爲詩文，不假思搆，開口立就，而皆根據要極，跋涉風、雅，流動酣暢，節制老成。至其憤惋時事，憫惻淪放，而哀傷忠直，則必爲之特筆直書，不少假貸。或爲之慷慨悲歌，使聞者至於嗚咽流涕而不能以已也。

先生生至元庚辰。至正乙未，年七十有六，其九月之九日，意若不豫，顧謂其子曰：「吾疾其不起矣。」夫越十有三日夜半子起，沐浴衣服冠，危坐而逝。又明年，孤子㷀與其徒數千人葬先生於宛平縣西玉河鄉杏園村之原。配楊氏，泰定甲子進士諱升雲之從妹，貞淑有婦德，先公没之十八年卒。子男二：長又玄，以兄范友無子，命爲之後。又玄事所後母倪氏與母楊氏，克孝謹，有子道。次曰復公，生三歲而先生北遊，比有知，思其父不可見，因泣請於母曰：「人謂吾父在京都，何久不來也？兒欲往迎之，可乎？」母曰：「汝長大能往，吾復何恤？」年十七請行，母爲告所親舊爲書詞道之。既至燕，父子固不識也。復公涕泣再拜，出親舊所爲書獻之。書多速其還鄉語，先生慨然曰：「吾老矣，寧能以布衣歸見鄉人子弟邪？」一語不及家事。自是留侍左右，更名曰㷀，爲之娶羅氏女，復公遂不敢言歸矣。㷀初入胄監爲伴讀生，後紀至元之六年修遼、金、宋三史，試中補史局書寫，陞集賢掾史，後先生没之二年卒。孫男四人：曰遂初，曰明初，則又玄之二子；曰同寅，曰同庚，則㑺之二子。遂初與同庚皆先卒。今明初有子二人：曰昌武、昌孟，居泰和。同寅有子曰奴奴，曰某，居宛平。

余幼時，嘗從先大父實存府君過嚴氏先姑所，先姑於楊夫人爲妯娌，故獲進拜焉。時復公初赴燕，楊夫人見余兄弟來，輒憶復公而泣。余時在幼，一不知其情之悲也。比長，見先生所與子姪書，皆家人問勞語，所以望其子孫者甚遠。且謂：「吾嚴氏後此當爲南北二祖矣。」意若戒之俾勿忘者。噫，若先生者，豈真恝然於其鄉土骨肉者哉！留燕京幾五十年，不畜婢妾。爲詩文多至數千首而不著稿，飲酒至終日而不亂，世寧復有斯人哉？余自洪武三年就徵入朝，起家爲兵部郎中，六年調官北平，又獲聞先生之高風，拜先生之遺像，欲吊其墓而未果。他日，同寅以狀來請銘，屬以通家子弟，誼不敢辭，乃序而誌其碣，復系之以銘曰：

嗚呼先生！其奇偉不常者，既已生而鍾夫天柱龍洲之英矣，乃不施不試，徒斂而歸於幽燕廣漠之鄉耶！其矶硉骯髒不得以肆而騁者，寧遂汨没於糟粕而化成於文章者耶？將志在必持言不可忘，故寧狷介孑特以自放於貧賤，而必不摧眉抑首以叨光借潤於毫芒者邪？然後知言之過者愚者有所不爲，而或賢智者之所傷也。

志之大者，天且不能成之，夫又豈人之所能償之哉？嗚呼先生！不辱其志，柔懦之規，貪鄙之礪，一時之遺，百世之師。

【校勘記】

〔一〕「羣」，原作「郡」，據康熙本改。

〔二〕「謦欬」，原作「謦欬」，據乾隆本改。

曾母周夫人墓誌銘

洪武十年三月，余以朝覲歸自京師，入遇河，舟過静海，前監察御史今知縣金谿曾業，持其鄉前進士吴儀所爲狀一通，泣且言曰：「此余先母周氏行述也，惟是先母之葬于今七年，而墓石迄未有銘，使貞艱之志鬱而弗昭，非不孝罪乎？惟先生風紀一道，言文而信。兹幸獲拜道左，倘辱哀而賜之文以徼惠後人，業之願也。敢再拜請。」余時以行次未暇，憫其志而姑諾之。既還北平三越月，業復以書來告曰：「近制州縣官考滿入覲者，許給假省親。業不幸親早棄不逮，而赴覲有期，願得銘文歸而刻之，則先母爲不死，而業他日亦可以見先人於地下矣。」余悚然曰：「是嘗有諾，其何得辭？」乃按狀而次第之曰：

夫人諱某，姓周氏，邑之白沙里人也。曾大父某，大父某，父某，字淇緑，皆世積忠厚爲名士。夫人自幼端一有志操，爲父母所鍾愛，嘗曰：「吾此女必不使出室，當爲擇佳婿。」時同邑眉山曾氏子名以仁者，宋進士一鳳之孫也，秀而謹。或以爲言，淇緑君以爲可妻，即欣然許納之，時夫人年已及笄。越明年壬戌，生子業。又明年三月，業未晬而以仁卒。夫人泣且誓曰：「吾聞婦人從一而終，雖無子猶當不貳，況有子乎？」既又泣告其母曰：「吾曾氏婦也，夫亡不可外處。」即抱其子辭歸眉山。眉山族大屬尊，或盛意相軋，夫人以孤弱處其間，操守彌厲。

初，以仁有世産籍其鄉，而遘禍倉卒，夫人無所承命，其故藏契券又爲其女弟所掩匿，莫可考質。夫人循循旁詢周詰，推彼驗此，真誠感動，人亦不能隱也。先時以仁事商殖，或暫質其産，其族氏乘危亂復竊貨之。夫人悲憤怏悒，然卒不以爲言，他日斥其奩貲盡贖以歸。先時故廬燬，至是始復構焉。親黨或難而賀之，夫人謝曰：「我何能爲此？吾夫志也。」每秋稼告斂，躬莅穫析，私惠周流，公賦充給。不十年間，家以豐裕。

嘗誨業曰：「汝不幸早孤，又無他弟兄可托，凡吾所以不死者，爲汝也。奈何不學，吾寧死不能縱汝負汝父！」或甚怒，欲毆之，至自投杖而泣。業由是感動，向學不怠。年十五，聞江西李進士炳、江東董先生彝善易學，將往從之遊。夫人資裝送之，戒曰：「汝學成而歸，則名吾子矣。資費，不汝惜也。」後成學。入天朝爲洪武元年，天下清明，郡守侯公某、縣丞王君某知業才俊可用，交致薦辟，業以母老辭。

明年己酉九月十五日，夫人以疾卒，享年六十有五。其明年庚戌，奉厝于里之原山。四年服闋，郡守復以秀才舉業于朝，即日擢承事郎，拜監察御史，繼調知青州、寧海縣，則今職也。惜夫人不及見矣。則原山之窆，哀有窮乎？余惡乎不銘？銘曰：

古有夫死〔一〕，婦稱未亡。卓彼從一，質柔志剛。遺孤既將，世業亦復。奮于閨門，光此令族。斷機引刀，棘心劬勞。養胡不逮，而鞠凶是遭。豸冠朱衣，來拜墓下。陰靈慰懌，鄉里嗟慕。金谿湯湯，原山峨峨。昭此婦則，百世不磨。

【校勘記】

〔一〕「夫」，原作「之」，據康熙本改。

元故養蒙劉公墓誌銘

公諱成大，字宗源，別字養蒙，世爲西昌劉氏。曾祖諱某，祖諱某，考諱某，皆服勤詩、禮，恪紹儒業，故能積懿趾順，以施美于公焉。惟公剛介，言行斷斷然，外不事緣飾，内不蓄機械。己有弗善，人以告之，輒自愧悔不吝。人有不直者，即面折之，進退不貳辭。

方髫齔時，已嶄嶄自異。比長，從菊存陳先生、天全倪先生游，故於先達之遺言緒論，與有聞焉。爲學攻苦精確，不以口耳隨人後。上自九經、四書傳註，諸史子評議，下暨漢、唐名家若賦頌詩文等作，無不究析旨義，貫統宗極，跋涉源委，鈎抉隱奥，離合而經緯之[一]，手纂口諷，長篇大帙，充帷連篋，達晝夜、歷寒暑弗倦。嘗以學行由州里推舉，遂以易經一試有司弗合，過東湖，拜徐高士祠而歸。晚以經學教授鄉里，每正席講論，冠帶翼如，詞揚義暢，聞者心解，弟子從遊者多至數十百人。雖頑暴鄙陋者，一登其門，莫不湔滌斂押，率繩蹈矱，知所嚮效。師道之嚴、友道之篤，公實任之不讓。

性寡欲，尤尚儉約，大布之衣，歲不再更。嘗游學章、貢二水間，不以險遠自憚。或邀以輿馬，則曰：「吾本寒素，何有驕貴習也。」竟謝却之。聞人言仕進勢利焰焰可灼者，輒掩耳起曰：「無以污我。」家貧，好蓄書，不嗜酒，或爲客沽設，成禮而已。嘗築書樓於先廬之傍，戒勿高大而卑樸之，令子孫可葺也。

年五十六，以耆德爲州庠賓師，監守大夫多所敬禮。嘗自爲真贊曰：「貌古而癯，氣肅而壯。念兹秉彝，靡敢輕放。沉潛乎易，動息有養。見天地心，悟羲皇上。」觀此，則公之爲人可識矣。

至正四年甲申五月，遽得熱疾。家人命醫以藥進，則止之曰：「吾生平未嘗服藥。昔以甲申生，今以甲申病，無乃遂終？」竟以是歲之六月某日卒于家，壽止六十有一。卒之日，衣具蕭然，幾無以爲斂。明日，葬千秋鄉之蛟湖口。母郭氏。配嚴氏，力勤持儉，克相其夫。子一，名夔，能世其家。女四人，適某某某，皆古株山名族；次某，適石岡蕭某。孫男二人：長名鼐；次名某，夭死。女四人，適蕭，適羅，適蕭，適某。有周易集説若干卷，先世遺文與繼志録若干卷，遠山詩集若干卷。其評而序之者，菊存先生也，後以兵亂，俱逸不傳，君子惜之。

葬後三十有三年，我從兄某始改附於仙槎鄉百記東坑祖塋之左。時崧由兵部職方郎中調官北平，是歲十月以書來曰：「昔者吾先君之殯也，荒迷襄事，不克有紀，今且更卜矣，而墓石猶未有銘，不孝之罪奚其文〔二〕？憶先君存時，謂羣從中吾弟爲能文詞，得無忘之乎？無忘，則斯誌宜有述也。」某不敢辭，謹按先譜而爲之言曰：

嗚呼！我劉氏由金陵來，至公纔十有五世耳。十五世之間，以忠厚傳于家，以文學聲于時，以科第顯于官者固多，然而或著或微，或絶或續，則係乎天矣，有脩學制行如公者，而卒不得有爲於世以没，寧復有聞其風而興起者乎？是不可無以示後人也，乃泣而銘之。銘曰：

行而式，方以直，學是力用之，抑後斯殖兮。

【校勘記】

〔一〕「經緯」，原作「經諱」，據康熙本改。

〔二〕「文」，康熙本作「宥」。

明故羅君和卿墓誌銘

君諱天與，字和卿，姓羅氏，世居西昌之江南，爲士族。曾祖正叔，祖希白，父德甫，俱韜迹丘園，隱德弗耀。

君生而岐嶷，長益敏達。嘗從叔祖希顔公授書，至太史公貨殖傳，讀而心慕之。迺折節力本，綜理生殖，相時乘機，工於取舍，儉不失己，侈不踰物，紀綱家政，敦秩人倫。始居積於阡陌之間，終放適於江湖之上。與物無忤，秉心維仁。嘗江行遇風波，同載洶悚，君正色不動，益飭篙楫，舟遂及岸，人以無虞。又道遘羣剽，徒旅星散，君解衣揮金，辭氣慷慨，寇不忍害，舍之而往。鄰夜失火，匍匐奔走。義有所急，己眥弗顧。旦攜酒來謝，却而弗居。若此殊卓，非君孰能？敬事嚴君，孝養慈母，旨甘備將，來自遠方。既罹荼毒，哀極泉壤，教子淑孫，日篤前往。屬歲之歉，視廩有餘。愸焉在己，周貸里閭。歡浹友朋，和睦内族。歲時蒸嘗，有加無瀆。曩在庚子，山寇肆侵，爰率徒伍，庇其鄉鄰。

迨壬寅秋，亂兵渡江，衝冒嵐潦，竄于閬川。九月遘疾，十月卒焉。室家倉皇，幼子同没。壽五十有八，旅濱江下。及兹丁未，民物和合。孝子以九月癸巳，奉柩歸窆于所居之北，原陸逶迤，負坎面離。配周氏合葬，寔同其時。子男三：長仲季，次仲文，次仲芳，皆克家。又次仲章，其幼子也。女三，餘一人在，曰順娘，適蕭。孫男三：曰淵，曰相郎，曰澄。相郎死興國龍上。女一，尚幼。余與君同里閈，又嘗往來山浦間，蓋熟其爲人，至是仲季兄弟來請銘。銘曰：

嗚呼！生于有元大德乙巳之盛際，而卒于壬寅之亂離。又六年丁未，始克返合葬于故里古城之東郵。其生也時，其藏永綏。噫喜佳城，百世不隳。

槎翁文集卷之十八

神道碑

敕賜開國輔運推誠宣力武臣征南副將軍靖海侯追封海國公謚襄毅吴公神道碑銘[一]

洪武十一年戊午，前征南副將軍、靖海侯吴禎，奉詔出定遼。是秋，以疾聞，上遣毉馳驛視之，弗能愈，遂輿疾還京。車駕幸其第，問勞有加。明年己未五月，疾革，以其月之廿六日薨。訃聞，上爲之震悼，輟視朝二日。詔贈特進光禄大夫、左柱國，追封海國公，謚襄毅，仍賜窆鍾山之陰，俾官給其事。葬之日，車駕臨奠，加賻贈焉。又明年庚申，上追念其勞，爰敕儒臣禮部侍郎臣崧撰文，其刻諸神道之碑，以昭不朽。臣崧奉詔不敢辭，乃追考公牘紀載，第而書之。

謹按，公初名合保[二]，後賜名禎，字幹臣，姓吴氏，世爲濠之定遠人。自少時已卓犖有膽略，及天下大亂，從上起兵里中，即能知天命有在，與兄江陰侯良俱隸麾下，悉心委事焉。

自歲甲午、乙未，西克滁、和，東渡大江，揚威振鋭，所向無敵。由帳前都先鋒爲總管，陞建興翼院判，轉分院元帥，尋爲天興右翼副元帥，與良同守江陰。每寇至，輒擊走之。首破僞吴張士誠水寨，擒其梟將朱錠。甲辰，進英武衛指揮使。丙午，寇出馬馱沙，上親督戰，追至浮子門。寇乘潮逆拒，首尾相失。公縱兵擊之，俘獲無筭。是歲從大將軍魏國公徐達，率馬、步、舟師由巷口取湖州。公潛勒奇兵出舊館扼之，戰以大捷。事平，遂留戍焉。

吴元年丁未九月，復從大將軍攻圍蘇州，連破胥[三]、葑二門，士誠就執。公奉令撫循，秋毫無所染。進僉大都督府事。時方谷真據明州，未下，上以公爲征南副將軍，從御史大夫、信國公湯和往平之。公引舟夜入曹娥江，夷埧通道，出其不意，直抵車厩。會降者言方氏已潛挈家入海，公領兵進及於盤嶼，與合戰，自申至夜，三鼓敗之，盡獲其戰船、人馬、輜重而還。未幾，谷貞降[四]。有旨由海洋進取福州，不數日奄至城下，圍其西、南、水部三門，一鼓克之。時僞平章陳有定據延平作亂，明年戊申，進破延平，執有定，閩海平。公歸次昌國，會海葉、陳二聚刦蘭秀山爲梗，公立勦之。三年庚戌，朝廷定功行賞，進開國輔運推誠宣力武臣、光禄大夫、特進左柱國、吴相府左相，靖海侯，食禄一千五百石，賜以鐵券，使子孫世襲焉。五年壬子，朝廷大發兵東戍定遼，命公總舟師數萬，由登州轉運以餉之。海道險遠，人用艱虞，公調度有方，兵食充羨，折衝風濤，如履四達。尋召還。七年甲寅，海上警聞，復領沿海各衛軍出捕，至流球大洋，獲人船若干，俘送于京，上益嘉賴之。常往來海道，總理機務，至是歸自遼東，而疾作不起矣。

公生以天曆戊辰六月廿一日，葬以薨之閏月十三日，享年五十有二。曾祖三七府君，以公貴贈鎮國將軍、僉大都督府事、護軍，封潁上縣子。妣周氏，封潁上縣子夫人。祖千一府君，贈驃騎將軍、都指麾使，追封延陵伯。妣劉氏，封延陵伯夫人。考似龍，贈榮禄大夫、同知大都督府事、柱國，封渤海侯。妣葉氏，追封渤海侯夫人。配李氏，封靖海侯夫人，今封某夫人。子男五：長堅，西安護衛鎮撫，側室陶出也；次忠，羽林左衛鎮撫，夫人李氏出也；次端，次供，次五十，皆庶出。女十人，其第三女許爲湘王配，尚在室。惟公以驍勇之才，際興王之運，鍾英淮甸，立勳遼海，致位公侯，而不矜不伐，盡瘁所事，真古之名將哉！是宜銘。銘曰：

赫赫景運，大明當天。帝業所基，公侯出焉。桓桓海公，有仡其勇。顧瞻在廷，玉立山聳。元政不綱，帝憫下民。爰揮天戈，掃除妖氛。始克滁、和，旋拔采石。飛渡大江，曾不終日。公時在行，兄弟齊一。莫不率從，干城是力。帝命汝禎，言守江陰。鄰敵授首，遠人歸心。南收丹陽，東略無錫。建興策功，英武躋職。寇窺海口，縱兵擊之。風從潮生，彼逆不支。從攻吴興，機略周布。捷出舊館，扼其歸路。進拔葑門，東定姑蘇。擒厥大酋，獻于京都。帝念爾勞，陞秩督府。不曰四明〔五〕，亦肆違拒。湍厲戈甲，往貳征南。挾潮而飛，飈旗電帆。摐金伐鼓，壁其城下。寇窮而逋，膽落萬馬。躡景追風，執訊凱還。鯨奔鯢伏，海霽雲鮮。張方告平，閩海方急。千艘南馳，殲彼勍敵。三山既隳，延平肆通。旗麾所指，列郡來同。公歸自南，蘭秀連梗。鉏而闢之，海道晒晒。帝曰靖海，實汝之功。兹命汝侯，往承其恭。煌煌鐵券，奕奕命秩。恩延子孫，功翼王室。載授征虜，督餉定遼。白粲連雲，颶風不摇。倭童狂狡，出没大洋。爰獸獮之，皇威以張。茫茫遼海，烈烈英勇。式弘將略，茂對天寵。方、召元老，曹、周世庸。氣應德符，千載一逢。維天佑賢，公宜永福。何疾之嬰，遽此不淑？儀曹考行，贈謚有光。鍾山佳城，天設地藏。神道之左，有石嶷嶷。儒臣作銘，昭示無極。

【校勘記】

〔一〕「追」下原衍「襄」字，據康熙本删。

〔二〕「合保」，程敏政編皇明文衡卷七十二作「國寶」。

〔三〕「胥」字原脱，據皇明文衡卷七十二補。

〔四〕「谷貞」，康熙本作「谷真」。

〔五〕「曰」，疑作「日」。

開國輔運推誠宣力武臣征西右副將軍濟寧侯追封滕國公謚襄靖顧公神道碑銘

自昔國家興王之地，必有才武雄傑之士出於其間，以贊立大功，佐成大業，爲國虎臣，享有禄位，豈非天人交應之會哉？故征西右副將軍、濟寧侯顧公名時，字某，世爲臨濠人。曾祖千四府君，以公貴贈鎮國將軍、僉大都督府事、護軍，追封睢寧縣子。妣王氏，封睢寧縣子夫人。祖文俊，累贈驃騎將軍、都指麾使、護軍，追封武陵伯。妣林氏，封武陵伯夫人。考道祥，累贈榮禄大夫、同知大都督府事、柱國、濟寧侯。妣雷氏，繼潘氏，俱封濟寧侯夫人。

公自少倜儻，勇力絶人。元末政隳，海内大亂，皇上龍興淮甸，思濟天下。公以同里率先來附，被堅執鋭，常侍左右。自歲甲午從上起兵，北攻南宿，西拔滁、和，飛渡大江，□克姑熟，下溧陽，定建業，撫宣城，收廣陵，凡擊叛討逆，開疆拓境，靡不景從。始從百夫長，轉陞元帥。由是取安慶於危疑，復南昌於反側。領兵血戰而洪漢載清，搴旗□而廬州告捷。既而奏功秦州，振旅海安，出奇制勝，厥績尤異。進同知天策衛親軍指揮使司事。丙午，詔從東平侯韓玫取濠州，破其四門月城。時僞吴張士誠據蘇州，公□□攻圍曠歲，卒拔其城而擒之。就調濠梁衛指揮。

洪武元年戊申，從大將軍魏國公徐達北定燕、薊，拜驃騎上將軍、副大都督府事兼同知太子率府事。三年庚戌，論功行賞，進號開國輔運推誠宣力武臣，階榮禄大夫，勳柱國，職同知大都督府事，爵濟寧侯，食禄一千五百石，賜以鐵券，使子孫世襲焉。明年辛亥，授征西左副將軍，由興源取四川，入階，擒其驍將王某，進克文州、綿州，擊向家寨，破之。又克漢州，進圍成都，僞夏丞相戴壽望風款附。比師入重慶，其主明昇出降，四川以平。

五年壬子，仍右副將軍，從征虜前將軍曹國公李文忠等分道入沙漠。曹國公期失道，糧且盡，士卒不能戰。公奮引麾下數百人直衝部落，戰走之，遂掠其輜重、羊馬而還，軍勢復大振。七年甲寅，從魏國公總各衛兵出鎮北平，益築堡障，練士伍，繕甲兵，廣牧畜，雖邊隅乂靖，晝夜從幕府吏深計遠筭，常若寇至。明年乙卯，召還。尋有旨同曹國公仍出北平。

十二年己未秋，遽遘奇疾，藥弗能愈，以是年十一月廿一日薨，享年四十有六。訃聞，上爲之震悼，輟朝二日。明年庚申春二月己卯，公喪歸自北平，舟行數千里，迎祭填道，觀者感歎。及至，敕葬鍾山之陰，車駕臨奠，親定誌文以賜之。明日，詔贈特進光禄大夫、左柱國，追封滕國公，謚襄靖。其始終榮寵，可謂異數矣。配李氏，封濟寧侯夫人。子男四人：長曰敬，金吾前衛後所千户鎮撫；次曰朱保，曰舍生，曰苟兒。女二人，適某、某。

既葬，其孤敬泣而請于朝曰：「惟先臣某，事上二十餘年，不幸早終，顧神道之石銘文未勒，敢援故事以請，于以昭聖朝眷待之厚，且以慰先臣於地下也。」於是禮曹以爲言，詔可其請，命禮部侍郎臣崧爲之銘。臣崧職在討論，不敢以蕪陋辭，謹按狀而書之，且係以銘曰：

聖人受命，萬物咸覩。乘時佐運，各奮其武。矯矯襄靖，生于帝鄉。帝猶龍飛，雲從龍翔。自淮渡江，首定建業。公時左右，執俘獻捷。領兵東向，遂夷月城。霆擊飈馳，濠梁以清。北收燕、薊，旋拜驃騎。崇勳豐禄，鐵券以誓。乃命西討，進自漢中。取道階、文，山巉水瀑。進圍成都，作氣一鼓。千兵投戈，俘厥孱主。繼從征虜，北渡陰山。擁槊奮呼，出于險艱。薄衝部落，兔脱鶻擊。掠彼羊馬，還益軍食。主將上功，帝憫爾勞。四方既平，爾弓其櫜。櫜弓戢矢，北撫燕、薊。嚴其扃鑰，式謹邊事。灤水沄沄，居庸閑閑。馬絶南牧，城無晝關。公歸無期，遽以訃告。沿邊驚呼，當宁嗟悼。襄靖有謚，滕國有封。茅土斯疏，沛豐舊庸。闡績著銘，爰勒神道。榮光自天，天子有誥。

王秀才墓誌銘

余往持憲北平，時客有王某以里諸生來謁，見之頎然佳子弟也。問其所從遊，則對曰：「前監察御史王君子啓，穎之師也。」余耳其言辭鏗然，目其冠衣翼然，進退蹌蹌然，益信而愛之。察其色，若將有請而不敢發者。詰之，則再拜拱而前曰：「穎有親，年老而嗜文，而其志惟先生之是慕也。念昔御史君嘗爲余父起予隸書『予隱』二大字，某將爲堂揭之以奉吾親。先生尊達而言文，又素知御史君者，能愛於一言乎？敢以爲請。」時余公事叢脞，姑諾而遺之，以爲是非所宜急者。既又私念人有賢子弟，能不遠數千里爲親求文字，其勤若此，雖欲不作且不可，然卒未之暇也。明年戊午春，余以公事免官，自北平至京師，會恩放還。他日，穎介其從弟公輔來徵文，且曰：「某不幸有疾，不能以躬造也。」久之，聞某疾且愈。又明年己未閏五月某日，予爲文馳寄之，則某復病且卒已若干日矣。嗚呼惜哉！

今年庚申春正月，崧復被召入朝，拜禮部侍郎。至五月，以年六十及格得致仕。比南還，舟過永和，思見起予哭弔之，始獲登所謂予隱堂者。起予見余來，痛其子之不見也，且泣且訴，余不忍聞，亟謝去。越若干日，起予遣其仲子豫持友人謝矩所爲狀來請穎葬銘。嗚呼，余尚忍銘哉？

按王氏系出長沙，南唐保大中有爲吉州法曹掾諱某者，始居泰和之梅岡。宋淳祐間，有兄弟先後領薦擢第賜正奏者，其五世祖光亨也。曾祖諱某。父興，生某，起予其字也。

初，起予由梅岡僑居廬陵之永和而生穎。穎生而警異，因以「穎」名之。比晬，父母羅百器物試之，穎一不顧，惟取書册與筆而已。間出從羣兒戲，獨持片紙咿咿作讀誦聲。或指字教之，即識而不忘。七歲從鄉先生授四書經傳，通其大義，學爲五七言詩，輒清麗可愛，至爲歌行，下筆飄飄然率數十韻，人以奇童目之。方王君未爲御史時，常從之遊，言談出入，多見器重。性温雅自持，丰姿工潔，被服儉素，未嘗見其疾言遽色。事父母極婉婾敬順，起居先志，而諭撫諸弟，尤歡然有恩，不肆陵狎。

比壯，請於親曰：「今海宇寧一，舟車四達，都會文物盛麗可觀以則。兒不能久居膝下矣，願大人斥裝橐贏餘，俾資之遠遊，以振拓其鄙陋，不亦可乎？」親悦而從之。乃去家，浮江越湖〔一〕，沿揚子至京師游觀。久之，又東過維揚，絶淮遡河，以達于齊、魯、燕、趙之墟，至浮海並碣石而歸。每過名區勝境，遇高人碩士，輒傾倒願交，賞詠終日，至解橐揮金不吝也。尤喜購良方，居善藥，良愈奇疾。見病而窶者，即授以成劑，無倦色焉。乳母阮疾卒，哭之哀，爲具衣棺祭奠，不以疏遠廢禮。

丁巳秋，自北遊歸，作予隱堂于所居之西偏，既成而病，病而日思余記焉。始嬰羸疾於戊午之二月，卒於己未之五月六日，享年三十有三。以某年月日葬某所。嗚呼惜哉！穎字公敏，母某氏。娶曾氏，故宋右司悦心先生六世孫愷之長女也。男一人，曰悦。女三人：長某，次某，皆先卒；次曰某，尚幼。

余悲穎之才能而不得永於壽，孝友而不得終於養，不可無以塞其親之思，又傷穎之能知求文字以悦親，而卒不克見以死也。亦惟昔者親見穎容儀言辭之可愛，而益信其狀之足徵也。故誌而不辭，且爲銘曰：

其孝肫肫，其行恂恂。孰閼其身？不遠于臻。伊木之芚，委榮於春。將鬱而伸，維後之蓁蓁。

【校勘記】

〔一〕「湖」，原作「胡」，據康熙本改。

東屯朱處士墓誌銘

往余讀書武山之西，聞東屯洲有故家曰朱孔高氏，其爲人事親孝，與人信，臨財廉介，而遇事有斷，赴義如騖，嘗一見而心敬之。洪武三年，余被徵入朝，與孔高不相見者八年，然後歸。歸二年而再入南宫，四越月始得致仕而返。實爲洪武之十三年夏六月，時孔高已卧病。比七月，再過武山，則孔高死矣。余遣人弔其孤子瞻而哭之。他日，某衰絰踵門，手前進士國子學録蕭君子所所爲狀來請銘，泣且言曰：「先人不幸遭罹世艱，不得少抒其才藴以没。今葬矣，而墓石未有刻。某幸嘗登先生之門，得辱徼惠于先人，賜之銘以賁靈於地下，孤之願也。敢以爲請。」余不能辭，則徵其狀而書之。

按君諱仰，孔高其字也，系出故宋潭州府君諱某之後。曾祖某，祖某，考某，皆勤厚自植，爲鄉善人。初，府君居邑西門之橋上，有另業在東屯，其後有諱淑玉者，始遷而家焉，至君五世矣。

君幼有志操，爽邁不羣，早依外家劉氏以居，知力於生，暇即從師誦習，若成人然。年十八，父某没，君哀毁骨立，克襄大事，撫弟妹尤極恩愛，使其母安之，若忘其父之喪。久之，君猶未有嗣，母憂而憐之，乃命季子某爲之後。君不忍違，黽勉承命。

當元季至正壬辰以來，江、淮大亂，鄰邑相挺剽劫，民骨肉不相保。大府檄義士團結以自衛，君慨然捐貲連諸巨族，竭力捍禦，民賴安全十餘年，君力也。壬寅，兵交四起，民魚逝鳥竄，君亦負其祖母康、其母劉逃伏山谷間久之。甲辰夏，天兵平定南服，君乃扶持以歸。歸則田污室毁，無所資籍。尋丁祖母康氏憂，哀號泣血，斂殯周慎，人皆難之。然風雨弗除，大懼貽母憂，乃除故址，搆羣材而棟宇之。首爲先祠，次及賓館，中爲堂以奉親，後起重屋以藏書。翼張鱗次，視舊觀有駕焉。所居田環陂池，雨潦騰溢不時，爰浚而深之，脩立隄堰以備水旱。其四周皆平田廣畝，席布棋列，春耕秋稼，可左右顧而盡也。君日率子弟課僮奴耕耨其中，候測早晚而程其勤惰。歲耕若干畝，積穀若干石。先公上急賦税，節其餘爲賓祭衣食之費，無贏蓄焉。

性伉直，不爲婞婀，人有忿争者，爲之推析是非而面折之，咸服其平，無有怨者。或有談古今人物嘉言善行，輒傾耳注聞，脱口成誦。晚歲延名師教諸生，詠歌琅琅出水竹間，君坐聽之而樂焉。每旦入室，候其母起居，與垂白之弟左右扶持，調甘進旨，嬉嬉如孺慕時。尺布斗粟，盡入公室，有事則禀命而行之。方卧疾時，猶戚戚以母老爲憂，且以囑其弟，終養之志有遺憾焉。

君生有元泰定丁卯四月之十一日，没大明洪武十三年庚申七月之九日，享年五十有四。後卒之五日，其孤某奉窆于其里周陂之原，負戌乾，趾辰巽，從術者言也。娶鍾氏，賢淑，克相夫子。子男一人，即子瞻。女二：淑誠，適蕭伯壎；淑靖，適郭子廉。孫男一，曰煜。女二：淑恭、淑敏，皆幼。余素熟君行，又嘗接其言而挹其撝光，知其爲長者，又重國録君之狀，則誌而銘之，宜也。銘曰：

行可以範俗而施於家，才可以用世而位不加。有田有宅，長沙之澤。施于後人，視此貞刻。

應詔陳言疏

洪武十三年四月十四日，上御奉天門，百官晚朝奏事畢，上宣旨六部尚書等官及御史臺左中丞而下，咸令至前面諭，以爲天下既平，朝廷無事，而府縣官員屢銓屢缺，其故何由？宜各審思，詰朝入對。於是廷臣皆俯伏拜命而退。明日，吏部尚書臣崧謹昧死上奏：顧臣庸陋不足以奉大對，然蒙被恩厚，叨侍清光，謹陳所知以上，裨天聽之萬一，伏惟采覽，幸甚。

臣聞古先任人，官不必備，立綱陳紀，務在得人。洪惟聖朝稽古圖治，立法至嚴，用人至廣。嚴於立法，所以使民不敢犯也；廣於用人，所以示民不敢私也。然人情滋欲，觸法易污；人心不同，求全難備。且如錢糧徵科，先期告諭，意至美也，而府與縣每齟齬而不相承；官買物件，先爲支價，法至良也，而價與物每參差而不相當。加之小民排告訐之門，反易視官府而不知所以遵其令；大官恃監臨之勢，常庸視部屬而不知所以通其情。往往攎摭細故，牽引舊過，坐席未温，譴符已至。今天下府司之事皆屬之縣，而縣邑之事皆取於民，大而科徵造作，小而召集追呼，府司不審緩急，督造星火，縣邑不顧輕重，取辦倉卒，上下相因，前後相乘，科派勒抑，何所不至。甚至責其地以所無之物，急其物以非時之徵，委其人以難行之事，於是官受其弊而民不堪命者多矣。由是譴罰萃於下，反噬起於民。當是時，雖有四目兩口，亦不知所以善其終矣，又何怪去位之數而曠官之久哉？

陛下宵衣旰食，視民猶傷，求賢如渴，顧萬幾之繁，垂念及此，誠生民之福、天下之幸也。臣竊以今天下紀綱日布，治道日新，若將敷宣渙號，申明舊章，宜絶追呼以安縣邑，嚴懲告訐以重令長，則上下之分明，内外之事舉，久安厥職，以成治績不難矣。其有貪黷疲軟，或苛刻肆暴而蹟狀顯著者，在使司各府，必請命而後行所事焉，則朝廷黜之可也，誅之亦可也，而必不可使其出於部民之所爲，與非上官之所申，以傷大化之本也。蓋必上下相維而後體統正，體統正而後天下安，天下安則治道成矣。抑臣又聞官不必備，惟其賢而賢不肖恒以類應，使上有良使司府，則下有賢有司。得一賢有司，則一縣受其惠；得一賢使司府，則一路蒙其賜矣。顧擇而任之何如耳。若然，則州縣之缺員，又在所不必慮矣。臣故曰：必絶追呼以安縣邑，嚴懲告訐以重令長，則庶乎久安長治之道者，此之謂也。臣謹疏。

（以上一篇據光緒二十五年刻本劉槎翁文集補遺補）

附録

附録一　序跋

劉子高先生詩序

陳邦瞻

昔吾夫子刪詩而先之以十五國風。風者，詩教也，然必繫風於國者，蓋詩本性情而作，而風氣之所域，習尚之所漸，性化情移，摯中洩外，剛柔緩急，各脩其本而不可易，是風之所由生。而詩之真也，途歌巷謡於是焉出，觀風貢俗於是焉在，然蓋尚矣。後世之詩，類出於文人學士，聲律格調遞相祖襲，風之義蓋寡息也。一人而總千古之誦，一什而備八方之音，若不復可以方域論者。然賦才禀質必肖其山川，命意抒詞要出自性靈，雖今士而倣古，裁南産而操北響，變幻百出，其本終有不得而掩者，益見詩自有真，而風之義爲不誣耳。

夫唐、宋而上勿論已，我國家當創造初，人文焕發，朝廷縉紳之士、巖穴韋布之儒，各挾鴻才，應興運，風壇樹幟者無數。吴則高、楊、張、徐四傑，越則劉誠意基，閩則林鴻子羽，嶺南則孫蕡中衍。吾江以西則劉崧子高，裒然稱善鳴，而久之中原、秦、晉之産，始蒸蒸奮焉，至今日極盛矣。然譚者未嘗不推國初爲開先，而争以其鄉之先達爲主盟，辟之嶽瀆，然各爲一方望有以也。

余觀劉先生之作，樂府、五言，古質沖夷，縟采自寓；七言歌行，尤翩翩迥拔，縱發放吐，轉折變化，有威鳳騰霄、神龍戲海之狀；律體和暢綿密，絕句蕭散婉麗。大都才情敏贍而興寄深遠，衆體兼工而奧裁獨運。蓋就草昧諸公中，其克繼正始、卓稱大家者，劉先生一人而已。江以西，山宗廬岳，川匯宫湖，氣之所萃，挚爲人文，崒兀浩衍，霄昂海畜，莫可迫也。且其俗樸儉，其士大夫崇節義，尚經術，稱引古昔先生。故其言語文字一秉雅正，而無淫靡浮游之習，蓋於今爲烈，若劉先生其尤盛者也。詩自漢、魏、六朝，其變已極，而陶元亮出，以質矯文。唐三百年及於宋，諸家靡變無涘，而黄魯直出，以變矯衰。勝國天造之際，尤文章升降大竅會，而劉先生則以雅反正。三人者皆生江以西，蓋千餘年一方文詞之盛，未有幾此者也。兆山川風氣之鍾，孰當此應運而興者乎？余故不嫌，因劉先生而備語之，以附於國風之誼云爾。

萬曆庚戌仲秋月，高安後學陳邦瞻書。

（槎翁詩卷首，明萬曆三十八年真如齋刻本）

劉子高先生詩序

戴九玄

不佞自髫年即志風雅，知吾鄉有劉子高先生者，掃勝國之羶習，開正始之元音。誠之始傳元亮，繼響山谷，而恨未覩其全集。逮分令會稽，適吾郡陳德遠先生監司浙中，晉謁之餘，揚扢真詮，商訂大業，擊節子高先生詩不置口，遂出帳中所藏全稿見示。不佞得而卒業。古詩則三代法物，辭色斑駁而更無沉晦氣；七言歌行則太阿出匣，精光射人；律詩則沉雄壯麗，綽有杜陵家風；絶句則夏雲奇峰，變幻莫測。王元美總評其「如雨中素馨，雖復嫣然，不作老樹寒梅風骨」。顧風華所著，神理傳焉；鍛煉所加，骨力具焉。每一展誦，未嘗不逢幽巖絶壑、古柏蒼松。大都質不俚也，艷不纖也，贍不穢也，約不縮也，宜其登壇樹幟。開國初渾噩之風，啓江右騷雅之祖矣。今豫章人一宗匠，家一主盟，作者雲蒸霞變，直□漢、魏、晉、唐而上之，以追三百篇之勝。故於今日談詞賦家，中原旗鼓，實在江右，罕可伯仲，豈非名節禮義之所抒發、先正風流之所鼓暢耶？

不佞善承德遠先生嘉惠後學之言，梓之署中，今攜其本歸，因命士沈祥爲校正以廣其傳云。

時萬曆戊子孟夏月新昌後學戴九玄書。

劉職方詩集序

（槎翁詩卷首，明萬曆三十八年真如齋刻本）

宋　濂

詩，緣情而託物者也，其亦易易乎？然非易也。非天賦超逸之才，不能有以稱其器；才稱矣，非加稽古之功，審諸家之音節體製，不能有以究其施；功加矣，非良師友示之以軌度，約之以範圍，不能有以擇其精；師友良矣，非雕肝琢膂，宵吟朝咏，不能有以驗其所至之淺深；吟咏侈矣，非得夫江山之助，則塵土之思膠擾蔽固，不能有以發揮其性靈。五美云備，然後可以言詩矣。蓋不得助於清輝者，其情沉而鬱；業之不專者，其辭蕪以龐；無所授受者，其制澀而乖；師心自高者，其識卑以陋；受質蹇鈍者，其發滯而拘。古之人所以擅一世之名，雖其格律有不同，聲調有不齊，未常有出於五者之外也。

濂於職方郎中劉君之詩，其殆有所愧矣。夫劉君名崧，字子高，故爲西昌大族。前代以科第發身者三十七人，劉君亦以明經舉進士，而其志之所嗜尤在於詩。況劉君天分甚高，自爲童子時，輒有驚人之句。比長，益淬勵弗懈，上自詩、騷，下從魏、晉以來迄於唐、宋，凡數十百家，皆鑽研考覈，窮其所以言。用功既深，精神參會，絕無古今之間。已而曰：「此固可矣，然猶未也。」迺束書走豫章，與辛敬、萬石、周湞、楊士弘、鄭大同游。而此五人者，負能詩名，見劉君，皆驚異之，相與揚推風雅，夙夜孳孳，或忘寢食，反徵之於古，瞭然白黑分矣。已而又曰：「此固善矣，然猶未也。」復痛自策督，日賦一篇，雖沍寒之折膠，熾暑之流金，劉君擁鼻鼓膝，時作嗚嗚聲，不成章不止也。數年之間，卷軸盈几。已而又曰：「此固若有得矣，然猶未也。」復具布襪青行纏，臨釣臺，上三顧山，陟虎鼻峰，眺龍門。或竟日冥搜，或終月忘返，然以州里之近，未足以窮耳目之遐觀。環江右之境有奇山川，不論道塗之遠，必一至焉。襟宇向廣，終若未能舒暢厥志。復度庾嶺，勺曲江，翫韶石，過清遠，登越王臺，㪺蒲澗泉，游石室，歷觀海北名山。再涉鯨波，覽瓊台雙泉之勝而還。劉君之詩於是乎大昌矣。至其所自得，則濂獲讀之，凌厲頓迅，鼓行無前，所謂緩急豐約，隱顯出没，皆中乎繩尺。至其所自得，則能隨物賦形，高下洪纖，變化有不可測。寘之古人篇章中，幾無可辨者。嗚呼！前千年而往者，吾已知其人矣，後千年而興者，孰敢謂無其人乎？苟謂有其人，非劉君之作將能行之於遠乎？世無劉君五美之具而徒諉詩爲易易者，其果可信乎？濂也以謬悠之資，玩時愒日，不能成一章。性雅好登臨，又無濟勝之具，雖於諸家詩無所不覽，終不及窺其藩籬，有負師友多矣。其視劉君，不亦重可愧乎？雖然，濂雖不善詩，其知詩決不在諸賢後。故因作序而相與一言之，使郊、愈復生，當不易吾言矣。劉君之詩，十九歲以前皆焚去，二十至四十九所存，亦十之七八耳。今其門人蕭翀所編者，凡若干卷。翀字鵬舉，亦嗜於詩，蓋得劉君之傳者也。

洪武五年春三月，金華宋濂謹序。

（劉槎翁先生詩選卷首，明萬曆二十五年刻本）

劉職方詩集序

劉永之

昔之論者曰：「詩人少達而多窮。」或爲説以解之曰：「非詩之能窮人，殆窮者而後工耳。」

是二者皆非也。惟不以窮達累其心，而後其辭有大過人者。古之詩人，若晉陶淵明，唐李白、杜甫、孟浩然、韋應物，是皆魁壘奇杰之士，不得志於時，而其胸中超然無窮達之累。故能發其豪邁雋偉之才、高古沖澹之趣，以成一家之言，名世而垂後。千載之下，誦其詩而想見其人，猶爲之低回歎息，以爲不可企及。使其感憤鬱積，出爲羈窮愁歎之辭，譬之寒�秋�櫇，哀吟悲唱於灌莽之中，以自鳴其不幸，其言雖工，何足取哉？

予友西昌劉子高善歌詩，其爲人學博才贍，志趣高遠，窮居數十年莫有知者。家故業儒而甚貧。兄弟三人，有宅一區、田一頃，恒空匱不給，豁如也。尤樂山水，遠近名勝之處無所不至。遇孤峰絶壑、幽泉茂樹，景與意會，終日忘返。至其爲詩，秉翰操牘，成於頃刻，若不經思，而刱意造語，夐絶不羣。它人窮思竭慮，不能及也。其多至千餘篇，而未嘗抱膝苦吟，爲憔悴憤懟怨嗟之語。及天下大亂，敧嶇轉側二十餘年，困蹶極矣，亦不爲少折，出語益奇。其器能識量，世之知之者寡。至於詩，則莫能，蓋其所長也。當是時，豫章萬石、大梁辛敬、襄城楊士弘、秣陵周湞、鄭大同亦以歌詩自雄。子高與之馳騁上下，名聲相埒。石之齒最長，特折輩行與友。而尤親善者，同郡曠逵也。十餘年間，數子相繼淪逝。而子高遭逢國朝，起家拜職方郎中，出爲北平按察使者。既已貴顯，而澹然如布衣。北平，元之故都，去家五千餘里，惟一童侍側，已復遣還。晡時吏退，獨處一室，據几吟咏，或夜分不休。其年愈老，其思愈壯，其詩愈工，然則所謂不以窮達累其心，而後其辭有大過人者，豈不信歟？使其傳於後世，尚有讀其辭想見其人而爲之低回歎息者歟！

予嘗至南京，子高方爲郎中，夜宿其寓舍，盡出其詩，使予評之，予未有以復也。後四年，其門人蕭翀取其平生之稿編次之，得若干首，將刻而傳焉。自西昌走新淦，訪予山中，請敍其首，曰子高之志也。嗚呼，信可傳矣！而必有待于予，予之言，果足爲子高輕重耶？雖然，子高之屬予者厚矣，乃敍而評之曰：古體如三代彝器，雖簡質而極温潤；律、絶如春雲暎日，流麗可愛；樂府、歌行如寒泉出谷，其音鏘然，聽之不窮。此可與知者道也。

清江劉永之序。

（劉槎翁先生詩選卷首，明萬曆二十五年刻本）

劉職方詩集序

烏斯道

天下藝之工者，雖出於性聰，亦歷歲久然也。何獨藝哉？至於詩亦然。詩之工，非直體裁、節奏、聲律、闔闢無可疵焉而已。年益高，工益深，則蒼蒼然如喬松勁柏、老鵰健鶻，使萎薾披靡之氣屏絶於萬里之外，讀之神自張，氣自王也，豈惟然哉？意遠而辭暢，趣深而景融，神變化而莫之測識。向之工，人見其工，至是而工之迹泯焉，如扁氏之斲輪，郢人之斲堊。服鍊之僊，骨蜕而形化，然後爲詩之工也。詩之工固矣，然非味道腴而薄世紛，亦未足以言詩。

必理不使情勝，道不爲物溺，天下萬象，皆吾之妙焉者也。故吐英萃華，自無不娀矣。如孔子所取三百篇，皆「思無邪」，豈留於情欲之私翦焉狀物寫情者所可比哉？

余游豫章，偶會晤泰和蕭翀字鵬舉者，逆旅間聽其誦所爲詩，皆清新典麗，問其師，則職方郎中劉先生子高也。先生行修學充，未冠時即能詩名，至四十有九，詩粲然成卷，鵬舉梓刻以傳。金華宋翰林敍其首，以「五美備」稱焉，固已膾炙人口。然五十以後之詩，則不在所刊卷中。鵬舉又裒集若干卷示余。余諷詠之，使人神清骨爽，疲忘憂釋，不能去手，儼乎余前所商確無毫髮遺恨者也。

先生之詩，不刻削而工，不峭峻而蒼，不隱晦而深，不險怪而神，不平澹而化，不乖俗而道。蓋先生自科第進官職方郎中，轉北平按察副使，南徧雷、瓊，北極燕、冀，閱歲餘三十載。視泰否變遷、通塞得爽、山川俗尚、人情物理既稔，又以舉足興慨，惟道是娱，一發之於詩。若是，則豈非年益高工益深以致其然哉？昔王子安、李長吉弱齡之詩，非不鳴於時，第王子安傷於弱，李長吉傷於怪。觀於此，又豈不足徵乎？余亦好爲詩，今老矣，而詩不及年，尚當造行。余不逮，先爲敍於首簡，俾鵬舉再刊以淑諸人。人見之，又將舍魚而取熊掌矣。

洪武十二年歲次己未秋七月十日，四明山人烏斯道序。

（劉槎翁先生詩選卷首，明萬曆二十五年刻本）

劉職方詩〔一〕

楊士奇

劉槎翁先生詩，得之鵬舉之子鎡。嘗聞長老言：先生七歲能詩，既長，遭兵亂，雖奔竄巖谷，崎嶇無聊之際，日必賦一詩不廢。至遇朋徒相聚，或興有所發，輒累累賦之不倦也。蓋其好學之篤如此。然先生於明經，於古文，尤所篤好，詩特其餘事耳。先生德義在人，治行在史。余因此集，特記其好學一事，以示後人云。

後學楊士奇拜識。

（劉槎翁先生詩選卷首，明萬曆二十五年刻本）

【校勘記】

〔一〕題據明正統間刻本東里文集卷十補。

刻劉槎翁詩選序

張應泰

國初寓内同文，賢豪蔚起，然獨推轂吉州，辟之庭實在陳，諸珍具矣，槎翁其一也。當是時，宋文憲以帷幄從龍之佐，執牛耳，主詞盟，即青田、烏傷諸公鞭弭相周旋，文憲一亡所虚讓。乃至翁詩，輒遁巡三舍避，津津頌述不休。夫寧無當於中旨者乎？

不佞受事翁鄉，間引車式其故廬，諮所爲遺草，它亡論，即職方集已漫漶不傳，安在其名不朽也。因就君東謀。久之，君東乃介翁裔諸生道卿者以翁全集來。日奉之舍中，幸而卒業。翁詩大都沉涵蒼勁，矩矱先民，結體嚴，庀材博。長篇洒洒，力每有餘；短韻杼柚自成，類亦嫣然多致。鄉令翁與李唐人並軌而馳，錢、劉可伍也。王弇州擷秀咀華，纔登二語，是或得一臠爾，烏覩翁全鼎哉？翁生末造，俗漸於夷，顧能振響天衢，壹還大雅，詎不謂難？大江以西，陶元亮而後，弘紹宗風，定當以翁爲適矣。且不佞所服膺於翁者不獨詩。翁居官十載，不以家累隨，茹苦如布衣時。嘗觀察北平，攜一童往，至則遣還。由禮侍攝宰衡，再徵拜司業成均，迨于疾革，惟斤斤以不副任使爲恨，無一語及私。嗟夫，此所稱有德有言者哉！爰即道卿本，敬屬童先生稍爲裁定之，存者什七，授劂氏。西昌之文獻足徵，則君東伐矣。君東，劉孝廉渊字也。童先生名思善，君東向從受業，仕至令，乞歸，偕君東並以著述聞，蓋寔與翁代興云。

萬曆二十五年丁酉秋月，涇上張應泰拜手謹序。

（劉槎翁先生詩選卷首，明萬曆二十五年刻本）

續刻劉槎翁職方詩集序

鄭　倸

泰邑踞吉州上游，章、貢二水流爲澄江，而西則武姥岡，秀聳稱碓，固極山川之盛。自宋迄明，人文蔚起，辟肢膚之有筋骨而室築之有梁棟也。故得其秀靈而發乎性情，以徵其學養之精粹莫如詩，其詩之付之剞劂者殆可充棟，而劉氏爲最。龍洲先生詩詞淵雅，樹幟騷壇，同時叔擬輩觸景詠物，備得瀟洒風流之致，雖卷帙少存，得相臺岳柯表而明之。吁，盛矣！

明初槎翁先生出而揚風扢雅，文集行於世。安成吴山舫謂：歐文忠公、周文忠公之文皆有益于宋之文，而有益于明則推槎翁。其信然也。若夫詩，幼輒驚人，長益淬勵，歷官至老，不倦謳吟。辭采鮮媚，格局精嚴，與劉伯温之高渾，及高青丘、袁景文皆連鑣并軫，一掃元紀纖巧之習。是以論詩者謂：西江詩學源流，晉有淵明，宋有山谷，而明則槎翁又獨闢風氣，爲一代詩文之祖。或曰「骨格未高，究是學温飛卿一派」，亦止見其姑蘇曲、題余仲揚畫山水圖而言之。

余壬午莅兹邑，即得先生文集，癸巳，奉購訪遺書以充四庫。嗣孫有懋檢先生職方詩集進於上，併屬余序，余則何敢。然而先生之詩千古不磨，前代宋、烏二公詳弁諸首，余以耳目之所聞見者聊爲前人發其幽光，俾後人不致譏評妄加。而嗣孫重梓，弗敢聽其殘蝕，以上應國家之盛，其意亦可見也。是爲序。

賜進士出身、知吉安府泰和縣事西蜀鄭傪謹撰。

（劉槎翁先生職方詩集卷首，清乾隆四十五年重梓本）

續增刻劉槎翁先生詩集序

袁純德

劉槎翁先生著職方集，凡若干卷。宋金華、烏四明二先生爲之序行於世，業有成書，其板存珠林，由來久矣。顧其生平所作，流傳散佚、未登諸集者頗多。百丈族孫燕五君慮其久而湮也，廣爲採輯，共得若干首，付諸梓，續原集後。刻未成而燕五君隨没，其前所費者皆假貸於人，無以償，於是三岡大嶺諸賢裔僉議，各抽房祠帑金若干，償前逋而終厥事焉，乃復徵余言弁其首。

嗟夫，余何言！雖然，余其能已於言乎？昌黎有曰：「莫爲之前，雖美弗彰；莫爲之後，雖盛弗傳。」漢、晉以來，卓卓成一家言者不可勝紀，顧無論其書勿得見，且有莫聞其名者。無他，傳之非其人，而繼起之英少也。今夫豪華之子，日與聲色相徵逐，每不克爲先人手澤計。故没不一二年，欲求片鱗殘羽，杳不可得矣。今是集垂四百餘禩，數人者起而力任之，其於人賢不肖爲何如哉？余嘗讀其詩，每謂先正典型，津逮後學不少，蓋此中正法眼藏固自有在。然則兹編之刻，豈惟其先人是賴，亦吾道之光也，而謂余能已於言乎？抑余聞前人作詩，莫不有靈氣往來其間，故夫得意之作歿而不忘，説者謂有神護持，故終莫可磨滅。是刻也，其亦有護持者歟？信斯言也。槎翁先生詩，又概可知也夫。是爲序。

時乾隆四十五年庚子夏五月穀旦，恩科禮部進士、奉旨揀選一等特授文林郎、知湖南永州府祁陽縣事、署理直隸郴州知事、前知陝西米脂縣事、庚寅恩科陝甘同考試官、己亥恩科湖南同考試官邑後學袁純德頓首謹誌。

（劉槎翁先生職方詩集卷首，清乾隆四十五年重梓本）

續刻劉槎翁先生詩集序

曾聞勇

宗唐祧宋，詩家高踞壇坫者莫不以是爲定論，學詩者亦莫不以是爲趨向之正。宋既在所祧矣，何論於元？雖然，盛極必衰，衰極必變。格調聲律，每隨氣運爲升降，推本乎性情，則不可易。戴景明云：「性情元自無今古，格調何須辨宋唐。」又未始不可爲深知詩者參一解也。故有唐之詩，不能不有宋之詩，即不能不有元之詩。元固學唐者，宜超宋而近唐。顧温、李之派，錯采鏤金，雕繢滿眼，淺不若宋之深，嫩不若宋之蒼。漢廷老吏，方稱不負，及其季也，靡曼已甚，衰極又當變，非有識之超而志力堅定、所學又精以至者，不能起而迅掃之。而吾邑劉子高先生，則爲變元風、應明運之一人焉。

先生諱崧，號槎翁，以字行於世。官自徵起職方，至尚書，終國子司業。史稱善爲詩。先生固自幼能詩，比長，學博才贍，力追正始，兄弟倡和弗懈。既而窮覽山川之奇勝，遥尋高朋之資助，備歷世亂之險艱，益覺所造深純，老而彌工，下視纖艶之習如塵土矣。故能與劉青田、高季迪、孫仲衍、林子羽諸公並挽頹波，轉風氣，下開何、李之極盛。後之公安、竟陵，則非其嗣響也。朱竹垞亦云子高詩大具苦心。於此知先生固上遡漢京、選體暨唐、宋諸大家，不必拘拘於宗唐祧宋，而唐音自多，豈第豫章人當宗之爲西江派哉？

舊集自明萬曆至今，板之缺壞，在宜再梓。今三岡嗣孫諸生賓國、大嶺嗣孫秀州，受吾友茂才燕五君遺言，以其所採遺藁并舊集，各輸祠金，重付剞劂，以共成表章之志。先是壬午歲，燕五君於先生文集之版補其殘缺，得成全書，屬勇爲之序。勇既不量凡陋，敢言於簡端矣。是集復幾費經營，始得成卷貼，而力有弗逮，且隨以殁焉，誠可悲矣。諸君慷慨捐房祠重貲，克濟其美而終厥事，仍徵余言以弁其首。

勇曰：先生之詩，諸先正詳哉其序之，抑又評且備矣，勇凡陋，復何敢言？所不能已於言者，自以幼聞塾師誦先生雞鳴警句，識之於心，知敬重先生詩。後拈聲韻，即尋而讀，漸又得卒業，詎虚度歲月，不能振拔自勵，窺見底蘊。年未四十，又以多病神乏，不克廣搜訪，故於詩無能爲役。今頭且白矣，即欲强起末路，求所成就，益病衰無濟，有愧私淑，何以得遥託於門下士之列。但念吾邑風騷，有明一代自先生倡爲大聲，繼繼繩繩登大雅之堂者不下數十百家，此時詩教雖微，如曹檜而歇息既久，當必有更受高明之英出，尋涵咏源流升降，識真派贋鼎。若得先生之詩而讀之，必不舍入耳大聲，而愛折楊、皇荂也。唐與宋與，兼權擇趨，格調聲律，一歸性情。即未嘗自號於人曰「吾固宗唐祧宋也」，而壇坫已自高踞矣。詎非其後人重梓之功，更大有造於鄉之後起也耶？

乾隆四十五年庚子季秋之吉，邑後學曾聞勇頓首謹識。

（劉槎翁先生職方詩集卷首，清乾隆四十五年重梓本）

劉槎翁先生詩集跋

劉昂

從來著作所存，有前人傳之，後人不克珍而藏之、補而輯之，未有不薄蝕風雨，至於漫漶而無考也。是集自珠林道卿公重刊於前明萬曆廿五年，時張邑侯訪求職方遺草，已有「漫漶不傳」之嘆。鼎革以來又有數十年，而散見於鄉先生家與夫遠地之有載而傳之者，多舊集所未刻，是何所護持而於散佚之後復見遺書乎？

百丈房叔祖燕五多方搆求，得若干首，欲重刊原集，續增遺稿，奈以貧窘，事未竟而遂以老病終。因遺言屬之昂與大嶺房姪年衫，爲躊躇以償其假貸之費。而既厥事，乃與族衆議以兩房祭帑協志修之，族人咸勉力以經營焉。昂於是再爲校正，次其卷帙，于原集外續補遺四卷於後，其目録已刊有顛倒而不能改者仍之。今幸工竣，燦然成書，前人之遺澤，庶不至久湮矣。

嗟夫！以數百年不克磨滅之書，固足自壽於天壤，而後嗣式微，不能光昭前烈。撫兹遺編，有驚心五内而皇然抱愧者。然由是永守而寳護之，以爲後人傳誦，則垂之奕葉而愈足珍也，其可忽乎哉？爰是紀其歲月以誌補輯之意。時乾隆庚子秋七月也。

大原三岡嗣孫邑庠生昂謹跋。

（劉槎翁先生職方詩集卷末，清乾隆四十五年重梓本）

補刻劉職方詩選跋

劉匹熊

槎翁先生，有明稱西江詩派者，源清流正，不令汎泉别沱，旁瀋仄出，淆其宗脈，故能自成一家，卓然爲騷壇正統。先正之言曰：江西詩學淵源，晉有淵明，宋有山谷，而明則槎翁。旨哉言乎！

原板向存珠林，實故家法物，非同贗本，歲久漫漶，間有殘缺，慨手澤之空存，幸弓冶之未墜，撫念摩挲，未必非先人呵護之靈得以永守而有此今日也。荷山派新洲覃九君素有志補刊，迺商諸族之賢者，悉出舊板，屬予參校。譌者正之，蝕者修之，闕略者補之，鋟成什襲而歸，俾珍藏之。於是先生之詩，燦然復明於世，駸駸乎與金石并。古昔楊文貞公有云：「先生於明經，於古文，尤所篤好，詩特其餘事耳。」嗟乎！先生以餘事游心，尚能凌陶轢黄，綿豫章詩派之祖，矧其篤好於明經、古文者，將復奚似？惜也經術不傳，古文板又剥落，兹編之行，特一臠之味，而非全豹之窺。然由此而漸舉之，安知不因李、杜風月之吟而尋韓、蘇潮海之觀乎？則是役也，即謂表章先德之嚆矢也可。

大清同治三年歲次甲子蒲節日，珠林裔孫匹熊謹跋。

（劉槎翁先生詩選卷末，明萬曆刻清同治三年補修本）

新刻槎翁文集目録序

羅欽忠

槎翁文集十八卷，目録一卷，吾泰和前輩劉先生子高之作也。先生天分絶出，七歲能詩，而程勵不倦，日記千數言以爲常。六經、子、史、百家之説，靡不究覽，加以師友之資，江山之助，其文辭日新月富。嘗以詩領元至正鄉舉，會兵亂不果上。隱居逃難，崎嶇山谷間者久之。皇明受命，被詔起拜職方郎中。進北平按察副使，罷去，改禮部侍郎，權吏部尚書，尋予致仕歸。歸之明年，復徵爲國子司業以卒。其行義在鄉邦，其議論在朝著，其治績在史册，無容贅已。

平生詩文萬篇。詩刻於蕭氏者，既非其全，而文集所録，亦僅存此，凡爲銘、贊、傳、説、序、記諸體若干首，藏於家百五十年於兹矣，莫好而傳之者。玉光劍氣，固不容掩。邇者家兄吏侍在告家居，得而校之，未畢也，迫於召命，瀕行，奉以告吾郡太守徐侯士元。侯受之閲已，謂：「是郡之文獻也，惡可不傳？」乃畢校之，且捐俸刻之。梓工既，走价予示，俾序焉。

予既卒業，則歎曰：郁哉文乎！夫大廈之輪奂，非一木之枝梧也；珍鼎之雋永，非一味之調齊也；春陽之煦嫗，非一朝夕之漚鬱也。其養厚，故其氣厖蔚而隆凝；其學博，故其詞雄渾而腴暢；其志潔，故其體奥雅而切深。粲粲乎珠聯而玉綴也，鏘鏘乎韶奏而鳳鳴也，飄飄乎雲乘風而江河注海也。豈非一代之作者哉？顧久弗傳，伊誰諉咎？徐侯爲郡三年，廉平簡静，民用不擾，而表章先賢、風勵後進之心實惓惓焉。是集之傳，吾知吾黨之士不徒争先覩之爲快矣。予生也晚，不及以時讀先生之書，至是而後，得盡觀焉。掩卷遐思，良用自慰，而何足以窺其大全，況敢以不腆之詞弁其首哉？惟侯此舉不可不書，爰述此于目録之次，用紀歲月云耳。若夫首簡之序，侯名能文辭，其何辭辭之？校正在正德庚辰秋閏，梓完則嘉靖紀元夏五也。

邑後學羅欽忠謹序。

（槎翁文集卷首，明嘉靖元年刻本）

槎翁文集後序

鄒守益

往歲讀劉雲表祭槎翁子高之辭，稱其爲「廬陵岱宗」而反復慨歎，以爲古道所尚而俗子之嗤，未嘗不逌爾而歎曰：古之不入於俗久矣，求合于古，則必咈于俗，而闇然媚于俗者，且將得罪于古。故士君子寧受多口之憎，而侃侃尚友於千載之上，然後可以對越天地而無愧，奚特槎翁已乎？

方元之不綱也，輕儒術而崇吏威，驅一世於權利之途。而子高恂恂以經史自課，斂精蓄鋭，以肆於詩文，思與古之作者馳騁上下而無所撓。天下大亂，避兵里良山中，拾木葉，挹泉研石，以相倡和。遭逢國朝，以明經掌職方，出司北平憲事，茹糲被素，不以家自隨，時從庫吏假圖籍千卷，嗚嗚几上。及貳禮部，攝冢宰，齒髮耗矣，而志不衰。故其詩沉致奇勁，自成一家。而其文雄渾閒雅，馳驟而有餘力。昔上蔡先生曰：「富貴利達，今人少見出脱得者，所以都看不得。」跡翁之見，可謂透此關矣。故其自許亦曰：「平生無能過人者，獨富貴患難之適然吾前，曾不以動其心，而孳孳焉惟文學之是樂。」嗚呼！使其移平生精力以從事於濂、洛之緒，則不忮不求，何用不臧？所立殆不可測，然而已鬱然可觀矣。

詩曰職方集，宋學士景濂評之以傳。文曰槎翁集，羅吏部允升手校正之，以屬徐郡侯士元俾登之梓，于時距翁百有五十年矣。以百有五十年，而殘篇散簡猶爲士君子之愛慕而思以永之，回視豐貲高爵、氣焰炫赫而今且蕩爲泠風者，所獲不既遠乎？刻既成，侯遣伻以示于山中。乃論其世，以風厲學者，使知求合于古，而毋以俗爲進退也。

安成東郭山人鄒守益謹識。

（槎翁文集卷末，明嘉靖元年刻本）

再鐫劉槎翁先生文集序

吴　雲

古西昌有開國大臣劉槎翁先生，文集數千篇，今僅存數百。其詩集乃嗣孫養性道卿編梓，其版猶在。文乃西昌理學名臣文莊公羅整庵先生校定，原屬吉安賢太守徐公士元捐俸鐫傳，而文服當改革之會，燬失無存。有槎翁先生族孫虞章氏，廣搜遺文，斷簡殘碑，一一收輯，於是原文集如初，而又續徐公之志與羅少宰之心。余聞而賦一詩賀之。未幾，以所鐫文集示余，見槎翁先生之像亦端坐於集上如生。余於是有不勝其感者。

文有有益於世之文、無益於世之文，無益之文不可有，有益之文不可無。如吾郡歐文忠公之文、周文忠公之文，已爲有益之文於宋。若有益於明之文，槎翁先生明初與宋景濂、方正學、劉青田、解春雨四先生爲文章五宗，若不傳其文，是不傳古之道。於先生之傳不傳無與，蓋傳先生正所以傳世道人心，非先生也。整庵先生爲人何如嚴正，而必欲傳先生之文，其用意已深，今若不傳，不惟不傳槎翁先生，而并不傳整庵先生，又不傳賢太守徐士元先生。此虞章氏有光於羅少宰、徐太守，而不止於光先生。若人人如虞章，不致歐文忠有人文未盡之嘆。今歐集已傳，而周文忠公之集未見，相傳寫本在臨川李宅上，亦無繇得，不知又復有念前賢如虞章氏出乎？即胡忠簡公全集，予猶及諷誦友家，然亦無副本，恐此本一失，更無可稽，不知亦有好賢諸明公如吾虞章氏乎？是則予之所深感也。

虞章好實行，不好名。此集亦不欲人序，而予必欲序，蓋欲托吾虞章風吾郡或天下後世人，凡見前賢遺文，皆不可忽也，豈僅爲槎翁先生哉？謹書於集上。

後學吴雲撰。

（劉槎翁先生文集卷首，清康熙四十一年劉光被重梓本）

劉槎翁先生文集跋

劉光被

是集自先明嘉靖刊成行世，板存郡衙，鼎革以來，不惟片板無留，即刊本亦鮮全册。光被慮其久而無稽也，不且遏佚前光遂泯滅失傳乎？爰多方購求，或抄本或刻本，對閲校詳，揭貲剞劂。嗟乎！後人式微，不獲表揚先業，而文章不朽，庶幾垂美久遠耳。工始于康熙辛巳春，告竣于壬午冬。略爲記其年月云。

百丈房嗣孫光被謹識。

（劉槎翁先生文集卷末，清康熙四十一年劉光被重梓本）

續刊劉槎翁先生文集序

曾聞勇

韓子云「擇其善鳴者而假之鳴」，蓋文應運而興有使之然。自古及今所謂立言不朽者，皆其善鳴者也。明之初，詩如劉伯温、高季迪、袁景文、徐幼文，其善鳴者也，而吾邑槎翁劉先生之詩，則一時與之齊驅而並駕焉。文如宋景濂、王子充、陶主敬、方希直，其善鳴者也，而吾邑槎翁劉先生之文，亦一時與之齊驅而並駕焉。嗟乎！先生之於詩文，可謂造之極深，詣之極精，有模有範，成一家言，真韓子所謂善鳴者矣，豈一切憑才性、寡繩尺，苟爲炳炳烺烺謂之人固有集哉？

余自幼小時，塾師皆得舉先生七歲雞鳴詩相勗勉。爾時雖未了其義，亦知其語之奇。稍長學爲詩，尋西江派，淵明、山谷而下，即求先生之全詩得而讀之，於今廿有五年。余雖無似，而宋公景濂稱爲「五美俱備」者，幸已讀之卒業矣。至於先生之文，雅聞宋公方之司馬子長。余記性不敏，跼促舉業中，未暇旁窺子集。早歲僅得送畫史李約禮序於明文選編讀之不厭，真有太史公筆意，謂執一可以概百，不必盡讀先生之文，知其盡爲司馬子長之文也。遂忽忽至今，未嘗得先生之全文而讀之。

頃者，先生百丈房裔孫邑庠燕五君於余有交誼，一日攜先生之全文六册尚未裝訂者過余而告之曰：「此先槎翁公文集也，自羅文莊公手校正之，以屬郡守徐公士元登之梓後，歲久毁朽，又經鼎革兵劫之餘，散亡殆盡。先房伯飲賓虞章公慨然久之，乃遍尋斷簡殘編，於前壬午歲捐資輯而鐫之，距今又六十年矣，板片之亡失又已過半。吾族人懼其久而又盡也，咸責其事于我。因不憚早夜，查核經旬月，得所缺遺者若干，悉採取舊印本依格鈔寫，授梓人以補之。

費則出吾族祭帑。幸得卷册復完矣。吾力亦竭，君其爲我序之。」

余曰：先生之全文，余企慕久如飢渴，今賜我得卒讀，是平生之願也。若評而品之，則有鄒東廓、羅西野兩先生序，足以信今而傳後。又明史載其行與文甚詳。余生最晚，學業淺陋，不能窺先生底蘊，敢以言論次先生之文哉？然而不能已於言者。語曰：「莫爲之後，雖盛弗傳。」余友燕五君與其族人能不没先生之手澤，使十八卷復成全書，與詩集並長垂不朽，則讀其詩者，又可讀其文，是有爲之後盛，自永傳也；況由是讀先生之文，知明初景運之隆。先生出其所造之深、所詣之精，以鳴國家之盛，蓋天授，非人力矣，非所謂「擇其善鳴者而假之鳴」乎？且更可想見先生位冢宰時，與劉青田、宋學士等黼黻興朝致太平，即謂爲伊尹鳴殷、周公鳴周焉可也。後之士大夫當奉爲立朝模範，又豈第羡爲文字之善鳴者哉？然則是役也，賢後裔不惟光昭前烈，抑亦有裨於世道。余因不辭粗鄙，嘉其表彰，兼自志私淑之素懷云。

旹乾隆二十七年壬午夏又五月，邑後學曾聞勇敬書。

（劉槎翁先生文集卷首，清乾隆二十七年百丈房忠孝堂重梓本）

重刊槎翁詩文全集序

蕭敷政

吾邑劉冢宰子高先生爲明初大儒，名與青田、潛溪諸公埒。其著述之宏富，在勝朝羅公欽忠作序時，距公僅百五十年，已云「詩文萬篇」，「詩刻既非其舊，文集亦僅存此」，則其散佚蓋已久矣，況至今更五百餘年迭經兵燹哉？

政家鄰百丈村，公遺裔也。聞康熙、乾隆間曾兩次重刊其文集，今不獨片板無存，即集本亦不可多得。偶於友人案頭見之，亟貽以古集數册易之而歸。其詩集則得于公裔太湖村，詳加檢校，將爲合刻。復訪諸嚴恭門茂才，又得其補遺詩數卷，與正集略等，由是始成全璧矣。王珸山茂才復爲之編輯年譜，并附載焉。

竊惟名山所藏，動云勒之金石，然金有時爍，石以時泐，況乎尺楮片梨安能恃以千秋而不壞？所冀應時續刻廣佈，夫亦鄉邦後學之責也。至公之品詣文學，久已名垂史宬，集藏金匱，爲宇宙所宗仰，豈容贅讚一詞？兹喜鋟工告竣，特敍緣起，用誌景慕之私云爾。

光緒甲辰仲夏之月，後學蕭敷政謹識。

（劉槎翁文集卷首，清光緒二十五年刻本）

跋嶺南録

陳　謨

古稱信史、疑史，信固史也，疑亦不可不謂之史。然有疑而可傳者，有疑而不必傳者，則係乎其人焉。

余觀劉君子高嶺南録，殆信者必可信，疑者必可疑，可傳者固多出前志之外，而不必傳者有以破千古之謬與訛，以俟來哲，豈有涯哉！如潮之盈虚消息一係於月。月之所臨，則水往從之。而東海之候，異於南海。欽、廉之潮，朔望大潮謂之先水，日出一潮謂之小水。瓊海之潮，半月東流，半月西流，且不係月之盛衰。此可傳之疑也。辨銅鼓斷不出於馬伏波，辨陳雷公之事以正丁謂之非，辨蔣炳文之承誤而知以雷名洲乃取於雷川，辨龍母祠謂本祠秦媪而斥其五龍天妃之爲妖。此不必傳且足以破千古之謬與訛者也。他多有之，姑舉其大者一二以見志。

嗚呼，安得言史皆如是哉！昔太史公尚不免寡識輕信之譏，使盡如子高，豈有好奇之過哉？嗟咏再三，聊題其末。

（明陳謨海桑集卷九，明刻清康熙十九年陳邦祥重修本）

附録二　傳誌

壙誌

劉　埜

公諱崧，字子高，號槎翁，姓劉氏。始祖五學士諱沆，後唐天成三年戊子，繇金陵徙居西昌珠林里。曾祖鍈，宋國子待補。祖憲翁，父公榮，皆州學訓導。公生而穎敏孝友，根於天性，喜交遊，敦禮急義。其爲文章，沈著典麗，獨追古作者，而先之承旨宋公濂觀其文，嘆曰：「蓋太史公之流，今人不多見也。」

公舊名楚，當前元至正丙申，以詩經領鄉薦，會江、淮盜起，不果上公車。避地山中，以耕牧爲業，因自號啜夫。皇明有國，公以賢良徵至京。上諭臣不許以國爲名，敕改名崧。拜兵部職方郎中，階奉議大夫。陞北平等處提刑按察司副使，階中順大夫。時權姦當朝，有以聲息言公者抵公罪，既而得旨，放歸田里。公幅巾藜杖，遨遊田里，間尋媢訪友，了無虚日。所至輒留，留則極數日之歡而後去，間或乘興輒復相過，過則又未嘗留也。人以槎上翁目之，公笑曰：「此真善於名我。」因復自號槎翁。家居歲餘，有詔徵入拜禮部侍郎，階嘉議大夫，復有旨進攝吏部尚書。既一月，主上憫其老，遂賜以歸。公抵家，始葺廬舍，以畢婚嫁爲事。而使者復來，召公以教胄監，授國子司業。公喜曰：「吾老矣，不能爲力矣，若爲國育人材，則吾不敢以老辭也。」既入覲，賜鞍馬，俾朝夕繼見。未旬日，遽得疾以喪。上聞之，痛悼，敕有司治殯，且製文命内臣以祭焉。其子梲既舉公之柩至自京師，乃以十月十九日庚申葬公於荷山庫下㕣。

公生至治辛酉二月十四日子時，歿洪武辛酉四月初四日丑時，享年六十一。子二：男梲，女信。娶妻鄒氏、陳氏、楊氏。母蕭氏。有文集一百卷藏於家。埜痛惟兄弟三人，仲氏則公也。公之才之學不爲不用於世，且全生全歸，可謂無憾矣。獨惜夫埜之孑立無助，雖曰不死，然觀於世，何如也！抆淚誌其壙之石。豐城縣儒學教諭胞弟埜所撰壙誌。

（槎翁先生文集附録，清光緒二十五年刻本）

行述

劉　埜

公諱崧，字子高，舊名楚。元至正丙申以詩經登江西鄉薦。公賦性仁孝純厚，而穎悟絶人。五歲能誦書，日記數千言。七歲能賦詩。嘗侍世父養蒙先生夜寢，聞雞鳴，因命爲題。公詠絶句云：「一雞嘐罷衆雞嘐，草樹微曚曙色晞。喚醒人間蝴蝶夢，起看天上火龍飛。」世父驚嘆：「是子他日必大任也！」年十一喪母。先府君家貧且食指衆，公經營家事，常負米數十里外，下至薪水，莫不自給。先府君攜長兄麓館寓四方，公與埜亦力學不倦。天寒無火，局縮坐窗下，或執筆作文，至手爲皺裂不廢。雖啓迪指引，有師道焉，而友愛玉成，怡怡如也。年十六，授徒他邑。每歸省，輒詩歌盈帙。蓋歷高、曾以來，理學相承而詩文益工，至公爲家學領袖。年十九，攜書至南昌。時江右有十才子之稱，見公，歡如平生。出其製作，才子至讓爲先列。

元末亂作，公亟歸故里，而廬陵亦陷。先府君時嬰疾病，扶舁入山中避亂，晝夜侍奉，至衣不解帶者踰旬朔。先府君卒，哀毁瘠立，喪祭一遵家禮。及免喪，行省以薦者授龍溪山長，曰：「吾無勞於國而有恩命，吾不爲也。」遂搆具翕堂，與父子兄弟自相師友，且日與鄉人詩酒其間，歌詠盈帙。

明年丙申大比，公與埜皆試有司。比至南昌，或謂公以詩名重江右，舉業恐非所長。及取薦，議者赧服。捷報者至，公適往田中摘粟歸，悵然曰：「吾思二親篤於訓子，今不及見。」因爲泣下。時天下大亂，未幾，州城亦陷，家竟蕩覆。公挈妻孥避寇者累歲。後卧山中，繼喪二子。又二年，遂喪其室，煢煢上下，無以爲生。

會皇明開基，四方以次平定，而朝廷以薦者徵書下矣。公辭避不獲。既至南京，初試中書省，人皆服其名下無虚。及入對，上御奉天殿，親點爲兵部職方郎中。例不許以國爲名，敕部中改名崧，賜制詞有曰：「爾以經明行修，充人才之選，幼學壯行，固足以達其志也。」「爾其趨事赴功，恪守迺職。」公居官勤慎，小心敬畏，朝廷以爲得人。既而命往鎮江攢糧。掌文册，起蓋倉厫。而鎮江多公侯田土，往往製肘。公乃歸，面奏得旨，令官民異，蓋公即時差定。又命往廣東買馬，遂得六百餘匹。

其明年，命往山東點視驛遞馬匹、船隻人夫、什物館舍。將歸，繼命往萊州相視遭風海船。時天寒地凍，公衝冒風雪，跋涉水陸，往來凡四閱月以訖。事聞，會北平缺官，廷議以肅清邊郵非賢才老成不克任此，於是陞公爲北平按察司副使。制詞曰：「爾以忠勤事朕，則簡在帝心，亦有日矣。」

但北平前元故都，民雜五方，當新造之日，猶難整理，更乏長司。公持憲綱鎮定，務寬厚，以存大體，招徠逋逃，慰安反側，民甚賴之，故遠近向化而從容以治也。其考覈官員，以廉慎爲先，而不尚刻薄。審録之際，必再三求其生，不可得，然後付之法，故人亦自以當其罪而不爲尤怨。作興學校，則刻石立禮部學規。榜示府縣，勿以執事溷諸生而廢學。考問風俗，首以宋文天祥忠死於燕，宜建祠以勵世風，遂定大興縣學之右，置設神像以祀焉。及增損驛遞，以均平差役，賣鹽退引，設法關防私鹽姦弊，禁治影射。每早出視事，必命小吏挾書册前至廳堂。理事公務畢，時觀諷詠，或手自編録，至暮乃罷。及任滿，考績京師，詣午門，挂給由牌，觀者嘖嘖，以爲自開國來任憲察報政者未嘗有也。既而朝廷以課最再任。公復建言：州縣佐貳之久虚曠事蹟，北平八府其縣官裁減太多，量宜增設。朝覲官員往復脚力，宜加優恤應付，其有水夫，宜撥付陸道有司管領。遞年北平荒地開墾，宜定以五年爲則。北平鹽價則例比他處不均，北平糧斛收貯宜續蓋倉廒。銓官分領及請設試吏一科，以清案牘。其爲政裁畫有方，率多類此。後一年餘，姦臣忌公，誣失邊報，有旨罰令城築。未幾，蒙恩釋放。公旋歸，而危病幾不可作，遇異人以全活之。

十三年春，天子既誅姦臣，慨然思舊，遣使徵拜禮部侍郎。制詞曰：「務得通古今、博羣書，明於禮而善周旋者，乃爲稱任。」公既拜命，日稽古典，惟直惟清。上嘉之。又以文學雅正不羣，命撰滕國公顧時神道碑、海國公吴禎神道碑，及撰中國公鄧鎮襲封誥詞。至呈上，讀之嘆賞。或萬幾之暇，即命賡歌賦詠，上自爲之品題。夏四月，陞授吏部尚書。時侍郎陸謀以察察爲明，公一處以寬，而銓次有法，藻鑑不失，議者以公爲稱職。方皇上法網嚴密而振威整肅，故人多救過不暇。公每誠款奏對，歷陳時弊，上亦爲之容納而不激禍，天下皆陰蒙其惠。上賜宫女二人，俾資饋養，公辭謝不受。復賜家人，渥沾夫婦。遂歸之於家，以書戒其子曰：「彼亦人子也，可善遇之。」

既而以老乞休，乃命致仕。敕諭有曰「君子之生，莫不由父善良而母淑德，專慈愛以訓成」，「卿學問過人，善備剸煩治劇之能，今已年高」，「命卿致仕」，「卿去朝，必坦懷而端志焉」。其眷念碩德，曲全老成，又爲有在。至十四年三月，上又遣行人詣居，徵拜國子司業。其制有曰「俄有生離死别，則使人慕之切切，恨不得即時一見。是爲賢能之所感也」。又曰「卿去後至今，人皆弗稱」，「卿來，當授以國子司業」。既至，引見歡甚，賜鞍馬，俾朝夕繼見，見必燕語移時。未旬日，遽得疾以卒。上悼痛，親撰文，命奉御唐壽致祭，敕有司治殯殮如禮。洪武十四年之六月四日也。

公所居室三間，半覆以茅，嘗欲更之未能，則曰：「令後世師吾儉。」家有田五十畝，皆館授時所置，後居官，未嘗有所增益。一布被嘗爲鼠所傷，始命更製，仍補所傷者以衣其子。歷官十一年，未嘗以家累自隨。攜一童到官，亦遣還。當赴北平時，始盡支職方俸得九十金，封託鄉人收貯，及歸往取，其人已用，置不復問。公手筆子史、醫卜、地理等書六十帙，《北平府志》書三十帙，《北平事蹟》一帙，詩文三十餘帙。宋學士濂嘗見其文，嘆曰：「太史公之文，今不多見也。後世宜珍藏之，永傳之，以期斯名於不朽矣！」胞弟楚所撰行述。

（《槎翁先生文集附録》，清光緒二十五年刻本）

劉崧

崧字子高，吉安泰和人。元季嘗領鄉薦，遇亂，不及會試，教授鄉里。國朝洪武三年，以材學舉至京，授兵部職方郎中，陞北平按察司副使。居官以清苦自持。坐事輸作京師，尋放歸鄉。十三年春，丞相胡惟庸等誅，上特賜手敕起爲禮部侍郎。未幾，命署吏部尚書事。以疾乞致仕，許之。已而上思其老成宿學，遣使以國子司業起之，一見歡甚，賜以鞍馬。居位未十日，而遽得疾，猶强坐訓諸生。疾革，祭酒李敬問所欲言，崧曰：「天子遣崧教國子，將責以成功，而遽死乎！」無一語及家事。卒，年六十一。上重惜之，親爲文以祭之，曰：「惟爾有學者行，發譽儒林。朕嘉爾能，屢常擢用。邇者遣使召爾司業成均，簡在朕心，期于成效。夫何不數日間，遽然而逝，朕甚悼焉。已令有司備禮殯殮，靈車歸葬。特以牲醴致祭。」

崧博學有志，家素貧，及貴，未嘗增置産業。居官十歲，不以妻子相隨，清苦如布衣時。其爲北平按察副使，攜一童往，至則遣還。每夜孤燈一榻，讀書不輟，至五鼓，則衣冠起坐待旦。值北平兵革之後，招徠逋逃，慰安反側，惟務寬厚，以存大體。尤慎威刑之用，遇小人憸狡，輒先事防制。温顔巽詞，而見者凜然。及致仕而歸，益自謙下。問學之功，老而彌篤。與人言，未嘗及官政。歲歉，其姻族之人不能自養者，輒周給之。崧歷中外，尤以文學受知於上。其爲文雅粹，爲詩有唐人風韻。所著有北平八府志、東遊録、嶺南録及詩文十八卷藏于家，又有職方集行于世。

（明太祖實録卷一百三十七，臺灣中研院歷史語言研究所影印紅格本）

司業劉公言行録

尹　直

劉崧字子高，江西泰和人。舊名楚，元季鄉舉，國初改今名。仕至禮部侍郎，權吏部尚書，終國子司業，年六十一。

公賦性仁孝純厚，穎悟絶人。年五歲誦書，日記數千言。七歲能賦詩。嘗侍世父夜寢，聞雞聲，因命爲題。公應口成一絶，末句「唤醒人間蝴蝶夢，起看天上火龍飛」。世父驚歎：「是子他日必大用！」家貧無火，執筆作文，手爲皴裂，而力學不廢。年十六，授徒他邑。十九游南昌，時善賦者稱十才子，見公製作，推讓爲先列。行省嘗以薦授龍溪山長，公曰：「吾無勞於國而有因命〔一〕，吾不爲也。」至正丙申，應鄉試。報捷者至，公適自田中摘粟歸，悵然泣下曰：「始二親篤於訓子，奈何今不及見。」時天下大亂，州城陷，家蕩覆，避地累歲，無以爲生。

會皇明開基，四方以次平定。公以經明行修薦，召見奉天殿，授兵部職方郎中。小心謹畏，歷署駕部總部事。奉命鎮江徵糧。鎮江多公侯田土，往往掣肘。公歸奏之，得旨，今民異〔二〕。未幾，命往廣東買馬，得五百八十四匹。又明年，往山東點視驛遞，萊州相視遭風海船。時天旱冰凍，衝冒風雪，跋涉水陸，凡四閱月以訖事。在兵部幾三載，升北平按察司副使。北平當元故都，新造之初，公持憲綱静以臨之，考覈屬官以廉慎爲先，讞獄必求其生，而不得，乃付之法，受罰者亦自以爲當罪而不怨。作興學校，刻石立禮部學規，榜示府縣，勿以差役溷諸生而廢學。考問風俗，立宋忠臣文天祥祠於大興縣學之側。以宛平驛事繁馬少，遂損僻路分添設走遞。及設法關防，賣鹽退引，禁治影射私鹽。爲政裁畫有方，率多類此。

十三年春，徵拜禮部侍郎。既拜命，日稽古典，惟直惟清。上嘉之，以其文學雅正，勑撰滕國公顧時、海國公吴禎神道碑，及撰申國公鄧鎮襲封誥詞。宋學士景濂嘗觀其文，嘆曰：「此司馬遷之文，求之今世，蓋未有過之者。」而於詩，則尤所推讓。夏四月，命公攝吏部尚書。時侍郎陸某以察爲明，公一處以寬，銓次不苟，藻鑑不失。五月，以災異迭見，命公致仕。

十四年三月，徵拜國子司業，賜鞍馬，令朝夕繼見，見則必燕語移時。夏四月，得疾遽卒。上悲悼，因言：「劉崧前日徵來，朕怪其倏老。朕命教國子，將以作成我公侯子弟以待用，豈意其至此哉！」即命有司治殯斂，諸費皆官給。遣御史唐壽諭祭，其文首曰「卿有學有行」。

嗚呼！公所居室弊，半覆以茅，嘗欲更之未能，則曰：「令後世師吾儉。」家有田五十畝，皆館授時所置，後居官，未嘗有所增益。在北平時，身所覆被亦館授時物也，嘗爲鼠所傷，始命更置，其故鼠傷者，仍命補葺，以衣其子。歷官十一年，未嘗以家累自隨。嘗攜一童子到官，亦遣還。當赴北平時，始盡支職方俸廩，易得白金九十兩，封託鄉人收貯。及歸往取，則其人已用之，止餘封紙而已，公亦不復問。

公手筆子史、醫卜、地理等書六十帙，北平八府志書三十帙，北平事蹟一帙，詩文三十餘帙，而職方詩集行于世。並劉埜撰行狀。

洪武初，爲北平按察副使，止攜一童赴任。每夜焚一燈坐一榻讀書，五鼓即起視事。時當兵革後，招徠逋逃，慰安反側，務寬厚，以存大體，民甚賴之。大明一統志。

尹直贊曰：世否則匿，世治乃興。歷司兵署，憲副北平。孤燈弊衾，孰如其清？進貳宗伯，尋攝天卿。退而復起，特贊司成。有學有行，終始哀榮。（明徐紘皇明名臣琬琰録前集卷十二，明嘉靖刊本）

【校勘記】

〔一〕「因命」，疑作「恩命」。

〔二〕「今」，當作「令」。

劉崧

劉崧字子高，泰和人。七歲能賦詩。家貧，寒無爐火，手皸裂，而鈔録不輟。元末舉於鄉，遭亂，教授鄉里。洪武三年，舉經明行修，召見奉天殿，授兵部職方司郎中。奉命徵糧鎮江，鎮江多勳臣田里，租賦數以累民，崧力請得與民計畝輸税。市馬廣東，視驛傳山東，還奏俱稱旨。遷北平按察司副使。北平元故都，新罹兵革，崧爲治務持大體，輕刑省事，招徠流亡，慰安反側，民咸復業。建文天祥祠於學宮之側，立石學門，免諸生徭役。嘗請減他驛馬以益宛平。帝可其奏，顧謂侍臣曰：「驛傳勞逸不均久矣，崧能言之，牧民不當如是耶？」久之，坐事輸作京師，尋放歸。十三年，徵拜禮部侍郎，攝吏部尚書。時侍郎陸讓以察爲明〔一〕，崧一處以寬，銓次平明，藻鑑無失，尋致仕歸。帝重其老成，踰年，復召爲國子司業。既至，賜鞍馬，朝夕進見，見輒燕語移時。居一月，得疾遽卒。帝甚悼惜，親爲文祭之。

崧操行清苦，微時有田五十畝，居官未嘗增置。所居室敝，半覆以茆。十年一布被，爲鼠傷，始易之。居官未嘗以妻子自隨。爲北平時，攜一童往，至則遣還。明燈讀書，往往達旦。詩篇雅粹，擅名當時，豫章人久而宗之。福王時，追贈禮部左侍郎，謚恭介。

（清萬斯同明史卷一百七十四列傳二十五，清鈔本）

【校勘記】

〔一〕「陸讓」，一作「陸謀」。

劉崧

劉崧字子高，泰和人，舊名楚。元末舉於鄉，國初改今名。崧七歲能賦詩。家貧，寒無爐火，手皸裂，而鈔録不輟。遭亂，教授鄉里。洪武三年，舉經明行修，召見奉天殿，授兵部職方司郎中。奉命徵糧鎮江，鎮江多勳臣田，租賦數累民，崧力請得與民計畝輸。遷北平按察司副使，以廉慎爲先，輕刑省事，招集流亡，民咸復業。創立文天祥祠於學宫之側。勒石學門，榜示府縣勿以徭役溷諸生。嘗請減僻地驛馬以益宛平。帝可其奏，顧謂侍臣曰：「驛傳勞逸不均久矣，崧能言之，牧民不當如是耶？」坐事爲胡惟庸所謫，輸作京師，尋放歸。十三年，惟庸誅，徵拜禮部侍郎。未幾，攝吏部尚書。雷震謹身殿，帝廷諭羣臣陳得失。崧頓首，以修德行仁對，尋致仕歸。踰年，與前刑部尚書李敬並徵，拜敬國子祭酒，而崧爲司業。賜鞍馬，令朝夕見，見輒燕語移時。未旬日卒。疾作，猶强坐訓諸生。疾革，敬問所欲言。曰：「天子遣崧教國子，將責以成功，而遽死乎！」無一語及家事。帝命有司治殯殮，親爲文祭之。

崧博學有志行。微時兄弟三人，共居一茆屋，有田五十畝，及貴，無所增益。十年一布被，鼠傷，始易之，仍葺以衣其子。居官未嘗以家累自隨。之任北平，攜一童往，至則遣還。晡時吏退，孤燈賦詩，往往達旦。豫章人宗其詩爲西江派。福王時，追贈禮部左侍郎，謚恭介。

（清王鴻緒明史稿卷一百二十六列傳第二十一，清敬慎堂刊横雲山人集本）

劉崧

劉崧，字子高，泰和人，舊名楚。家貧力學，寒無鑪火，手皸裂，而鈔録不輟。元末舉於鄉。

洪武三年，舉經明行修，改今名。召見奉天殿，授兵部職方司郎中。奉命徵糧鎮江。鎮江多勳臣田，租賦爲民累，崧力請得少減。遷北平按察司副使，輕刑省事，招集流亡，民咸復業。立文天祥祠於學宫之側。勒石學門，示府縣勿以徭役累諸生。嘗請減僻地驛馬以益宛平，帝可其奏，顧謂侍臣曰：「驛傳勞逸不均久矣，崧能言之，牧民不當如是耶？」爲胡惟庸所惡，坐事謫輸作，尋放歸。十三年，惟庸誅，徵拜禮部侍郎。未幾，擢吏部尚書。雷震謹身殿，帝廷諭羣臣陳得失。崧頓首，以修德行仁對。尋致仕。明年三月，與前刑部尚書李敬並徵拜，敬國子祭酒，而崧爲司業。賜鞍馬，令朝夕見，見輒燕語移時。未旬日，卒。疾作，猶强坐訓諸生。及革，敬問所欲言，曰：「天子遣崧教國子，將責以成功，而遽死乎！」無一語及家事。帝命有司治殯殮，親爲文祭之。

崧幼博學，天性廉慎。兄弟三人，共居一茅屋，有田五十畝，及貴，無所增益。十年一布被，鼠傷，始易之，仍葺以衣其子。居官未嘗以家累自隨。之任北平，攜一童往，至則遣還。晡時吏退，孤燈讀書，往往達旦。善爲詩，豫章人宗之爲西江派云。

（清張廷玉等明史卷一百三十七列傳第二十五，清乾隆武英殿刻本）

劉崧

劉崧字子高，太和人。先名楚，號槎翁。性仁厚，自幼穎悟絶人。七歲能詩，侍世父養蒙寢，聞雞聲，命賦之，即成，有「喚醒人間蝴蝶夢，起看天上火龍飛」之句。家貧無火，局縮窗下，爲文不輟。年十九，遊豫章，時有稱十才子，見其文，或屈之。至正丙申，領江西鄉薦，遭時難。洪武初，薦明經，授職方郎中，命署駕部、北平按察副使。時北平初定，民雜五方，難治。崧持法寬平，悉心民瘼，興學薦賢，風表忠節，立祠祀文信國。既罷去，未幾，及徵拜禮部侍郎，復進攝吏部尚書。時稱其鑑別銓次，無所偏徇。上憫其老，賜歸。未幾，上思之，手詔召曰「昔之賢能」，「使人慕之切切，恨不即一見」。拜命即行。既至，授國子司業，賜鞍馬，令朝夕見，見必燕語，多所匡正。旬日，得疾卒。所著有職方集。

（明王昂吉安府志卷十，明嘉靖刻本）

劉崧

劉崧字子高，吉安泰和人。元季嘗領鄉薦，遇亂，不及會試，教授鄉里。淹貫經籍，尤長於詩。洪武三年，以材學舉至京師，授兵部職方司郎中。高皇帝雅知之。嘗祭方丘，崧與吴琳、宋濂輩侍從應制賦詩。六年，陞秩北平按察司副使。居官以清苦自持。十年考績，偕諸道憲官入朝，會更定外官九年爲任，上賜慰諭曰：「今天下太平，爾等膺名秩，食厚禄，而民隱未盡昭恤，非爾之責與？惟是新制考績必待九年，其各還司，慎乃憲度，毋玩民事，毋干天紀。後此能復見朕，則爾等爲奉職矣。」居無何，坐事輸作京師，尋放歸鄉。十三年春正月，丞相胡惟庸等誅，罷中書省，惟設六部。上特賜手敕，起崧爲禮部侍郎，賜以誥曰：「國家以禮導民，將使天下之人皆由之。其品節之分、制度之詳，亦既考定而頒行矣，非得明達朝章者典之，豈足以儀表中外乎？爾崧學通古今，舉止詳雅，故命爾爲禮部侍郎。爾其敬以持身，恭以將事，俾朝廷之禮粲然有倫，則海内嚮風而有化民成俗之效矣。往居乃職，爾惟懋哉！」未幾，命署吏部尚書。五月甲午，雷震奉天殿，上謂崧等曰：「朕自即位以來十有三載，夙夜兢業，不敢怠荒，惟恐治不古若。間者上天有警，朕心不寧，此必朕有失德，政事有乖。卿等宜悉陳朕得失，毋有所隱。」崧等頓首曰：「人君一心，上通乎天，災咎之至，惟修德行仁可以弭之。今陛下遇災能懼，省躬思過，復開導臣等盡言。臣聞『惟德動天，無遠弗届』，能修人事，所以消天變也。」上曰：「唐、虞之時，君臣更相戒敕。卿等輔朕，當以古人爲法，盡心無怠。」尋以老疾，乞致仕。許之，賜以敕諭曰：「君子之生也，莫不由父母之賢、師友之訓，以成其材。及其壯也，則推而行之，以致君垂拱，利澤羣生。斯仲尼之道、君子之志也。卿學問該博，踐履篤實，負成己成物之器，備劇繁治劇之才，正宜佐朕以理天下。奈何年齒衰耄，難於步趨，故不忍復煩以政，特賜致仕。卿其去朝，歸于鄉里，宜慎所養，以樂餘年。」十四年三月，上思其老成宿學，遣使以國子司業起之。一見歡甚，賜以鞍馬。居位未十日，遽得疾，猶强坐授訓諸生。疾革，祭酒李敬問所欲言，崧曰：「天子遣崧教國子，將責以成功，而遽死乎！」無一語及家事。卒，年六十一。上重惜之，親爲文以祭之，曰：「惟爾有學有行，發譽儒林。朕嘉爾能，屢常擢用。邇者遣使召司業成均，簡在朕心，期于成效。夫何不數日間，遽然而逝，朕甚悼焉。已令有司備禮殯殮，靈車歸葬。特以牲醴致祭。」

崧博學有志行，家素貧，及貴，未嘗增置産業。居官十歲，不以妻子相隨，清苦如布衣時。其爲北平按察副使，攜一童往，至則遣還。每夜孤燈一榻，讀書不輟，至五鼓，則衣冠起坐待旦。值北平兵革之後，招徠逋逃，慰安反側，惟務寬厚，以存大體。尤慎威刑之用，遇小人險狡，輒先事防制。温顔巽詞，而見者凛然。及致仕歸，益自謙下，學問之功，老而彌篤。與人言，未嘗及官政。歲歉，其姻族之人不能以自養者，輒周給之。崧歷中外，尤以文學受知於上。其爲文雅粹，爲詩有唐人風韻。所著有北平八府志、東遊録、嶺南録及詩文十八卷藏于家，有職方集行于世。

（明黄佐南廱志卷二十一，明嘉靖二十三年刻增修本）

祭酒劉公

公名崧，字子高，太和人。七歲能賦詩。洪武三年，以材學舉職方郎中，陞北平按察副使。坐事輸作京師，歸鄉。十三年，胡丞相誅，上手敕召爲禮部侍郎。未幾，署吏部尚書。請老，與敕致仕。十四年，召致仕刑部尚書李敬爲國子祭酒，起公司業。公至，上喜，賜鞍馬。未旬日，遽得疾，猶强坐訓諸生。疾革，敬問所欲言，曰：「天子遣崧教國子，將責以成功，而遽死乎！」無一語及家事。年六十一。上爲文祭公。

公博學有志行。家素貧，及貴，未嘗增産業。居官十歲，不以妻子相隨，清苦如布衣時。其爲北平按察副使，攜一童往，至則遣還。每夜孤燈一榻，讀書不輟，五更衣冠，起坐待旦。招徠逋逃，慰安反側，惟務寬厚，存大體。尤慎威刑，小人險狡，輒先事防制。温顔巽詞，而見者凛然。致仕歸，益謙下。問學之功，老而彌篤。與人言，未嘗及官政。文雅粹，詩有唐人風韻。所著有北平八府志及詩文十八卷藏于家，職方集行於世。

（明鄭曉吾學編名臣記卷四，明隆慶元年鄭履淳刻本）

劉崧

劉崧字子高，江西泰和人也。初名楚，元季舉于鄉。國初更名崧。以經明行修薦。高皇帝召見奉天殿，授兵部職方郎中，歷署駕部總部事。奉命徵糧鎮江，鎮江多公侯官田，崧歸奏之，有旨分官民田。尋命往廣東買馬，及點視山東驛遞，相視萊州遭風海船，皆稱職。遷北平按察司副使，政有聲績，徵拜禮部侍郎。嘗奉敕撰勳臣神道碑銘及封誥，宋濂見其文，嘆曰：

「此今之司馬子長也！」進攝吏部尚書。踰月，以災異免。徵拜國子司業，賜鞍馬，令朝夕見，見必燕語移時。未幾，以疾卒于京師。

崧性廉慎，所居屋壞，半以茅覆之，曰：「令後世師吾儉。」家有田五十畝，乃後居官弗增也。一布被十餘年，爲鼠所傷，始命更置，仍補其鼠傷者，以衣其子。赴北平時，始盡支職方俸，得白金九十兩，封識之以託其鄉人。及歸取之，則其人已悉用之矣，崧不復問。所著有職方詩集行于世。

袁袠曰：劉子高之清，近世所未見也。其權吏部也，不逾月而免，功業不概見，惜哉！今之世得如崧者，以司銓貪濁之風或少衰矣乎！

（明袁袠皇明獻實卷五，明疊翠山房鈔本）

劉崧

劉崧字子高，江西泰和人也。初名楚，國初更名崧。以經明行脩薦爲兵部職方郎中，歷署總部事。奉命徵糧鎮江，多公侯官田，崧歸奏之，有旨分官民田。尋命往廣東買馬，及點視山東驛遞，相視萊州遭風海船，皆稱職。遷北平按察司副使，政有聲績，徵拜禮部侍郎。嘗奉敕撰勳臣神道碑銘及封誥，宋濂見其文，嘆曰：「此今之司馬子長也！」進攝吏部尚書。踰月，以災異免。徵拜國子司業，賜鞍馬，令朝夕見，必燕語移時。未幾，以疾卒于京師。

崧性廉慎，所居屋壞，半以茅覆之，曰：「令後世師吾儉。」家有田五十畝，居官弗復增。一布被十餘年，爲鼠所傷，命更置之，仍補鼠傷者，以衣其子。赴北平時，始盡支職方俸，得白金九十兩，封識託其鄉人，及歸取之，其人悉用去，崧不復問。所著有職方詩集行于世。

論曰：劉子高之清，近世所未見也。其權吏部也，不逾月而免，功業不概見，惜哉！

（明項篤壽今獻備遺卷五，明萬曆刻本）

司業劉子高先生

公名崧，字子高，太和人。洪武三年，以材學舉職方郎中，陞北平按察副使。坐事輸作京師，歸鄉。十三年，胡丞相誅，上手敕召爲禮部侍郎。未幾，署吏部尚書。請老，與敕致仕。十四年，召致仕刑部尚書李敬爲國子祭酒，起公司業。公至，上喜，賜鞍馬。未旬日，遽得疾卒，年六十一。上爲文祭公。

公居官十歲，不以妻子相隨。其爲北平按察副使，攜一童往，至則遣還。每夜孤燈一榻，讀書不輟，五更衣冠，起坐待旦。招徠逋逃，慰安反側，惟務寬厚，存大體。所著有北平八府志及詩文十八卷藏于家，職方集行于世。

李秀翁曰：如此人，安得有禍患？

（明李贄續藏書卷二，明萬曆刻本）

劉槎翁世傳　父成器　兄麓　弟埜

劉槎翁者，珠林人也。珠林劉氏，在宋時號西昌世族，擢第奉常及與鄉闈之貢者四十餘人。崇寧、政和之間，有南立、在中、嶽秀三人者同負時名，稱珠林三傑。迨國朝，又有三傑之稱，則爲槎翁親伯仲云。

槎翁舊名楚，字子高，槎翁其别號也。父成器，名謂，字宗榮，學者稱快軒先生。快軒幼時學聲律，比長，涉獵諸子百家，每謂學者用志專，則其源不窮，耳目所得，非自得也。作省身八箴曰：明善惡，審去取，不苟笑，不妄語，慎若思，遵汝止，克己私，復天理。又作善惡二箴寘之左右。曾應聘爲邑訓導，營别業，迎養二親盡孝。居閒指書櫝語人曰：「吾治生無長物，子孫籍此必有興者。」一日，命肩輿往母墳所，且拜且辭。不數日，疾革。或問所欲言，命扶掖端坐，朗誦朱子小學題辭一過而卒。有子三人，其次者是爲槎翁。

槎翁七歲能詩，嘗侍世父養蒙夜寢，聞雞聲，命成絶句。曰「唤醒人間蝴蝶夢，起看天上火龍飛」，世父驚曰：「是子必大用！」家貧嗜學，年十八九，名動江右。時江右有十才子詩人，見槎翁，輒讓不敢爲齒。元至正間，曾領鄉薦。值兵亂，與兄麓子中、弟埜子彦避兵里良山中，常拾山葉題字相唱和，日以耕牧爲業，自號啜夫〔一〕。

國初，以賢良徵至京。上諭不得以國爲名，敕改名崧，授兵部職方郎中，署駕部總部。督賦鎮江，視漕萊州，市馬廣東。陞北平副使，掌按察司事。時北平初定，民雜五方，不可治理。槎翁獨攜一童之任，每夜孤燈對坐，五鼓衣冠待旦。治事留心，博訪民俗，招逃逋，安反側，國人喜得槎翁。乃請建文丞相祠，興學校，備邊防，嚴鹽課之訪，均驛路之役，緩懇田之征，給朝覲之費。幾五載，北平大治。會其時權姦當朝，有不便于槎翁者。槎翁坐罪，得旨放歸。歸則幅巾黎杖，遍遊田里間。日日尋姻訪友，所至輒留，留則極數日之歡乃去。間或乘輿，輒復相過，過則又未必留也。人或以槎上翁目之，笑曰：「此莫善于名我。」故復號槎翁。家居歲餘，詔徵入拜禮部侍郎，有旨權吏部尚書。爲吏部，曾論闕官請絶追呼，以安縣邑，懲告訐以重令長，痛切時弊。未幾，上憫其老，敕賜以歸。既抵家，方葺廬舍，以畢婚嫁爲事，而使者以特命造廬，復召爲國子司業。槎翁曰：「吾老矣，不能爲力矣，若爲國育人材，則固不敢讓也。」比入覲，錫鞍馬，令朝夕繼見。上方屬意大用，未十日，得疾卒。上痛悼，親撰文命内臣致祭，敕有司治殯殮如禮。洪武十四年之六月也。

槎翁色温氣和，望之可知其孝友。在交游中，敦禮急義。居官未曾以家累自隨，衣被皆館授時物。所居屋三間，半覆以茅。初赴北平，盡支職方之俸，易四十金附鄉人，歸迨往取，則其人已用之矣，置不復問。與人和易忠信，别去久而益思。在北平，惠政及民甚厚。高皇帝時在宫中，間訪内外官賢否。有宫人者，北平人，以没入宫。上曾問及，對曰：「我北平但知劉副使。」遂復召用。既用，復歸，上未曾不禮重之。故其膺致仕之敕詞曰：「卿去朝，必坦懷而端志焉。」乃起爲司業，則曰：「賢能之所感也。」故事，禮侍不得復爲司業，朝中以爲言。上曰：「我家先生也。」若高皇帝可謂知賢而善任之矣。

初，槎翁之爲北平也，子彦曾至省焉，留百日始還，所著有西齋唱和集。及其以國子徵也，子彦又應詔至京師。上御門，命至者皆自擇一官。子彦以縣令請，上許之。明日，入見曰：「臣老矣，令則不能爲，願更教官。」上又許之。于是子彦爲豐城教諭，又攝縣事，教行政肅。蓋子彦學多而行潔，其爲詩文，實與槎翁伯仲。槎翁卒，子彦爲壙志，最善言槎翁。當槎翁及伯氏之存三人者，日序天倫之樂，鄉人至今往往能傳説其事，雖三尺童子，亦知有槎翁也。

槎翁于書無所不讀，爲文章獨追古作者。金華宋學士濂見其文，嘆曰：「太史公之流，今人不多見也。」近代成都楊慎評國朝之詩，以爲第一，間曾私論之曰：槎翁文酷類李翺，詩出王維之上，其人則在邵堯夫、司馬君實之間，世必有能知之者。

（明唐伯元泰和志卷十，明萬曆刻本）

【校勘記】

〔一〕「啜夫」，當作「啜夫」。

劉崧

劉崧字子高，泰和人。洪武三年，以經明行修薦，授職方司郎中。陞北平按察副使，日治政事，夜則孤燈一榻，讀書不輟，五更衣冠，起坐待旦。首加意於學校，不肯以一公事溷諸生。坐胡丞相詿誤，輸作京師，尋放歸鄉。十三年，惟庸誅，上手敕召爲禮部侍郎。是年，雷震謹身殿，賜致仕。上又手敕慰諭。明年，起國子司業，賜鞍馬，令朝夕繼見。未旬日，遽得疾，猶强坐訓諸生。既卒，上悲悼曰：「劉崧前日徵來，朕怪其倏老，命教國子，將以作成我公侯子弟以待用，豈意其至此哉？」命有司治殯斂，賜諭祭。卒，年六十一。

崧家故貧，聰敏好學，常以天寒執筆，手爲皴裂。授徒自給，元季鄉舉。國初入官十一載，不以家累自隨。擕一僮往，至即遣還。身所覆被，猶授館時物。問學之功，老而彌篤。所著書有北平八府志及職方集，皆其留心職業之手筆也，詩文凡三十餘帙。

（明尹守衡皇明史竊卷三十六，明崇禎刻本）

劉崧

祭酒劉崧，字子高，江西太和人也。洪武三年，以明經薦，歷官職方郎中。小心謹畏，屢奉使稱旨。上祭方丘，崧與宋濂輩侍從應制賦詩，上嘉悦。尋陞北平按察副使。時當新造，政尚嚴核，崧獨崇寬厚，存大體，覈屬吏，重廉慎，讞獄務得其情。招徠逋逃，興學校，厚風俗，温顔巽詞，而風采不可犯。久之，坐事輸作京師，歸里。十三年，胡丞相惟庸誅，上手敕召爲禮部侍郎。未幾，署吏部尚書。雷震奉天殿，諭崧言得失，崧以修人事、彌天變爲對，上嘉納之。尋請老，與敕致仕。十四年，召致仕尚書李敬爲國子祭酒，起崧司業。崧至，上喜，賜鞍馬，召見，燕語必移時。未旬日，遽得疾，猶强坐訓諸生。疾革，敬問所欲言，曰：「天子遣崧教國子，將責以成功，而遽死乎！」無一語及家事。年六十一。上爲文諭祭。

崧博學有志行，性廉慎，所居室敝，半覆以茅，嘗曰：「令後世師吾儉。」家有田五十畝，皆館穀所置，後居官，未嘗增益。一布被爲鼠傷，始易之。所至不以妻子相隨，清苦如布衣時。其臬北平，攜一童往，至則遣還。每夜孤燈一榻，讀書不輟，五更衣冠，起待旦。歸田日益謙下。問學之功，老而彌篤。剔歷中外，尤以文學受知於上。其爲文雅粹，詩有唐人風。所著北平八府志及詩文十八卷，職方集行于世。

司馬温公曰：「汲汲於名者，猶其汲汲於利者也。」于名而勉爲清，無論清不可久，即此清之之念已不勝其貪矣。故夫清，畏人知者真清也，無名心也；惟恐人不知者，僞清也，名心未化也。劉公之清，任真推分，不期然而然，非徒不染指於利，亦不朵頤於名，冰壺秋月，無得而間焉，斯所謂真清者乎！不然，螬李齊國，脱屣十乘，豈不皎皎亭亭而孔、孟不與者，豈無故耶？噫，真清吾不得而見之矣！

（明林之盛皇明應謚名臣備考録卷五，明刻本）

尚書司業劉公

公名崧，字子高，泰和人。舊名楚，元季鄉舉，國初改今名。七歲能賦詩，嘗侍世父夜寢，聞雞聲，因命爲題。應口成一絶，末云「唤醒人間蝴蝶夢，起看天上火龍飛」。世父驚歎。家貧力學，年十六授徒。十九游南昌，時善賦有李叔正叔正初名宗頤，字克正，靖安縣人。方孕，父母俱夢異僧以金盤藉一小兒入内。十二，以神童稱。既長，博通古今。友諒陷南昌，妻夏投井死，遂終身不娶。丙午，設國子學，薦爲學正。洪武三年，告歸。已而廷臣交薦，誤以爲叔正。四年，徵至京，仍學正。遷渭南丞。有同州人與蒲城人争地，連年不決，行省委勘，立剖。居官法嚴意寬，人皆安之。遷興化知縣，召爲禮部員外郎。年老乞骸，不許，改助教。凡三至太學，益整厲，無敢越佚者。遷御史，巡嶺表瓊州。吏誣其守，鞫之抵吏罪。上聞，悦而奬之曰：「人言老御史懦，乃明斷如是。」九年，擢湖廣參政。十年，陞布政。十二年，召爲禮部侍郎。十四年，陞本部尚書。七月，日本貢使至，上却還，仍命叔正等移書責之。十五年，卒官，年六十四。而下稱十才子，見其製作，莫不推讓。復走楚、浙，所至觀覽名勝，詩道益昌。薦授龍溪山長，辭。至正中，舉明經進士。捷至，適自田中摘粟歸，悵然泣下曰：「始二親篤於訓子，奈何今不及見。」兵燹，家蕩覆，避地無以爲生。

國初，以薦召見，授兵部郎中。小心謹畏，歷署駕部總部事。奉命鎮江徵糧，多公侯田土，往往掣肘，力持平與小民一體輸納，歸奏稱旨。又往廣東買馬，得五百八十四匹。又明年，往山東點視驛遞，驗漂失海船，衝冒風雪，凡四閱月訖事。在兵部幾三載，以振職稱。祭方丘，與吴琳、宋濂侍從應制賦詩，甚見褒賞。六年，陞北平副使，持憲綱静臨之。招徠逋逃，慰安反側。考覈屬官以廉慎爲先，讞獄必以情。興學教士，刻石立規，考問風俗，創文天祥祠，度驛路衝僻，爲之裒損，關防鹽引及私販者，甚有政績。坐事，爲胡惟庸所中，輸作京師，尋放歸。十三年，惟庸誅，上手敕召拜禮部侍郎，稽古典禮，上嘉之。以文學雅正，屬以撰述，學士宋景濂見而歎曰：「此司馬遷之文，今未有過者。」而于詩，則尤所遜服。四月，攝吏部尚書。時郎陸讓以察爲明〔二〕，一處以寬，銓次有方，藻鑑不爽。五月，災異，致仕。十四年三月，起尚書李敬爲祭酒，公爲司業。令朝夕繼見，燕語移時。四月，得疾，猶强坐訓諸生，曰：「天子遣崧教國子，將責以成功，而遽死乎！」卒，年六十一。上爲文，命御史唐壽諭祭。

公所居室敝，半覆以茅。家有田五十畝，皆館授時所置，後居官，未嘗有所增益。在北平時，身所覆被亦館授時物也，嘗爲鼠所傷，始命更置，其故鼠傷者，仍命補葺以衣其子。歷官十一年，未嘗以家累自隨。嘗攜一童子到官，亦遣還。每夜孤燈一榻，讀書不輟，五更衣冠，起坐待旦。當赴北平時，始盡支職方俸廪，易得白金九十兩，封託鄉人，及歸往取，其人已用之，止餘封紙，亦不復問。爲人雖温顔巽詞，而見者凛以敬。問學之功，老而彌篤。在太學識拔梁宏，宏字廓之，南海人。少穎敏，被選爲弟子員，貢入胄監，以學行知名。司業劉崧試其文，稱爲奇才。同館蒙山道輩莫不推重。居二載，乞假省親，方孝孺爲南士之説贈之。歸廣州後，聞長安兵變，遂不復仕。其甥陳繼先繼先字仲述，泰和人。國初家毁於兵，存者惟母及弟。姑之夫劉尚書崧來撫諭使學，遂往受業焉。雖貧約僅自立，而氣崖高邁，肆力古學，靡不究覽，文筆沛然，渾厚浩博。洪武乙丑進士，授御史，按事山西、閩海。時天下決獄多籍於京師，又高皇矜慎，稱旨實難，獨公所訊，不用威而得情。憲臺章疏，多出其手。暇輒爲文自娱，士大夫識與不識，皆稱爲陳古文，而不名也。然多散失，存者五卷。洪武甲戌，殁於官。坦夷簡質，他人巧投曲中，又不能入。終始一節，未嘗少變。之學皆本於公。與人言，未嘗及官政。歲儉，姻黨族人不能自養者，輒賙給之。手筆子史、醫卜、地理等書六十帙，北平八府志書三十帙，北平事蹟一帙，詩文三十餘帙，而職方集行世。

（明朱國禎皇明開國臣傳卷六，明刻本）

【校勘記】

〔一〕「陸讓」，一作「陸謀」。

劉崧

劉崧字子高，泰和人。元季，與其邑人歐陽日新同舉明經進士。好爲詩，豫章李敬、萬石、周湞、楊士禮、鄭士同並崧詩友，折膠流金，歌詠不廢。後走浙中，歷江、廣，觀覽名勝，而詩道大昌。歐陽日新者，有道之士也。高帝下江西，吉安州知州吴去疾薦日新爲第一流人。而崧以洪武三年薦授職方郎中。久之，陞北平按察副使。坐事，爲胡惟庸所謫，輸作京師，尋放歸。

惟庸誅，上手敕召爲禮部侍郎。未幾，署吏部尚書。以年高，與致仕。明年，與前刑部尚書李敬並徵拜，敬國子祭酒，而崧司業。既至，上歡甚，並賜鞍馬，令朝夕見。未十日，卒得疾，猶强坐訓諸生。及疾革，敬問所言，無一語及家。上重惜之，命有司備禮殯殮，爲文以祭。

崧博學有志行，文辭雅粹，廉慎忍貧。布被鼠囓横裂，居屋破茅補之。居官僅攜一蒼頭，至便遣還。每夜燃燈讀書，五更衣冠坐。北平兵後，崧招徠慰安，尤慎威刑之用。小人憸狡，輒先事爲防制。其爲人雖温顔巽詞，而見者凛以敬。及致仕歸，益自謙下。問學之功，老而彌篤。與人言，未嘗及官政。歲儉，姻黨族人不能自養者，輒賙給之。

（明何喬遠名山藏卷六十一，明崇禎刻本）

劉子高

劉崧字子高。高皇初，爲北平按察副使，召拜禮部侍郎，遷吏部尚書，致仕歸。再起，權國子司業卒。鳳洲筆記云：「崧詩如雨中素馨，亦復嫣然，情色俱勝，若作寒梅老樹便自風骨。其風人之穎出，皇始之盛家也。」

（明王兆雲皇明詞林人物考卷一，明萬曆刻本）

劉崧

劉崧字子高，泰和人。洪武三年，以才學舉職方郎中，陞北平按察副使。坐事輸作京師。十三年，胡惟庸誅，上手敕召爲禮部侍郎。未幾，署吏部尚書。請老，與敕致仕。十四年，召致仕刑部尚書李敬爲國子祭酒，起崧司業。崧至，上喜，賜鞍馬。居旬日，以疾卒。

（明童時明昭代明良録卷十，明萬曆刻本）

劉崧

劉崧字子高，江西泰和人。舊名楚，十歲能賦詩。宋景濂稱其文如大司馬。家貧力學，十六授徒，十九游南昌，與李叔正、查和卿等稱十才子。復走楚、浙，詩道昌。至正中，舉明經進士，避地去國。初以薦起，改今名。方在田中摘粟歸，授兵部郎中。稱職，出副使北平，招徠逋逃，慰安反側。考覈屬官，以廉慎爲先，讞獄必以情。興學教士，甚有政績。坐事，爲胡惟庸所中，輸作京師，尋放歸。惟庸誅，上手敕召拜禮部侍郎，攝堂事，尋災異致仕。十四年，遷尚書，改司□□□□□堅苦。所居半覆以茅。□□□□□□□蓋終身覆一被，在北平，苦爲鼠所傷，始更置，故傷者，仍補葺衣其子。歷官十一年，未嘗以家累自隨。每夜孤燈一榻，讀書不輟，五更衣冠，起坐待旦。一生積俸至九十金，託鄉人，没之，不問。姻黨不能自養者，尚賙給之。所著北平誌、北平事蹟及詩文若干卷，而職方集行世。弘光初，追謚恭介，贈祭。

論曰：劉子高勤國初，匪止以清介聞也。時亦不得不以清介自全，而子高更廉謹特甚。化雖維新，瘡痍乍起，苟食鮮飽之時，夢不即饒好。故論清介者于中葉爲更難，謂人然而卬獨否也。

（清查繼佐罪惟録列傳卷十五上清介諸臣列傳，四部叢刊三編影稿本）

附録三　哀祭

輓國子司業槎翁先生詩

里姻陳伯善

職任天官掌六曹，承恩歸老暫辭勞。黄金結縷新横帶，紅錦團花舊賜袍。柏府乘驄思攬轡，玉堂視草看揮毫。上台誰料文星墜，得遂先生晚節高。

里人王　延

道義論交四十年，科名勳業讓先鞭。興王奏議朝中紀，垂世文章海内傳。深望桓榮衣錦返，空懷疏廣賜金旋。誰憐老去亡知己，野哭何能聲徹天。

劉　鴻

槎翁已泛仙槎去，此地空餘草木香。自古有身皆幻化，至今不朽是文章。半函詩骨山林護，一代功名日月光。鄉里晚生緣底事，不慚蘋藻薦狷狂。

姻晚王與霖

入朝踰一紀，玉筍列班行。市駿摻南服，提刑鎮北方。長安紅日近，錦誥紫泥香。終始恩榮渥，黄封錫奠觴。

中洲心喪門生劉　躍

磊落心胸醉六經，文章健筆走雷霆。白衣投老歸農畝，丹詔徵賢趣使軿。一顧馬羣空北冀，三千鵬運起南溟。陽城暫屈司鳴鐸，賈誼行將對大廷。方頌虎闈沾教雨，忽傳象緯落文星。器頒朱壽君恩重，酒賜黄封祖道并。争羨銘旌回錦里，忽聞埋玉閟泉扃。秋風鷗水波聲緑，落日珠林樹色青。千里扶喪推孝子，中朝元老惜零丁。師韓每恨成遅暮，御李俄驚隔杳冥。叢桂籍中文最古，緑筠圖裏墨猶馨。銜恩匍匐嗟何及，一薦椒漿涕淚零。

諭祭文

洪武十四年辛酉六月乙卯朔十六日庚午，皇帝遣奉御唐壽諭祭於國子故司業劉崧之靈而言曰：惟卿有學有行，發譽儒林。朕嘉汝能，屢嘗擢用。邇者遣使召汝司業成均，簡在朕心，期於成效。夫何不數日間，遽然抱疾而逝，朕甚悼焉。已令有司備禮殯殮，靈車歸葬。特以牲醴致祭，汝其享之。

同寅祭文

吏部尚書阮畯、户部尚書徐輝、禮部尚書李叔正、兵部尚書李澂、刑部尚書胡楨、工部尚書薛祥、侍郎藺選、郎中高信、太常寺卿吕本等，致祭於國子故司業子高劉公之靈曰：惟公德器温粹，學識精深。發爲詞章，金玉其音。江右儒宗，文風自古。表表如公，指不多數。巍科早擢，仕版榮登。職方兵部，司臬北平。入侍春官，典諸制作。試長六卿，益展所學。乞歸詔許，寵渥增榮。上意眷眷，以公爲能。有敕復起，來典師席。錫以鞍馬，賜以珍食。辟雍多士，濟濟彬彬。謂公之來，我其有成。豈期一疾，遽爾長往。九重興嗟，同朝共愴。棺衾禮送，至矣聖恩。上公敬師，奠賻在門。緊公爲人，始終無忝。生榮死哀，夫復何慊？畯等實聯交誼，握手未幾。尚冀傾寫，邈焉難追。酒殽在前，公其歆只。含悽告成，一訣永矣。嗚呼哀哉，尚饗！

國子祭酒李敬、博士姜敬章、助教汪中等，致祭于國子司業子高劉先生之柩曰：惟靈文江之秀，南紀之英。早蜚聲於場屋，復周旋於宦途，攬轡澄清於燕冀，從容獻納於朝廷。納履於寬恩之日，得歸於未老之年。俄飛丹詔於九重，遂起安車於千里。方膺典教之榮，得敍同僚之義。夫何一疾，遽隔九泉，斯文相弔，老淚如瀉。敬昔也同還，今焉同召，更期激勵，胡爲暌離。虔率學官，薄陳一奠。尊靈有知，鑒此微悃。尚饗！

通議大夫、應天府尹曾朝佐等，致祭于國子故司業劉公之柩前曰：惟靈鍾五行之秀氣，蜚儒林之俊聲。羅胸中之星斗，灑筆下之瓊瑛。際聖皇之承運，覩昭代之文明。應徵辟於疇昔，爲博士於成均。得英才而教育，樂絃歌於孔庭。擢職禮闈，考古據今。縱横禮樂，師表儀型。司喉舌於天官，膺賜歸之寵榮。曾未期年，天詔復徵。奉君命而入覲，典文學之權衡。夫何一疾，倏爾遐征。士林失望，聖心靡寧。佐等恭承上命，葬祭禮行。魂兮有知，洞鑒此情。尚饗！

知泰和縣事晚學生時習，謹以柔毛時饈之奠致祭于國子司業子高相公靈柩前曰：江右真儒，白下完人。月旦之評，公爲首稱。北平憲副，風紀嚴肅。天官尚書，藻鑑明燭。賜歸禮優，歸復旋召。既至歡愉，尊同元老。成均之貳，教冑之崇。授以清高，處以雍容。御厩賜馬，大官供膳。疇咨啓沃，朝夕覲見。翰林内相，禮不如之。樂育菁莪，上意在兹。曾不鈞陶，病已垂危。昔見錦衣，今見蔴衣。昔送赴召，今迎喪歸。吾黨匪才，罔知治民。不聞指教，胡此悲聲。藜閣風酸，珠林葉落。一奠柩前，江聲嗚咽。於戲哀哉，尚饗！

季弟子彦祭文

嗚呼！吾兄以貞純懿德之行，如景星鳳凰，其羽儀光采，既足以瑞斯世矣；以剛明宏毅之才，如干將、莫邪，遇盤根錯節，又足以昭其器矣；以朗潤雅正之文，如金鐘大鏞，登進於宗廟朝廷，亦既有以會其倫理矣；以精深方正之學，如孫泰山、胡文定之建立規制，亦且流聲於辟水矣。於戲！百年非長，其生也，歲紀既周，則六十又一歲矣。一命非賤，其仕也，腰懸金而冠四梁，則亦二品之貴矣。殯殮有具，則天子既詔有司以治矣；哀奠有文，則天子又命内臣以祭矣。柳翣煌煌，其體魄既克歸於故里矣。薤歌洋洋，其魂氣則吾不知其所止也。於戲！「父母全而生之，子全而歸之」，若吾兄者，其無愧先人於地下矣。今之日，殽馨酒旨，兄其不死，其來格於我同氣也。尚饗！

（槎翁先生文集附録，清光緒二十五年刻本）

附録四　酬贈

廣州雜咏和劉主事子高

徐　賁

鯽魚潮退餘溪滷，牡礪牆高結海沙。紅荳桂花供釀酒，檳榔蔞葉當呼茶〔一〕。遶門龍眼樹森然，香蠟時來海外舡。木屧蒲葵已成俗，紅蕉丹荔不論錢。

（明徐賁北郭集卷十，明成化刻本）

【校勘記】

〔一〕此首原本詩末注云：「一云非本詩。」錢謙益列朝詩集甲集卷十四題劉崧作。

送劉子高尚書致政歸廬陵

釋來復

優老蒙恩别帝京，滿朝冠蓋動歡聲。九天雨露涵濡廣，萬里江湖去就輕。豈羨文章爲世用，只將忠孝答時平。雲林從此增高價，獨許漁樵問姓名。

誰謂儒冠誤此身，投簪今喜遂垂綸。但存古道能爲治，自信皇天不負人。萬竹雪寒空谷曉，百花風暖碧山春。歸田儘有登臨興，詩酒消閑莫厭頻。

（明釋來復蒲庵集卷三，明洪武間刻本）

送劉子高重赴北平憲副

釋來復

晚擁青驄出帝關，煙花北上路漫漫。三春雨漲黄河急，六月飛霜紫塞寒。公暇升堂談禮樂，兵餘按部閑凋殘。太平寵朔無傳箭，報政重來奏治安。

金花垂帶繡爲衣，萬里燕臺擁旆歸。沙草雨晴黄鼠出，地椒風煖白鴿飛。吏無參謁文書静，官有餘閑獄訟稀。許國才高終大用，從教春老故山薇。

丈夫勛業際明時，把劍尊前賦别離。白髮不辭長路險，丹心只倚上天知。風高沙漠鵰飛急，月照關山馬度遲。他日棗林重結社，遺民肯負遠公期。

西園雅集圖爲劉子高憲副題

釋來復

熙寧諸老賦清游，雅愛西園樂事幽。文物盡誇唐製作，衣冠渾識晉風流。酒醒花底杯仍酌，棋罷松間局未收。藉有高人論世外，蓬萊兜率更何求？

寄廬陵劉子高

釋來復

宦游何日是休年，贏得身閑即地仙。雲煖竈封燒藥火，雨香池引灌花泉。墨莊編有新圖史，金埒藏無舊俸錢。定著宫袍邀太白，看山同汎九江船。

劉子高尚書訪予瓦館之梧軒以四首留别次韻答之

釋來復

乞得閑身去廟廊，梅花入夢雪生香。虚游物外無拘束，一飯思君不敢忘。
江左詩名早見稱，官閑渾似卧雲僧。酒醒漫倚崆峒石，吟看山花落紫藤。
老我慚非白足師，君來笑語慰幽期。文章好似天機錦，爛爛冰蠶五色絲。
冥坐雲龕敞石房，久無名字落諸方。心清不受人間暑，閑卻梧陰半畝凉。

（明釋來復蒲庵集補遺，清藕香簃鈔本）

寄劉尚書子高

鄧　雅

幾回獻賦登青瑣，一笑還山卧紫烟。誥命已榮天子賜，文章猶重世人傳。玄都任種桃千樹，栗里宜耕秫滿田。久仰高名誇盛業，却慚疏懶負華年。

（明鄧雅玉笥集卷四，清鈔本）

懷劉憲副子高

孫　蕡

尼酒兵曹老職方，蔣陵花柳縱清狂。雨晴振佩還西掖，日宴鳴鑣出未央。朝散錦袍香拂拂，吟成詩句玉琅琅。燕臺北去西風冷，誰伴吹簫引鳳凰？

（明孫蕡西菴集卷八，影印清文淵閣四庫全書本）

求志亭詩序

胡行簡

予以使事出西昌，參政全公肅客快閣之上，顧瞻江山，情景具集。距城六七里，林木掩映，閭閻參差。或指示之曰：此珠林市也，有劉氏者居之數百年矣，由唐迄宋，舉進士者三十有七人。去年秋，劉氏之以賢能稱者曰楚，字子高，復貢于鄉，鄉人榮之。翌日，子高相過從，語余曰：「居第之東偏，治隙地構亭其間，旁植花竹，中列圖書，以爲藏修游息之所，題曰『求志』，江州守劉公楚奇記之，名人勝士，詠歌相屬，幸序次其説。」予復之曰：

君子之學，莫先于立志，此志一定，可以通天地，貫金石，以之爲學，則進而爲聖爲賢。此志也，施之于用，則爲民立命，爲世開太平。此志也，窮之所養，達之所行，皆不離此志耳。古之君子，如伊尹耕乎有莘，頌詩讀書，樂堯、舜之道，及湯舉以爲相，則使君爲堯、舜之君，民爲堯、舜之民，皆行其素志也。近世大儒有曰志伊尹之所志，今君名所居之亭曰求志，其將以科第爲志，抑將以伊尹之志厚自期待也？志乎伊尹，則道德日趨于成，功名不期而立。志乎科第，則與世之志富貴者等，非予之所望也。子高年壯而氣鋭，質美而好學，能審于求志決矣，尚喋喋乎斯言者，責善朋友之道也。

（元胡行簡樗隱集卷四，影印清文淵閣四庫全書本）

具翕堂銘 有序

王禮

太和劉君子高，偕其兄子中、弟子彦怡怡不榛梗而家日肥。子高既薦之明年，治堂于居之後，字之曰「具翕」，取常棣「既具」、「既翕」語，庶目擊以固斯樂耳。故人王某聞而來會，顧瞻歎曰：兄弟若劉氏，其罕見矣夫，殆世衰靡俗之砥柱也。釋詩者曰「具，俱也」，「翕，合也」，蓋俱言跡，合言心也。迹俱而心弗合，其樂安在？况覬其樂之湛乎？曩誦詩至「戚戚兄弟，莫遠具爾」與「式相好矣，無相猶矣」，爲之徘徊諷詠，不覺情親，唯憂其句之盡。今登斯堂，不有感於余心也乎？爲之銘曰：

乾父坤母，四海弟㒓。父母在親，天敍攸倫。情切義深，異乎友生。一本分枝，共氣殊形。既具既翕，惟君子有。如塤于篪，如足于手。斯世同生，異世則否。迹密情疏，顔不有厚。緊古之人，曷其齊而。姜肱盜感，王覽母怡。嗟今之人，厚薄異施。不牽于婦，則梏于貲。三虎在賈，三鳳在薛。蔚此三荆，莑莑堂側。詩以聲之，宜君子是則。以儆鬩牆，以告來哲。

（元王禮麟原王先生文集後集卷九，明成化間新安黄氏刻本）

槎軒記

王　禮

洪武十三年夏，聖上念股肱之勞，勦優在庭之臣四人，放歸田里，以佚其老，于是劉君子高得致其事。

既歸榮故鄉，葺廬舊址，樸而不雕，雅而不俚，字其顔曰「槎軒」。予問客曰：「何爲其然也？」客曰：「子高子窮達利鈍，聽天所命。方其讀書山中，不自知其官于職方也。迨其居職方也，今年市駿於嶺海，明年理舶於登、萊。汎汎東南，漂摇靡定，亦不前知其繡衣于北平也。比者倏然而起，掌禮于南宫，忽焉蒙恩懸車以示後。計其身之在天地間，猶水上之一槎耳，安能預知其柢止流行之故哉？槎之名軒者此也。」

予聞而歎曰：「古今賢聖之若槎者，可勝計哉？魯叟之適周，適齊，適衛，適陳，過宋，至河，如蔡，入楚，孟軻氏之遊梁，至齊，皆欲明王道以拯斯民，此載道之槎也。蘇秦之趙，之燕，之韓，之魏，之齊，之楚，奮舌權變，佩六國相印，輜重擬于王者，此權謀之槎也。范蠡既雪會稽之恥，乃乘扁舟浮於江湖，變名易姓，爲陶朱公，知計然『貴上極則反賤，賤下極則反貴。貴出於糞土，賤取如珠玉』之策，乃治産積居，以與時逐，屢散金以行德，此貨殖之槎也。張騫奉使絶域，留單于，亡大宛，抵康居，達月氏，致天馬、蒲陶之獻，此開邊之槎也。司馬子長南遊江、淮，上會稽，探禹穴，窺九疑，浮沅、湘，北涉汶、泗，講業齊、魯之都，過梁、楚，使巴、蜀，南略邛笮、昆明以歸，此訪古之槎也。子高之槎，將爲鄒、魯之鳴道乎？抑將傾動列國，使萬乘除道以迎之乎？將挾粉白黛緑，縱一葦之所如乎？抑不辱君命，窮天之涯，極地之角，張漢威德，使尺地一民盡歸職貢乎？抑亦車轍馬跡遍於朔南，挹先王之高風，考賢哲之遺跡，著之簡策以傳之後乎？」

客曰：「吾觀子高子，道之不明，常以爲憂。毁如臧倉，其心休休。遊説金多，愧其妻嫂。彼則恥之，矗我大道。翩然見幾，西子娱樂。罷神貨殖，亦其所薄。博望開疆，固槎之祖。黷武殘民，尤所弗取。或摩秦刻，或詁漢志。考古覈今，乃其所事。槎之異同，僕實未知。樂天知命，聞其庶幾。」

予聞斯言，感慕油然，爰緝其語，以記槎軒。于是復歌以颺之。歌曰：

槎何世兮離富媪，槎何歲兮赴流川。杳不知其所自兮，歷陵谷之變遷。嗟惟爾之無心兮自靈自仙，泛泛若鳧兮何有糾纏，神交冥漠兮惟聖與賢。招扶桑以爲友兮，晞余髪乎虞淵。

（元王禮麟原王先生文集後集卷七，明成化間新安黄氏刻本）

坦端堂記

梁　潛

故吏部尚書劉公崧以老乞致仕，高皇帝許焉，既賜之還，又寵之以詔。公歸，築堂於私第之左，名曰坦端之堂，蓋取詔書「坦懷」、「端志」之語云。於乎！高帝於公眷顧之厚，終始不替，至於名成身退，而寵眷益隆，宸翰寶章之輝煌，燁然照于蓬蓽，君臣相與之際，亦何其盛哉！

始公由儒生見授兵部職方郎中，拜北平按察副使，改禮部侍郎，權知吏部尚書事。文章功業，並著於時，位望隆矣，而謙卑如未嘗仕然。不矯激以絶物而行益峻，不詭隨以同衆而衆莫爲之異，一於誠而安於命。公之所以簡在上心者，其以此也。自古人臣不受知於上，不足以行其志於下。高帝於公知之深，故一語而盡其平生，雖堯、舜之知人，無以異也。此公之所以拳拳不忘，既去其位而猶有以名乎其堂焉。公歸之明年，復以司業徵。及公之卒，恩章尤篤。生榮死哀，古今有如公者亦少矣。

公所居曰珠林，距泰和城五里。公歿未幾，其居敝不治者久之，一子又早喪。其孫曰并，長知學，能世其家，因改築其堂而新之，蓋距公之没已三十年矣。於是瓊州守王君伯貞爲大書其額，而并以請記於潛。潛自童子時嘗拜公於床下，公不以其童孺，加撫愛焉。蓋嘗慨念公之不可復作也，因爲之書，俾以記其堂云。

（明梁潛泊庵先生文集卷三，清刻泰和三梁文集同治修補本）

附録五　敕誥

奉天承運皇帝聖旨：天下輿圖之廣，職方所領，而城池、鎮戍、郵傳、烽堠之數亦隸之，故設郎官主其事焉爾。劉崧以經明行修，充人才之選，幼學壯行，固將以達其志也。兹用授以不次之擢，俾居夏官之佐。汝其趨事惟勤，恪守乃職，勉思贊助，以稱朕意焉。洪武三年八月□日。奉議大夫兵部職方郎中誥命。

朕設按察之司，使其肅清一道，糾正官吏，其任亦云重矣，必選廉明通敏者爲之。奉議大夫、兵部職方郎中劉崧，爾以學問事朕，俾佐兵曹，公勤不怠，兹用升任北平風憲，益展其才。汝尚思朕委任之意，慎修乃職，謹守憲度，使所部無寃民，則汝爲稱任矣。汝往，欽哉！洪武六年九月□□日。升北平按察司副使誥命。

敕諭前按察副使劉崧：奸臣弄法，肆志跳梁，擬卿以違制之責。邇者權姦發露，人各伏誅，卿來，朕命官禮部侍郎，故茲敕諭。洪武十三年正月初八日。改禮部侍郎敕諭。

皇帝制曰：昔聖人之馭天下也，必先彝倫攸敘，立條理綱目，以張維之，册書甲令，頒布臣民，使遵守之，則富貴貧賤有別，長幼咸安。若去此道而欲天下治，未之有也。蓋爲國之道，非禮則無法，若專法而無禮，則又非法也。所以禮之爲用，表也；法之爲用，裏也。昔漢初朝會中有以劍擊柱者，因是而叔孫通以緜蕞制周旋，使百辟皆循軌度，以成列方，乃儀表上下。朕法前代，特設官備禮，協和人神，務得通古今、博羣書，明於禮而善周旋者，乃爲稱任。今朕命爾前北平等處提刑按察司副使劉崧，爲嘉議大夫、禮部侍郎。汝勤典諸儀，使不失其節，則汝嘉焉。洪武十三年五月十三日。禮部侍郎誥命。

制曰：君子之生也，莫不由父善良而母淑德，專慈愛以訓成，已而壯矣，則志於四方。若時運之應期，致君垂拱，利濟羣生，克守仲尼之道，不愧賢者之名。卿學問過人，善備剸繁治劇之能，今已年高智盛，正宜助朕爲治，奈何當新造之初，綱維紊亂，誤罹憲責。邇者人神有變，朕於寢食不安，命卿致仕。於戲！克己消愆，君子道長，匿禍含寃，小人罪甚。卿去朝，必坦壞而端志焉，故茲敕諭。洪武十三年五月□□□日。吏部尚書敕諭致仕。

朕聞昔之賢能，爲人臣，爲人子與爲人友，俄有生離死别，則使人慕之切切，恨不得即時一見。是爲賢能之所感也。朕不聰，曩歲任用非人，以致權姦增減威福，淩虐臣民，事覺伏誅，今既往矣。再思卿等本無故犯，致遭刑憲，實在權姦淩虐之時。因去歲災異疊見，特以卿等休官。自卿去後至今，人皆弗稱。於是遣行人詣其居，卿一來，則當授以國子司業，故兹敕諭。

洪武十四年二月二十七日。改國子司業敕命。

（槎翁先生文集附録，清光緒二十五年刻本）

附録六　年譜

泰和劉恭介公年譜

邑後學　王琨珸山編輯
蕭敷政蒲村校刊

元至治元年辛酉

公生。

公弟豐城教諭東園先生埜撰公壙誌：「公生至治辛酉二月十四日子時。」槎翁文集蕭氏族譜序：「舅氏俱有子二人，孟曰性，與予同辛酉生。」

二年壬戌

三年癸亥

泰定元年甲子

二年乙丑

公五歲。從祖父學。

東園先生撰公行狀：「公穎悟絶人，五歲能誦書，日記數千言。」文集與周伯寧書：「方五歲，從祖父受書，已知大義。」

三年丙寅

四年丁卯

公七歲。

按，公與周伯寧書自謂九歲能爲詩文，而行狀作七歲，吾學編與泰和縣志悉沿其誤。坿訂於兹，餘詳見後。

致和 天曆元年戊辰

公八歲。

文集祭先兄中齋先生文：「戊辰之春，我溺於河。誓不獨生，援裾出波。里巷驚嗟，涕泗滂沱。」

按，中齋名龘，字子中，縣志有傳。

天曆二年己巳

公九歲。學賦詩。

文集與周伯寧書：「九歲能下筆爲詩文。」

至順元年庚午

公十歲。

槎翁詩選自序：「年十歲，先君命賦雞鳴、渡江等詩，識者類以遠志許之。」按，行狀：「七歲能賦詩。嘗侍世父養蒙先生夜寢，聞雞聲，命成絶句，曰：『一雞喔罷衆雞喔，草樹微朦曙色晞。喚醒人間蝴蝶夢，起看天上火龍飛。』世父驚曰：『是子必大用！』」吾邑乾隆志亦沿其誤，致與自序不免兩歧。

二年辛未

公十一歲。夏，母蕭夫人卒。

文集祭先兄中齋先生文：「歲在辛未，俄失所恃。」又祭叔母文：「當辛未之夏，哭吾母於叔母方康之時，則猶幸而見憐於吾叔母也。」

三年壬申

公十二歲。祖實存先生卒。

文集書先大父所作後溪序後：「右後溪序一首，先大父實存翁爲里友王大可作也。至正十六年丙申春，其孫槼出以示余。序以至治壬戌作，實聖生始生之明年，距今三十五年，而先大父之去世亦二十五年矣。」按，聖生爲公小字，以丙申倒數之二十五年爲壬申。公祖名萬頃，字憲翁，著有實存稾三十卷，學者稱實存先生。縣志本傳誤「實存」爲「所存」，而又列其子快軒先生之後，非閲東原先生所撰公壙誌，幾不知憲翁之爲公祖也。

元統元年癸酉　四

是年，順帝於六月即位，改元元統，遂稱元年。

二年甲戌

至元元年乙亥

二年丙子

公十六歲。授徒興國。

行狀：「年十六，授徒他邑。每歸省，輒詩歌盈帙。」文集與周伯寧書：「十六歲，能挾策爲童子師，即以忠信孝弟之道淑諸人。」又詩選自序：「年十六，遊興國，爲童子師，然猶日誦書千數言，至夜仍賦詩若文以自程勵，居三年未有異也。」

三年丁丑

公十七歲。仍館興國。

文集鍾廷珍翠庭記：「余年十六七時，客授興國鍾氏。」

四年戊寅

公十八歲。

五年己卯

公十九歲。遊豫章。

行狀：「年十九，攜書至南昌。時江右有十才子之稱，見公，歡如平生。出其製作，才子至讓爲先列。」琨考明史，鄱陽周伯寧湞、靖安李克正宗頤俱列江右十才子中。文集與周伯寧書：「十九歲往豫章，從大人先生遊。」贈鄭生序：「余年十九，客豫章。」按，詩選自序謂「由己卯以迄己酉，三十一年之間，其可録者不啻十之四五，而時世人物則概有可感者矣。每歲彙爲一稿，而因所寓地以爲名」云云，是公詩存稿始於是年。

六年庚辰

公二十歲。

至正元年辛巳

公二十一歲。赴鄉試。

文集與周伯寧書：「二十一歲以來，凡三以詩經就場屋。」又魁字大旗記：「乙亥科廢，至正辛巳復興，而小更其制。歷三科爲庚寅，而楊植始中副榜。癸巳，蕭諶繼之。」

二年壬午

公二十二歲。

三年癸未

公二十三歲。客萬安縣。

詩選有至正三年十月寓萬安縣觀迎大赦恩詔七律。補遺有萬安旅次承子彦弟自上猶歸紆途問勞臨別感賦詩云：「有弟有弟瘦且長，短衣百里來相覓。山城深夜絶來往，怪汝行遲叩門急。主人驚報汝弟來，移燈出户喜復猜。」中又云：「今年母黨重可吁，十日兩聞哀訃書。歲時飄零禮數失，骨肉凋謝親情疏。」又贈李庚自萬安迎祖母之廬陵就養云：「憶我始來萬安日，遠道依人附鳴鳦。我方兄禮事汝父，見汝深憐好姿質。」又遊白沙廟歌云：「朝朝看山五雲上，劃見長江落危嶂。」

四年甲申

公二十四歲。

五年乙酉

公二十五歲。

六年丙戌

公二十六歲。授徒鄧溪。

文集祭廖子所文："曩在丙戌，始客鄧溪。空山無人，余行栖栖。於焉得朋，夫豈在遠。我東其齋，公西其館。"詩選歎息行贈别胡思齊云："鄧溪漉漉秋水泥，見汝令我歡相攜。近聞烟塵起閩廣，官軍驅馳日南上。"補遺贈李庚云："今年我留鄧溪上，念汝遠來業當卒。"又沿鄧溪登石盤嶺云："沿溪弄潺湲，舉首見絶壁。石脚插白沙，崩崖舊時劈。"琨案，遊白沙廟歌末云"津亭邊，石盤路，歸騎翩翩失來處"，而序則稱廟在萬安黄公灘下，疑鄧溪距灘不遠也。

七年丁亥

公二十七歲。秋，再赴鄉試。冬，叔母卒。

文集祭叔母文："維至正七年丁亥十二月戊辰朔，越二十有七日甲午。"又："兹秋試藝，升堂告辭。色笑送之，期奪錦歸。南歸倉忙，及至聞變。抆淚入室，弗見其面。"補遺觀鄧侍郎石磐歌序云："丁亥春，予過公故宅，其孫謙出以示予，爲之泫然，因紀其事。"又詠懷序云："丁亥七月，聞閩寇破汀州連城、寧化等縣。八月，聞已侵石城界。予兄子中主藍田黄氏，黄悉奔竄，而子中暫止浄果寺，今未知出贛否。道里阨塞，有懷悵然。"又七律有承家兄自石城南歸消息述賦五首，中有云："潛依舍主驚相失，寄食野僧恒苦饑。""稍出藍田見暮煙，徐坊沲遲下雲川。"疑皆是時作。

八年戊子

公二十八歲。館靖安縣舒氏。

補遺六月喜雨。又八月希顔王孝廉自大塘別業相見靖安縣中云：「此邦鄰新吴，山水亦頗幽。」「人言淳雅風，可以齊魯鄒。矧我之所主，讀書皆好修。開軒愛敬客，秩秩敍獻酬。亦有二三友，志合而道侔。其言吾子來，得以奉嬉遊。」按，文集舒伯源抒悶集序：伯源子旭，弟子昭、昞嘗從公遊，而公友善之。李克正爲伯源妻弟，疑館即其所薦也，以故詩選有過李氏黄羅茅堂、舒君彦幽居、柬舒中立、晚集舒氏山樓、同舒伯源自雙溪口渡橋登高山望幽谷諸峰賦八絶、舒氏池亭晚興、小雨約李克正過池上，補遺有蜀人師季則自臨川來靖安省其姑李氏、靖安劉節婦詩、歲暮自靖安府歸南平留別袁明誠茂才、謁靖安昭靈廟賦柬袁茂才等詩，疑皆是年作。

九年己丑

公二十九歲。客寧都州。

文集祭劉元帥文：「念昔己丑，侯往寧都。艤棹龍洲，候我衡廬。顧謂仲子，拜以承學。同載南上，灘石鑿鑿。亦既至止，闢館城南。入則聯席，出則并驂。」又贈鄭生序：「今年春，予客寧都，年二十有九。」又詩選有承瑞州萬户劉公衡移鎮寧都道出南平枉顧敝廬邀致其塾賦贈以下諸律，題寧都州學圖、書帶軒、金精山及補遺古詩九章贈别鄭同夫、秋日同鄭同夫羅孟文田仲穎遊蒼山訪宋曾子實故居遺址、贈田觀、秋夜陪劉守帥宴客池亭、陪鄭同夫唐寅亮諸同志會飲管氏山亭及遊金精夜宿桃閣、露坐南城石橋聯句等作，疑皆是年詩也。

十年庚寅

公三十歲。冬，歸自寧都。

文集祭劉元帥文：「次年冬還，載憩江閣。問我先人，言饋珍藥。」詩選有十一月廿八日晚予與趙伯友登舟賦歸既夜舟未開忽將軍送詩至舟次則劉侯惜别之作因與伯友各和一章以答其意，爲是年作。按，公祖母之喪，本無歲月明文，惟見之祭廖子所文，似在遊寧都後。文稱：「乃春告違，去客寧都。」「送我於巷，謝不能往。」又曰：「有書來告，君病不起。」「歸不見君，傷哉舊遊。」末曰：「我自涉夏，憂患薦增。内失大母，外失友朋。斂不得臨，葬不得送。死生之間，負此悲慟。」據此，似在庚寅冬寧都未歸以前，然終不敢臆決，坿識於此。

十一年辛卯

公三十一歲。春，客瑞州，遂遊長沙。

文集祭劉元帥文：「乃辛卯春，我來筠城。侯喜我來，岸幘笑迎。命長子曰，汝亦受業。我非敢違，學乃有則。七月載暑，省檄羽馳。寇發鄰封，命往平之。侯乃禡旗，即日就道。追送長沙，班坐秋草。」又：「昔別長沙，與永訣同。江山淒其，渺矣音容。六年重來，哭公靈柩。有言不聞，敬瀝觴酒。」據此，則是年因送居停而至長沙無疑矣。惟長沙古蹟未見吟詠，殊不可解。至祭文首稱「維至正十六年丙申八月十有六日，西昌劉某祭於廣東元帥衡山劉公之柩」，則亦不能無疑。蓋丙申爲公鄉舉之年，而八月又係闈戰之期，豈出場後一日而遂至瑞州耶？如疑爲年之訛，則自辛卯至丙申，恰與六年重來之語合。如疑試期不在八月，則魁字大旗記明言「九月十三」，似亦非誤，所誤者，殆「十有六日」耳。補遺觀劉將軍禡旗詩云：「辛卯孟秋，吉維己酉。藩使來筠，以飭我糾。曰命爾樞，往禦羣醜。」按，詩選七古中顔明德自全椒避亂歸安成道過瑞陽以下六首及筠陽述懷七絶，疑皆在瑞州作。

十二年壬辰

公三十二歲。閏三月，父快軒先生卒。

文集先府君遷厝壙誌：「以大元元貞元年乙未二月十六日生，以至正十二年壬辰春避紅巾亂，由州城返珠林之故宇，病三日卒，實閏三月十九日也，享年五十有八。」又祭兄中齋先生文：「追壬辰春，寇亂氛起。先尊播遷，一疾奄棄。」又送薛伯謙序：「於是東固之寇將窺我東鄙，今永新州判官劉君、清江主簿楊君，奉郡侯命鎮匡山之下，而匡山義士蕭某實先後給助之。」補遺有壬辰感事五首。又羅明遠殺賊歌云：「至正壬辰閏三月，寇入廬陵肆猖獗。」琨按，邑志：「是年太和監州達理馬識禮起兵剿賊，辟邑義士陳新等統其軍。」又郡志：「是年天完將陳善文陷吉安路，監郡納速兒丁起廬陵，周冕及前松江府同知劉福領兵次龍湖。寇至，殊死戰，冕、福俱遇害，守貳俱奔泰和。監州達理馬識禮發義兵護之還，路別駕趙友直辟縣中義士禦寇於高行鄉。六月，賊還擊，友直死於石壁。」縣志則稱永新寇犯高行鄉，州判趙友直、義士曾慶道禦於石壁，死之。危太樸撰監州誌，稱州判之死在七月辛巳，麾下猶血戰，有酋躍出，大呼曰：「此達相公軍，不可拒也！」執酋來降者數百人。與公所譔達監州傳同。至羅明遠殉難，據周聞孫所撰廟碑，爲壬辰閏三月乙酉云。

十三年癸巳

公三十三歲。

文集跋文丞相書絶句：「迨癸巳歲，又獲觀行書小軸於里中康宗武氏。」

十四年甲午

公三十四歲。娶繼室陳夫人。

按，夫人于歸之年，雖無明文，然亡妻陳氏墓誌有云：「其歸于我也，年已二十有八。」「明年乙未，江西行省擢余爲龍溪書院山長，未赴。」考夫人生泰定丁卯，丁卯至甲午恰符二十有八之數，故列於此。又跋達侯手帖稱，「是年至正甲午秋九月，侯感肺疾方劇，而鄰邑警報日聞。侯省料軍實，按行營堡，晝夜戒嚴，不以病廢」，「若楚者，學劣而年又最少，間嘗以筆墨從公遊，辱舉而加之賓序之末」云云，似監州嘗延公塾中，未知是否甲午，坿識於此。補遺有賦白馬祠送曾照磨領兵防龍泉寇詩，據先侍御公所撰照磨傳，其殉難在是年十一月。

十五年乙未

公三十五歲。江西行省聘公爲龍溪書院山長，辭不就。

見上。

葬父快軒先生於楓樹林。

文集先府君遷厝壙誌：「府君之没也，初遭亂，淺殯舍傍，後三年，始奉葬於楓樹林之原。」

建具翕堂。

行狀：「及免喪，行省以薦者授龍溪山長。公曰：『無勞於國而有恩命，吾不爲也。』遂搆具翕堂，兄弟自相師友。且日與鄉人詩酒其間，歌詠盈帙。」詩選有與子彦弟夜宿具翕堂七律。補遺有和楊公平題具翁堂五律。按，公祭達監州文爲乙未三月十一日，蓋監州之薨在是歲閏正月十九日，見公所撰傳。距其生於元貞乙未九月初三日，享年六十有一，見危太樸供奉所撰墓誌。至祭文自稱「侍生前州學訓導劉某」，是公曾官本州司訓矣，第行狀、壙誌均未敍及，不知爲何年耳。姑誌於此，以俟再考。琨考公家三代秉鐸故里，洵吾邑所僅見，及核之邑志職官表，惟載公父，且譌其字爲宗榮，不特公與其祖之名俱未收録也。

十六年丙申

公三十六歲。舉鄉貢。

文集與周伯寧書：「年三十有六，始與鄉貢，獲厠名於二十二人之列。」又亡妻陳氏墓誌銘：「又明年丙申爲至正十六年，余以明經與貢有司，而北上道梗，兵興日蹙。」魁字大旗記：「丙申，楚與歐陽銘始獲正薦……乃九月十三日。……衆舉旗過珠林，士友來會者五十三人。鳴鼓樂，執觴豆，曳旓而從者又五十有六人。……兩岸聚觀者以千萬計。」補遺有重過義山堂憶蕭晉兄弟詩。考海桑集蕭晉兄弟哀辭及祭蕭繩武文，略謂：晉及弟履世居匡山下，至正十一年，所在兵起，遂受監州達侯命入匡山，起鄉兵，得自制州之地三一焉。起援傍邑，若大府，若外郡，無出不捷。諸有警，第承州府命，朝至夕行。兄弟常以私帑足軍用。州之屢危而卒賴以完者，晉、履力也。又書章貢城陷本末云：「有全普庵撒里者，尤號酷虐。至正十五年秋，由贛守升江西參政，奉旨取袁州。十六年秋，始次泰和，誣執蕭繩武義士十八人殺之，没入者又十餘家。」

十七年丁酉

公三十七歲。赴春官。夏五月，以道梗寓江西省。

文集蕭氏芝草記：「明年，楚以鄉貢江西，將赴春官，省中貴人以前芝草圖相示。」又白雲軒聯句序：「至正丁酉五月念二日，大梁常允讓、盱江黃肅邀余訪伍理於東湖之上。」補遺贈曾沂畫山水詩序：「至正丁酉夏，余遊豫章，將赴春官不果，思歸珠林，以耕牧焉。」

十八年戊戌

公三十八歲。六月，生子觭。

文集二子壙誌：「余年三十有八，當戊戌歲之六月，始得子觭。」按，魁宇大旗記稱：「戊戌，龍興陷。」又清江主簿楊公墓表、亡妻陳氏墓誌俱云戊戌夏，沔兵陷江西，南士騷然者數歲，自是攜持轉徙，罔有定居。詩選有夜聞沔兵將上攜家入黃塘洲絕句。邑志：「九月，陳友諒使僞將熊天瑞陷太和，令張元祚守之。」餘詳後。按，是年春，有送劉學正序、送劉侯赴廣東憲副序。

十九年己亥

公三十九歲。

邑志於己亥即云：「大將軍常遇春來定州地。」而郡志則於二十一年稱「彭時中、曾萬中、孫本立遣使納款於明。二十二年，僞漢將熊天瑞陷吉安〔一〕，殺守將孫本立。秋九月，明朱文正攻饒鼎臣，走之。二十三年，鼎臣再陷吉安。二十四年，明太祖命常遇春取吉安」云云。二志之不符如此。觀後數年公避寇之作，猶屢形諸詩文。郡志所載，似較核實。補遺己亥三月歌云：「己亥三月尾，大麥小麥黄欲起。風從北來雨不止，野雀漫天水漫地。」

【校勘記】

〔一〕「僞」，原作「爲」，據光緒吉安府志卷二十改。

二十年庚子

公四十歲。授徒武山。

文集蕭氏芝草記：「歲在庚子，余讀書武山之陰。」按，是年三月既望遊武山，四月遊潮山，俱有記。又胡巫傳：「庚子夏閏五月，不雨。……歲則大旱。」

秋，安福賊入泰和。

又魁字大旗記：「又明年庚子，安成兵入邑，魁旗乃亡於盜。」又二子壙志：「庚子秋，安成姚寇焚掠泰和。」補遺庚子行云：「庚子二月廿四日欲午，日有重環大盈堵。居民驚走婦女怪，不敢喧傳到官府。」又南鄉怨歌：「今年李寇打南鄉，五更馬蹄踏月光。小船載軍大船馬，旗頭直擣珠林下。」又云：「先鋒盡説姚府軍，火伴却是州城人。全裝盡作姚家扮，面目難馴誰敢嗔？」疑是年作。

二十一年辛丑

公四十一歲。以九江嚴宣徽使薦徵，不就。

詩選丁丑正月二十二日述志有云〔一〕：「公檄臨我門，戒命在夕朝。九江今雄州，邁往方迢迢。有母誰與居？念之中心焦。起揖謝來客，我何希市朝。」文集與王紹南書：「去年冬，有宣徽院使嚴公觀風江西，由吾州南上……而楚以所居遐僻，未嘗一見。既而有來告者，曰：『宣徽已薦舉若干人，子亦列名其中。』余驚謝……方彷徨太息，莫知所措，而府帖薦下，州司臨門，逼迫就赴，若甚於得罪而逮治之爲者。」又：「楚之親今年七十有八矣……以故局促家居，不敢暫去膝下。」琨按，書雖未言何年，惟首稱正月二十九日，而準以前詩，知爲是年無疑。

夏六月，生子犢。

文集二子壙誌：「越三年辛丑六月，生子犢。」按，二子壙誌、亡妻墓誌等篇，稱是年冬新安孫寇襲殺熊府屬官之守吉安者，據富田圍以亂。孫名卓，字本立，廬陵人。郡志與曾萬中兄弟俱列明忠節傳，稱其率鄉豪傑捍禦郡邑，與公目爲寇者，不免牴牾。然周霆震憫新安詩亦有「孫恩將入海，李祐起平淮」句，注云：「新安砦王孫本立、紅巾首李昭。」其稱謂與公無異，且二人同時目擊，較之志傳，似更可信。

【校勘記】

〔一〕「丁丑」，當作「辛丑」。按，原本詩題爲辛丑正月廿二日述志。

二十二年壬寅

公四十二歲。八月，避亂長坑，入里良。九月，徙三坰嶺，病瘧歸。未幾，二子相繼死。

二子壙誌：「又明年壬寅，姚寇合熊府之兵，共攻富田。」「乃歲之八月，姚兵破南鄉。余與其母及犢之保嬸彭負二子入長坑山中，又入里良，寓報恩寺。觸暑雨，跋泥潦，犯冒嵐瘴者三十有七日。九月既望，聞諸軍已破富田圍退矣，乃徙家出三坰嶺，而觭與犢遞遘瘧痢。居數日，彭嬸以泄憊死。余最後得瘧疾，乃舁歸，將求醫焉。未至，犢道卒，裸瘞橫坑大嶺之西麓，時二歲矣。迨抵舍，觭小愈，後三日，得腫疾又卒，瘞所居亭上園之左，五歲矣。其母哭之哀。余時猶卧疾，不能哭也。」又亡妻陳氏墓誌：「壬寅秋，饒、周與孫搆隙，反糾贛兵合擊之，所過殘蕩。余攜家屬十九人入南門山之長坑，進寓里良者三十餘日。」又東行倡和集序「歲壬寅秋八月十六日，安成饒府大發兵，攻廬陵之新安，一道由白沙渡江入麻洲，一道由泰和入仙槎」云云，「當時家人同行者廿有一人，奔走轉徙於外者凡七十有六日」。詩選有九月三日由長坑入南門山寺將過里良暫憩合龍寺聞饒兵已逼新安二日五律，補遺有至里良之明日聞抄兵已入長興賦此自慰、感事五首、離里良別寺僧則師、聞江上兵退挈家稍出村至三埛嶺云云。又懊恨曲五首有云：「懊恨饒家軍，常年掠江北。誰遣渡江來，相呼打興國。」又富田築城歌二首、城下青草歌時饒府調湖南青草軍守泰和日與南鄉有構隙之意，又十月假館下徑羅氏、仲冬二日由下徑興疾還珠林，疑皆爲是年作。按，郡志：「二十二年壬寅，僞漢將熊天瑞陷吉安，殺守將孫本立。陳友諒使知院事饒鼎臣守吉安。秋九月，明朱文正遣兵攻饒鼎臣，走之。」故明年公辭屋歎有云：「忽聞官軍破城府，號令新傳大都督。火燒排栅照夜光，饒軍奔潰人馬傷。」蓋實録云。又二瑞詩序：「歲壬寅，旱。匡山之陽有泉溢焉，曰聖官潭，流衍五六十里。鄉人因爲陂堰以灌溉，歲則大熟。既而石臺蕭氏家産異草，或以爲芝。匡山康宗武爲文以美蕭氏。因引潭水靈泉合芝草爲東鄉二瑞云。」

二十三年癸卯

公四十三歲。春，避兵南富。

詩選有二月十八日夜辭屋歎云：「去年同行二十人，今年一妻兼病身。弟兄飄散兒女喪，投杖欲往還逡巡。」又亡妻陳氏墓誌：「癸卯春，吴兵始窺贛。君有弟曰某，嘗約君俱入馮嶺山中。

方往赴之，夜抵羅村，遇遊兵，乃潛行東入石鼓坑，轉寓南富，依蕭氏姑。凡越月而後返。」補遺夜出羅村云：「暴兒夜半打平寨，楊村峴頭江路大。夢中驚竄迷東西，十步九踣傷淤泥。」按，郡志：「二十三年，饒鼎臣再陷吉安，守將曾萬中死之，參政劉齊、知府朱叔華不屈死。」似明兵窺贛在明年甲辰。

夏，遊興國。

文集陳令尹德政頌：「癸卯夏四月，南平劉楚遭兵亂，奔逐蕩析。聞鄰邑興國有賢令尹也，自其鄉匍匐百四十餘里往觀政焉。」又鍾廷珍翠庭記：「去之二十有七年，予始重來，過鍾氏而觀所謂翠庭者，則其生植之盛美，固猶前日也。」又興國城樓記、三檀寺興復記、旌陽道院記、長春道院記俱是年作。又補遺有癸卯歲日者推閏二月或傳閏三月及癸卯兵亂吾州文廟祭器樂器散逸無遺七絶。

二十四年甲辰

公四十四歲。明兵屯泰和，公避居閬川。

文集陳曾遺稿序：「甲辰夏，兵亂又作。」「余時避地閬川，與君不相聞。及秋，乃相見於龍陂，相持大哭。」又亡妻陳氏墓誌：「明年甲辰夏，攻贛之兵復至，大掠南境。乃趨東鄉，夜走里良，入大莊。方晝，門外呼寇至，衆大驚潰，幾陷淖中。出奔小莊，又不可留，乃由間道度雀兒嶺入闓川。」

生子桷。

又：「久之，聞兵退，乃出山寓羅坑之平原。其姙子乳焉，無有災害，同行者驚歎，以爲有相之者。時舟師猶往來江上，勢不可歸，乃復寓南富。」按，桷字士鴻，以生於平原，故取爲小名。詩選有五月十八日挈家避兵由里良入西坑作猛虎吟。郡志：「二十四年，明太祖命常遇春取吉安。」上熊提控書：「楚也年四十有四矣，足迹未嘗入公府，姓名未嘗挂訟牒，而遑遑焉爲墳是訴，豈得已哉？」疑是年以先塋故有訟事。

二十五年乙巳

公四十五歲。春正月，避兵富田圍。

文集亡妻陳氏墓誌：「明年乙巳正月，雨雪，兵之圍贛者抄掠四出，由東沔奄入南富。君負其乳子，冒涉凍潦，走王山，入富田圍。迫逐日近，乃渡佛源。」「二月，贛降。聞舟師已東下，乃歸。」補遺正月八日雨避抄寇由南富入王山，又正月九日大雪避抄兵由王山將入富田至洞口與家兄相失、兵退由佛原出南富。詩選乙巳正月十一日寇拔古城圍始出東門渡江遇争橋者幾陷於水既渡賦出自東門一首以自釋。

六月，公歸自廬陵。七月，陳夫人卒。

亡妻墓誌：「六月，余歸自廬陵，君已得熱疾，以爲常，既而遘瘧痢，憒憒不飲食者五日，得腫疾，遂卒，實是年七月二十六日也。」按，與李提舉書：「前三年，楚客廬陵之流江。」

是歲飢，多虎。

文集虎咥木偶傷人記：「歲乙巳飢而多虎，夜則盜相迹於道，莫敢捕逐之者。」又詩選又有乙巳閏十月十五日聞永新破諸兇就戮無遺。又永新重建靈應觀記：「迨乙巳冬月，天兵赫臨，滌蕩凶穢，版圖政化聿新。」

二十六年丙午

公四十六歲。　館廬陵流江王氏。

按，文集跋吴傳朋帖後云：「丙午春，予客廬陵王氏。」又跋文丞相書集杜句云：「近丙午歲，獲見草書於廬陵曠氏。」而詩選有流江八景歌、流江春日。　補遺有六月自流江返林居、舟出流江、予留宣溪曠氏幾半月明日到流江書此寄謝等詩，似是年館廬陵流江無疑矣。　或疑鐘銘小序有云：「丙午某月，寧都州尹廬陵王某作銅鐘於州之洞玄道院，前進士南平劉某爲之銘。」以爲是年復遊寧都之據。　及閱花子傳而意始釋然。　傳首稱：「花子者，寧都王太守家犬也。」末云：「他日，守歸廬陵，攜花子以俱，謂予言如此。」若銘詞果作於寧都，則公與王守必常會晤，何至歸廬陵後，始爲述花子之異也。　至五古有二月一日與仲弟子彦遊金華諸峰，疑在未赴館前之作。

又補遺覽鏡初見白髮云：「悠悠四十六年春，覽鏡驚看白髮新。」

二十七年丁未

公四十七歲。

文集窪泉記：「歲丁未六月夏，余弟埜始得之，欣然以爲奇，謂當與吾二兄者游而紀之。明日，余兄子中與余俱來，因往觀之。」

七月，遷葬父快軒先生於姆坑。

文集先府君遷厝壙誌：「不幸薦罹兵暴，新墓幾毁。乃以吴元年丁未七月甲申，改厝於仙槎鄉姆坑太祖妣趙氏夫人墓之左。」與李提舉書：「惟是先人没且十有六年，今年始克更葬。」

又遷葬母蕭太夫人於鄧家原。

又告太夫人墓文：「余兄弟不幸而早喪母，又不幸既葬而屢不得其所，三十七年之間於今三遷矣。……奉厝於鄧家原祖塋之舊。」按，太夫人卒於辛未，至丁未恰三十七年，想遷葬父母時同而地異耳。又與李提舉書：「今年夏，始聞閣下留上蘢，而僕以七月間先後改厝先父、先妣於山中，奔涉深峻，抵冒炎暑，遂遘寒瘧，久而未瘥。」

明洪武元年戊申

公四十八歲。仍館廬陵縣王氏。

文集王伯昂字説：「戊申冬，余自廬陵王氏館中將歸南平。」又與王高書：「辱尊君不以其不足師，命足下尊而師之，禮厚意勤。」所授之徒，當即其人。疑前三年皆館流江。而提舉李公哀詞稱戊申閏七月，公没於永新上麓。亦即是時作也。

秋，遊梅田洞。

文集遊梅田洞記首稱「余始由流江泝水而上」，末云「他日，予返流江寓舍」，「乃追述斯遊始末而記之」，「時戊申九月六日」。

冬，歸自流江。

按，南岡陳氏譜序：「後十三年爲洪武元年，余過武山，見其子鈺於蕭氏館中。」疑爲流江歸後之作。又與譚若驥書：「州中去歲之禍慘矣。」惜未諗爲何事也。補遺今日行云：「只今四十逾八年，有子嬌癡方可憐。」又云：「姆源之山高入雲，鐘嶺亦有慈親墳。清明欲近風雨惡，野鳥嘑春安可聞。大兄今年會昌去，季也雩陽更流寓。山齋此日倍相思，却恨從前少歡聚。」

二年己酉

公四十九歲。春，省府徵辟，以繼母老，辭不赴。

文集與譚若驥書：「楚自去年辭王氏館歸先廬，力耕以謀養。值歲旱……煙不出户者累日。……今春，聞省府徵求之文下，爲之驚走。」當即以母老之故具呈於州。

三月，遊萬安。

文集蓬軒記：「己酉春三月之吉，予與王子啓同載南上萬安，因艤舟訪驛丞祝君仁壽於浩溪。」「後十日，予歸自萬安，與子啓再過焉，則軒成矣。」

夏，旱。

又北巖禱雨記：「洪武二年夏，不雨踰月。民走壇廟迎龍湫潭，咸不應。南溪蕭君鵬舉，禱雨北巖，以六月戊辰望巖行，且行且拜。……事既畢……雨下如注。……自午達申不止。……丁丑復雨，歲以大稔。……乃八月辛未。……賽田神，因以勞從事者。……予時留館中，見其報之之勤，益信其祈之之懇也。」

公是年初編詩集。

宋濂劉職方詩集序：「劉君之詩，十九歲以前皆焚去，二十至四十九所存，亦十之七八耳。今其門人蕭翀所編者，凡若干卷。」又四明烏斯道劉職方詩序：「先生行修學充，未冠時即以能詩名。至四十有九，詩粲然成卷，鵬舉梓刻以傳。……然五十以後之詩，則不在所刊卷中。鵬舉又裒集若干卷示余。……余敍首簡，俾再刊以淑諸人。……洪武己未。」

三年庚戌

公五十歲。夏五月，舉經明行修。七月，授職方郎中。

明史本傳：「洪武三年，舉經明行修，改今名。召見奉天殿，授兵部職方司郎中。」吾學編祭酒劉公傳：「洪武三年，以材學舉職方郎中。」文集祭先考文：「爰自洪武庚戌夏五月去鄉，承徵入朝，擢職方兵曹。」又元秘書蕭芳洲先生行狀：「洪武三年夏，洵以學行應詔羣天下士五十人詣京師。是秋七月，上御奉天門，擢爲虞部主事。余二人實同郡偕來，及仕也，又獲聯事於西曹。」海桑集題劉崧官誥後：「始子高以人材起。洪武三年八月，授兵部職方郎中。」

敕改名崧。

行狀：「例不許以國爲名，敕部中改公名崧。」

冬，使嶺南。

按，與陳心吾書有云：「僕往年奉命嶺海，便道過家……忽忽三載。……今年四月還京，六月末有北平之命，八月廿一日到官。」是書爲癸丑任北平後作。由癸丑逆泝三載，爲庚戌，即公出山歲也。其詩有廣州水驛除夕及過德慶、過梧州、過雷陽、入高州界、題遂溪驛、化州聞戍卒夜歌等作，皆是年冬與明年春詩。又海桑集有嶺南録跋，亦未詳其歲月，要爲是時所作無疑，惜郡、邑二志書目俱未著録耳。琨按，行狀敍鎮江之役於出使廣東前，而皇明名臣言行録因之。考之公集，則殊不然。公與蕭鵬舉書首云：「僕自八月十五日出差鎮江，十月十八日以計事暫還京。」末云：「未審前所屬嶺南雜稿及途中應酬等作，曾寫出否？」是出使廣東在鎮江前無疑。如謂爲庚戌之八月，豈有甫授職而即出差耶？況七言絶句中有早離鎮江作，亦編在嶺南諸詩後，是又一證矣。

四年辛亥

公五十一歲。正月，次廣州，遂之容州。

詩選有廣州水驛除夕、越王臺、廣州雜詠、正月廿二日赴容州道中、至容州將赴北流聞陸川道梗題繡江亭，補遺有正月十二日肇慶觀迎春等詩。

二月，渡海至瓊州。三月，發瓊州。

詩選有二月廿九日三更渡海之瓊府、瓊山即事、三月十四渡海將北歸等詩。按，哀張以修辭：「洪武四年夏……五月，潔至京師」，「方潔之抵南昌，會予以使事歸自海南，相見於南浦驛。時君以期迫先發。又後月餘，予始達京師」云云。似公之至京在夏秋之交。以修名潔，樂安人。

秋八月，使鎮江，請減民賦。十月，還京師。

明史本傳：「奉命徵糧鎮江。鎮江多勳臣田，租賦爲民累，崧力請得少減。」文集與蕭鵬舉書：

「僕自八月十五出差鎮江，十月十八日以計事暫還京。」琨按，是書中有嶺南詩稿昔曾寄歸語，知是役在嶺南後，而宋濂玉兔泉引爲五年秋九月作，則明年九月，公在京師，故編於斯。詩選有十二月十六日早朝、十九日早朝大雪等作。

五年壬子

公五十二歲。春正月，扈從車駕幸蔣山。

詩選有正月元夕奉陪車駕蔣山寺祀佛夜歸追賦五絶。按，是春又有正月廿日雪早朝等作，雖未標年，然公官職方始庚戌終癸丑，度歲者三，而辛亥使粤，癸丑使魯，其在京師者，惟此歲耳，故列於此。羅子理德安集附録有公送其之官詩，爲是年三月八日在南京作。

夏五月，陪祀北郊。

文集陪祀方邱應制詩序：「洪武五年五月十一日戊午夏至，皇帝將有事於北郊。前期五日壬子，太常司以致齋告。」又補遺陪陶尚書宋太史夜宿齋宫、題張京兆所獻嘉瓜圖、五月十九日夜同蔣起居注楊主事宋給諫宴劉起居於步廊之寓直、八月三日晚聖駕夕月清涼山上陪祀禮成喜賦、十月十一日進甘露詩，而金華宋景濂玉兔泉引云「洪武五年秋九月十有五日，日入酉，余與仲子璲過張孟兼於成均，秉燭對坐。孟兼方命侍史汲玉兔泉瀹茗。俄熊鼎、劉崧、周子諒皆集，相與談詩，至愜心處，輒抵掌笑譁」云云。是自正月至十月，公在京師無疑。又重興院佛殿記亦是年作。

冬，出使山東。

文集與陳心吾書：「某自去冬十二月差往山東。」

六年癸丑

公五十三歲。夏六月，調北平按察副使。

文集祭先兄中齋先生文：「癸丑六月，調官北平。」又按察司官朝會題名記：「洪武六年秋，余承乏副北平憲。」又與陳心吾書：「今年四月還京，六月末有北平之命，八月二十一日到官。」通志：「遷北平副使，以廉慎爲先，輕刑省事，招集流亡，民咸復業。」補遺有除夕口號柬古英上人。

七年甲寅

公五十四歲。

文集西齋雜録序：「余弟子彦以洪武甲寅七月四日來省余於北平，留西齋者九十餘日。余時以副貳備員掌臯事。」按，海桑集書劉氏西齋倡和卷當即此録。詩選有予自去冬閏十一月遣人還泰和迎弟與家人偕來。

建宋丞相文信國公祠。

文集跋文丞相書集杜絶句：「洪武七年，司臬北平。……會大興縣立祠學宫，以昭明時崇建之令典，且以示風厲焉。」東里集文丞相祠重修記：「北京之有公祠，洪武九年前北平按察副使劉崧始建於教忠坊，今順天府學之右，而作塑像焉。」九年疑爲七年之譌。

八年乙卯

公五十五歲。

詩選自述云：「叨禄向六載，北遊且三秋。臬司謬所寄，官服當何酬。」文集送黄贊禮還京序：「洪武八年乙卯秋七月，太常贊禮郎黄仁奉旨監祀於北平。」「將歸，以余嘗與陪祀也，來徵言焉。」補遺有送贊禮郎黄困静監北平秋祀畢還京、十月十三日燕相府知印張觀復從江西來承大兄六月八日家問因賦五言長歌一首奉報等作。

九年丙辰

公五十六歲。二月，兄中齋先生卒。

文集祭先兄中齋先生文：「次年丙辰，我仕及考。七月傳言，兄病在禱。且驚且疑，憂心草草。

九月弟埜，以訃來告。始云二月，兄病莫保。爰命觶子，繼祀承考。」

秋閏九月，公以考績入覲京師。

文集按察司官朝會題名記：「迨九年之閏九月，幸及考，以十一月赴覲。」詩選、補遺俱有余以官滿赴京十一月十四日出北平順承門六言絶句，又十二月五日道出濟寧絶句。

十年丁巳

公五十七歲。春正月，至京。

又朝會題名記：「明年正月至京。」「月之十一日，余賫所書事蹟赴考功監投進。越三日，吏部以考滿至京，未經注代，俾復任。今宣諭在邇，宜令聽候。東宫可之。」

二月晦，偕各道按察司官入覲奉天殿。

又：越二月十八日，各道司官皆次第至。計天下凡十二道，時來會者止四十九人，官固未備也。乃二十九日早朝，奉天殿下俟上升殿，宣諭畢，衆惶恐再拜叩首謝乃退。

三月朔，辭還北平。

又：明日三月朔，入辭，有旨賜膳，敕免謝，乃退。

越三日，發京師。

又：「明日，賚兵部符驗，出金川門，赴龍江驛，次第起船以歸，實是月之四日也。舟行凡十有九日，始達北平。」

十六日至濟寧，登太白酒樓。

又登太白酒樓記：「洪武十年三月十六日，予與本司僉事徐叔銘、經歷王敬修、知事俞思敬自京師還北平，過濟寧，郡將沈仁邀予與同行諸君遊樓上。」

秋，免官歸。

明史本傳：「爲胡惟庸所忌，坐事謫輸作，尋放歸。」文集祭先考文：「考績入朝，循格再任。又六閱月，罹此尤釁。中臺讞聞，城旦在疚。四十餘日，旋沐寬宥。倉皇解綬，扶病南歸。」又祭先兄文：「是秋九月，臺檄下徵。讞成在宥，俾築外城。城功將終，版錨既戒。臘月三日，寬恩下逮。解縲釋纍，拜舞而退。」補遺夜宿雄縣稱「予去鄉七年矣」，以下諸絶疑皆是年作。

十一年戊午

公五十八歲。春，至京，尋歸里。

文集王秀才墓誌：「明年戊午春，余以公事免官，自北平至京師，會恩放還。」按，公是年冬有祭先考文，夏六月，有醮集仁城蕭氏臨清堂詩序，是公至家當在是年春夏間。

十二年己未

公五十九歲。客南溪蕭氏。

詩選武山十四境序：「洪武十一年，余罷官歸自北平，明年，仍客蕭氏，有重遊之意。」「時王徵君子與、蕭國録子所俱客禾溪。」「乃七月十三日，戒翀之弟翬前期邀二君以次日來會，翬之諸兄翀、翀、翀與祥，各撰杖履具酒肴與俱，而戒劉繼與兒子椈，載筆墨以從。自己酉至辛亥三日，極遊覽賦詠之樂，然後歸。」重修松青觀記：「洪武十二年春，予道匡山之陰，將遊香城，乃過而憩焉。」

秋，續編詩集。

四明烏繼善序作於是年秋七月初十日，疑爲續編餘詩己酉。

十三年庚申

公六十歲。春正月，起復爲禮部侍郎。四月，署吏部尚書。

文集王秀才墓誌：「今年庚申春正月，崧復被召入朝，拜禮部侍郎。至五月，以年六十及格得致仕。」吾學編：「十三年，胡丞相誅。上手敕召爲禮部侍郎。未幾，進吏部尚書。請老，與敕致仕。」海桑集題劉崧官誥後：「十三年正月，除禮部侍郎。五月，以人神有變，特命致仕。」通志本傳：「十三年，惟庸誅，徵拜禮部侍郎。未幾，攝吏部尚書。雷震謹身殿，詔羣臣陳得失。崧以修德行仁對，尋致仕歸。」行狀：「夏四月，陞授吏部尚書。時侍郎陸謀以察察爲明，公一處以寬，而銓次有法，藻鑑不失，議者以公爲稱職。」按，明史七卿年表始於是年，公以四月署吏部尚書，與應詔陳言疏稱四月十四日上者合。

上賜侍者男女各一口。

行狀：「上賜宮女二人，俾資饋養，公辭謝不受。復賜家人，渥沾夫婦。送之於家，以書戒其子曰：『彼亦人子也，可善遇之。』」

五月，公引年乞致仕，許之。

抑庵集題劉氏所録制詞後：「及權奸伏誅，即召公爲禮部侍郎，則十三年二月初一日也。五月七日，又以人神有變，命致仕。」補遺五月十五日早赴奉天殿右角門謝恩明日出通濟門登舟感賦，又公文僎尚書同日致仕賦詩爲贈。

十四年辛酉

公年六十一歲。二月，復起爲國子司業。四月，卒於官。

吾學編：「十四年，召致仕刑部尚書李敬爲國子祭酒，起公司業。公至，上喜，賜鞍馬。未旬日，遽得疾，猶强訓諸生。疾革，敬問所欲言，曰：『天子遣崧教國子，將責以成功，而遽死乎！』無一語及家事。年六十一。上爲文祭公。」海桑集題劉崧官誥後：「十四年二月，復起授國子司業。四月卒，令有司備禮棺殯，命奉御唐壽以牲醴致祭焉。享年六十有一。」壙誌：「没洪武辛酉四月初四日丑時。」

六月，上製文遣使致祭。

行狀：「既至，引見歡甚，賜鞍馬，俾朝夕見，見必燕語移時。未旬日，遽得疾以卒。上悼痛，親製文，命奉御唐壽致祭，敕有司殯殮如禮。洪武十四年之六月四日也。」

（劉槎翁詩集附録，清光緒二十五年刻本）

附録七　評論

（崧）學富才優，識論自許，苦吟鍜鍊，追駕盛唐，西土之英也。官職方郎中。匡衡昔攻書，繼晷鑿鄰壁。短燭凝隙光，流輝映緗帙。苦力追正音，漢魏深祖述。落筆人争傳，文聲重千鎰。（明劉炳春雨軒集卷四）

前人之詩未暇論，爰以國朝枚舉之。劉基起於國初，極力師古，鄒練其詞旨，能洗前代氈酪之氣，且其位置俱在前列。僕向集選，故首推重樂府古調，較之新聲尤勝。江右則劉崧擅場，彭鏞、劉永之相望而稱作者。（題明解縉撰春雨雜述）

吉安劉崧詩工，自奔竄巖谷中來，冬嶺之松，老而愈秀。時同省劉姓者數人，如彦昺、丞直輩，雄俊相似。

（明徐泰詩談）

唐子元薦與予書論本朝之詩：洪武初，高季迪、袁可潛一變元風，首開大雅，卓乎冠矣。二公而下，又有林子羽、劉子高、孫炎、孫蕡、黄玄之、楊孟載輩羽翼之。近日好高論者曰沿習元體，其失也瞽，又曰國初無詩，其失也聾。一代之文，曷可誣哉？

（明楊慎升庵集卷五十四）

國初善鳴者，高公季迪爲最，若孫伯融、劉子高、林子羽、浦長源、晏振之數十家，卒無尚乎季迪也。

（明周復俊涇林雜紀卷二）

崧詩如雨中素馨，亦復嫣然，情色俱勝，若作寒梅老樹，便自風骨。其風人之穎出，皇始之盛家也。

（題明王世貞撰明詩評卷二）

（詩）劉子高如雨中素馨，雖復嫣然，不作寒梅老樹風骨。

（明王世貞弇州山人四部稿卷一百四十八藝苑卮言五）

國初稱高、楊、張、徐。季迪風華穎邁，特過諸人。同時若劉誠意之清新，汪忠勤之開爽，袁海叟之峭拔，皆自成一家，足相羽翼。劉崧、貝瓊、林鴻、孫蕡，抑其次也。

國初，吴詩派昉高季迪，越詩派昉劉伯温，閩詩派昉林子羽，嶺南詩派昉于孫蕡仲衍，江右詩派昉于劉崧子高。五家才力咸足雄據一方，先驅當代，第格不甚高，體不甚大耳。

（明胡應麟詩藪續編卷一）

宋文憲玉韞山輝，劉文成振衣千仞，古而質已；劉子高月掛梧桐，孫仲衍天空鳥飛，質而且趣。可謂四傑。

（明胡維霖墨池浪語詩評卷二）

國初詩派，西江則劉泰和，閩中則張古田。泰和以雅正標宗，古田以雄麗樹幟。江西之派，中降而歸東里，步趨臺閣，其流也卑冗而不振。閩中之派，旁出而宗膳部，規摹唐音，其流也膚弱而無理。余録二公之詩，竊有嘆焉。江、閩之士，其亦有當于吾言乎？

（清錢謙益列朝詩集小傳甲集）

先夫子曰：劉楚字子高，泰和人，後改名崧，權吏部尚書，終司業。槎翁以詩集孤行，故景濂疏「五美」爲作詩之法。而子高之文，峭厲轉折，其「五美」不特在詩也。（清黄宗羲明文授讀卷三十）

子高句鎪字琢，頗具苦心，惜其體弱，局於方程，不能展拓。於唐近大曆十子，於宋類永嘉四靈，於元最肖薩天錫。（清朱彝尊静志居詩話卷二）

有明一代，作者衆多，七言長句在明初則高季迪、劉子高爲最，後則李賓之。至何、李學杜，厭諸家之坦迤，獨於沉鬱頓挫處用意，雖一變前人，號稱復古，而同源異派，實皆以杜氏爲崑崙墟。（清王士禛帶經堂集卷五十二）

子高詩辭采鮮媚，骨格未高，應是學温飛卿一派。（清沈德潛明詩別裁集卷二）

崧七歲能賦詩。及長，日課一篇。讀書天寒皸裂不少輟。其在官舍，孤燈諷誦，夜分不休。蓋一生耽嗜吟咏，至爲刻苦。故徐泰詩談稱其如「冬嶺孤松，老而愈秀」。胡應麟詩藪稱當明之初，吴中詩派昉於高啓，越中詩派昉於劉基，閩中詩派昉於林鴻，嶺南詩派昉於孫蕡，而江右詩派則昉於崧。史亦稱崧善爲詩，豫章人宗之，爲西江派。大抵以清和婉約之音提導後進，迨楊士奇等嗣起，復變爲臺閣博大之體，久之遂浸成冗漫。北地、信陽乃乘其弊而力排之，遂分正、嘉之門户。然崧詩正平典雅，實不失爲正聲，固不能以末流放失併咎創始之人矣。

（清永瑢等四庫全書總目卷一百六十九集部槎翁詩集提要）

是編乃其文集，羅允升所校正，而吉安知府徐士元爲之刊版。其文頗傷流易，殊不及其詩。

（清永瑢等四庫全書總目卷一百七十五集部槎翁集提要）

前代綺羅盡，新音山水清。槎翁澹雅人，詩肖其生平。如何沈尚書，謂學温飛卿。劉子高。

（清曾燠賞雨茅屋詩集卷六）

司業英才，詞采繁縟。風月鑪錘，鶯花杼軸。織罷綺羅，唾成珠玉。妙擬飛卿，蘇臺一曲。

（清彭藴章歸樸龕叢稿卷十一）

汪端論曰：子高詩妍静疏爽，如新籜摇風、幽花浥露，又如空山聽雨、曲磵鳴泉；蓋取材中唐、南宋，而不流於佻淺，洵一時雅宗也。

（清汪端明三十家詩選二集卷一下）

子高詩有鍾陵、五雲、鄧溪、雙溪、鳳山、瑶峰、墨池、東門、珠林、龍灣、北巖、龍門、戊巳十有三集，合爲槎翁詩選，其自序云：年十六，得臨川虞翰林、清江范太史詩，誦之晝夜不廢，益求漢、魏而下盛唐以來號爲大家者，究其意之所在。知成樂必本於衆鈞，故未嘗執一器以求八音之備；調膳必由于庶味，故未嘗設一品以求八珍之全。其不能自已於言者，譬如幽鳥之鳴春，秋蟲之號寒，可謂究極此事之甘苦。宋濳虚、劉仲修、烏春草作集序，甚致推崇。王弇州、胡元瑞、錢牧齋、朱竹垞亦有論定。余獨賞漁洋「七言爲最」一語，故此選七言採掇爲多云。

（清陳田明詩紀事甲籤卷十）

圖書在版編目(CIP)數據

劉崧集:全四册/鄭利華,鄧富華點校. —上海: 復旦大學出版社, 2023.4
(明人别集叢編/鄭利華,陳廣宏,錢振民主編)
ISBN 978-7-309-16323-0

Ⅰ. ①劉… Ⅱ. ①鄭… ②鄧… Ⅲ. ①劉崧(1321-1381)-文集 Ⅳ. ①I214.72

中國版本圖書館 CIP 數據核字(2022)第 129816 號

劉崧集
鄭利華　陳廣宏　錢振民　主編
鄭利華　鄧富華　點校
出 品 人/嚴　峰
責任編輯/杜怡順
裝幀設計/路　静

復旦大學出版社有限公司出版發行
上海市國權路 579 號　郵編: 200433
網址: fupnet@fudanpress.com　http://www.fudanpress.com
門市零售: 86-21-65102580　團體訂購: 86-21-65104505
出版部電話: 86-21-65642845
江陰市機關印刷服務有限公司

開本 890×1240　1/32　印張 53　字數 890 千
2023 年 4 月第 1 版
2023 年 4 月第 1 版第 1 次印刷

ISBN 978-7-309-16323-0/I・1324
定價: 268.00 元